JN287822

太宰治の強さ

中期を中心に
太宰を誤解している
全ての人に

佐藤隆之
Takayuki Sato

和泉書院

目次

一章　太宰治の強さ……一
二章　太宰治の転向の特異性……一八
一、「罪の意識」……一八
二、プロレタリア習作……二三
三、非合法活動……二七
四、転向の一般的定義並びに単純化モデル……三〇
五、太宰治の「転向」と中野重治・島木健作の転向……三六
六、国家との相対性……四六
七、揺れ動きと揺り戻し……五一

三　章　太宰治の戦争期……五四

一、満州事変・上海事変期……五四
二、日中戦争期……五八
三、十二月八日前後……七六
四、日本文学報告会の活動と太宰、太宰の昭和一七年の全文削除処分とその影響、並びに徴用失格とその影響……一一五
五、戦争中期から末期にかけて――「作家の手帖」「佳日」「散華」――……一三四
六、『惜別』の戦争観……一五〇
七、戦後への連続・不連続……一六五
八、結　論……一八九

四　章　「花火」論――全文削除とその影響――……一九二

五　章　「富嶽百景」論――陽・母性・草花VS陰・父性・通俗――……二〇九

六　章　『津軽』論 …… 二三三
——太宰治の父性と母性の問題——
七　章　『新釈諸国噺』論 …… 二四七
——「粋人」を中心に——
一、総　論 …… 二四七
二、「粋人」論——「いき」へのアンチ・テーゼ—— …… 二五八
出典文献目録 …… 二七五
初出一覧 …… 二八三
あとがき …… 二八五

一章　太宰治の強さ

1

太宰治の強さという意味は、大きく言って二つある。一つ目の意味は、太宰の性格的弱さというか、登場人物の弱さが逆説的に読む側に「こんなに弱い奴がいるのだから、俺はまだまだ大丈夫だ。頑張って生きよう」という意識を与えることである。つまり、太宰の弱さ・登場人物の弱さのベクトルが逆ベクトルのように働き、読者に生きようという意欲を与えるという意味である。これはもっと詳しく言うと、太宰の造形する弱い面、情けない面、どうしようもない面、こういう色々な面に作品を読んで気付き、場合によっては作品で涙を流して一時的には落ち込むくらいになった後に、そこでカタルシス作用が働き、何か憑き物が落ちたように元気を取り戻してゆく効果と言ってもよいだろう。これは私も個人的な経験として大学生くらいに感じたものである。おそらく、読者のかなりの人々にもそういう経験や類似の体験をしたとか、実体験としてはないが、わかるわかるという共感が感じられたりすると思われる。あまり強い反論、異論は出てこないかなと思う前に、私がきちんと論証してみよう。たとえば、こんな一節、「人間失格」（『展望』昭和二三年六月・七月・八月、単行本としては筑摩書房から昭和二三年七月二五日発行）中の「第一の手記」である。

恥の多い生涯を送つて来ました。

自分には、人間の生活といふものが、見当つかないのです。（中略）

つまり自分には、人間の営みといふものが未だに何もわかつてゐない、といふ事になりさうです。自分の幸福の観念と、世のすべての人たちの幸福の観念とが、まるで食ひちがつてゐるやうな不安、自分はその不安のために夜々、転輾し、呻吟し、発狂しかけた事さへあります。自分は、いつたい幸福なのでせうか。自分は小さい時から、実にしばしば、仕合せ者だと人に言はれて来ましたが、自分ではいつも地獄の思ひで、かへつて、自分を仕合せ者だと言つたひとたちのはうが、比較にも何もならぬくらゐずつとずつと安楽なやうに自分には見えるのです。

（中略）

つまり、わからないのです。隣人の苦しみの性質、程度が、まるで見当つかないのです。

こういう一節を読んで、私の言うカタルシス作用どころか、太宰と同じように自殺や心中をしたくなり、実行に移される現象もかつてはあったらしい。ところが、現在の時代状況から考えてみても、読者が文学作品を真摯に読み、そこから強い影響を受けて作者の問題を自分の問題に置き換える場合においても、マイナスの影響を受ける度合いよりも、逆作用の強い生きる意志を感じ取る場合の方が、もう一つの太宰の強さの効果の面を考えても、やはり大きいと言いたいのである。

こういう証明は実際に太宰に語らせた方が手っ取り早いかもしれない。「東京八景」（『文学界』昭和一六年一月）にこういう一節がある。

何の転機で、さうなつたらう。私は、生きなければならぬと思つた。故郷の家の不幸が、私にその当然の力を与へたのか。長兄が代議士に当選して、その直後に選挙違犯で起訴された。私は、長兄の厳しい人格を畏敬してゐる。周囲に悪い者がゐたのに違ひない。姉が死んだ。甥が死んだ。従弟が死んだ。私は、それらを風聞に依つて知つた。早くから、故郷の人たちとは、すべて音信不通になつてゐたのである。相続く故郷の不幸が、寝そべつてゐる私の上半身を、少しづつ起してくれた。私は、故郷の家の大きさに、はにかんでゐたのだ。金持の子といふハンデキヤツプに、やけくそを起してゐたのだ。不当に恵まれてゐるといふ、いやな恐怖感が、幼時から、私を卑屈にし、厭世的にしてゐたのだ。金持の子供は金持の子供らしく大地獄に落ちなければならぬといふ信仰を持つてゐた。逃げるのは卑怯だ。立派に、悪業の子として死にたいと努めた。けれども、一夜、気が附いてみると、私は金持の子供どころか、着て出る着物さへない賤民であつた。故郷からの仕送りの金も、ことし一年で切れる筈だ。既に戸籍は、分けられて在る。しかも私の生れて育つた故郷の家も、いまは、不仕合せの底にある、もはや、私には人に恐縮しなければならぬやうな生得の特権が、何も無い。かへつて、マイナスだけである。その自覚と、もう一つ、下宿の一室に、死ぬる気魄も失つて寝ころんでゐる間に、私のからだが不思議にめきめき頑健になつて来たといふ事実をも、大いに重要な一因として挙げなければならぬ。なほ又、年齢、戦争、歴史観の動揺、怠惰への嫌悪、文学への謙虚、神は在る、などといろいろ挙げる事も出来るであらうが、人の転機の説明は、どうも何だか空々しい。その説明が、ぎりぎりに正確を期したものであつても、それでも必ずどこかに嘘の間隙が匂つてゐるものだ。人は、いつも、かう考へたり、さう思つたりして行路を選んでゐるものでは無いからでもあらう。多くの場合、人は、いつのまにか、ちがふ野原を歩いてゐる。

つまり、マイナスがたくさん集まってプラスに転化するという、太宰も好きであり、かつ作品中にもしばしば言及している(例えば、「ヴィヨンの妻」〈『展望』昭和二二年三月〉等)、あのトランプ遊びの論理である。落ち込んで落ち込んでどうしようもなくなり、生きる気力もなくなっていたところが、ある日目覚めてみると、憑き物が落ちたかのように気力充実、パワー増大していたといった経験である。私の博士課程在学時の恩師に当たる渡部芳紀の意見も参考に紹介しよう。

太宰文学を自分の弱さの根拠づけのために弱さの典型にしてしまったり、太宰の生き方を自分の人生の敗北の理由にしたりするのは身勝手というべきである。太宰は自分の弱い部分に苦しみ悩みながらも、なんとか生き続けようと苦闘したのだし、彼の文学も、その苦闘の反映であり、かつ、読者に対して、苦しくてもなんとか強く生きよとはげましの思いでもって綴っているのでもある。世にいうように、ただ、自分の弱さを愚痴るためだけにどうして、あれだけの分量の小説を書く必要があろうか。太宰は、全集にして九巻の小説と一巻のエッセイを残した。一巻弱の習作も書いている。それは単なる弱さのあらわれでなく、むしろ、なんとか強く生きようとする太宰のもがき苦しんだ姿の象徴なのである。九巻分の小説を描くエネルギーは莫大なものである。太宰の持っている強い生命力の面にも目をやらなければならない。そうでなくては、延べ十六年間にわたる創作活動も維持できなかったであろうし、死後三十年以上にわたって、これだけ多くの読者を得ることもできなかったであろう。

（「心の王者」〈*『近代小説の読み方』〉、引用は*『太宰治　心の王者』二八六頁）

太宰の小説は、太宰の生きた証でこそあれ、決して、死へいざなうものではないのである。死を素材とし、死の周辺は書いていても、それは、読者に生きていて欲しいから書いているのである。読者に生きる勇気を与え、生きることにヨロコビを見出し、生きることを楽しんで貰いたいと思って書いているのである。勝手に自分に都合よく、死へのきっかけにして欲しくないものである。

（「太宰治の死生観―太宰治の上昇志向」〈*『解釈と鑑賞』平成一六年九月、一二頁〉）

つまり、太宰の文学的営為をきちんと辿って読むなら、自分の勝手な死への言い訳になどできないということである。太宰は立派に文学の中で生き、自らの生き様を文学の中に残している、ならば、彼の文学的業績を前にして自死に向かうなどということはあってはならない、こういうことを言っているのである。私が言いたいことを、渡部芳紀が見事に語ってくれている。

作家の意見も一つ紹介しておこう。増田みず子「太宰治と私」の一節であるが、私の最初に述べたカタルシス作用と類似の発言がある。

荒れる感情を、太宰の小説は上手になだめる力を持っていた。もっと単純にいうと、私は自殺したいと思うようになってから、自殺した作家の小説を読んでみようと思って、太宰の本を手にとったのである。この人が死んで私が生まれてきたのだ、と思いながら、『晩年』や『斜陽』を読んだ。

なんだ、生きるのをいやがっているのは私だけではないのか、むしろこの人の方がよっぽどひどいではないか。私はここまでずるくて卑怯ではないぞ。というようなことを思いながら次々に読み進めて、そのうち私は、かれの真似をして、『神に問う、愛することは罪なりや？』式の反問をいろいろやってみるようになった。

これでどうして私がいけないの？　と、人間ではない何かに向かって、答えのない問いを問う、決して答えは返ってこないことがわかっていて問う。それだけで、議論に慣れない幼い頭は、一種の酩酊状態におちいってしまった。太宰の悲鳴のようなそうした言葉の断片を読んでいくうちに、この世は答えのない疑問で満ちていて、救いのない苦しみに満ちていて、弱い者は弱いままでずるずると生きるしかない、自分も弱い者である。この世は苦しい、と……。いやそれはちがう、私はちがう、とも……。（『太宰治に出会った日』*二八六〜二八六頁）

ところで、太宰が生涯私淑したと言っていい芥川竜之介の「歯車」（『大調和』昭和二年六月に一章発表、『文芸春秋』昭和二年一〇月に全文発表）「或る阿呆の一生」（『改造』昭和二年一〇月）等を読むと、私個人的にもそれから数人の人の意見を聞いても、自殺への衝動というか、それが大袈裟なら死への誘惑を覚えてしまうことがありがちなのだが、この違いは実は太宰は死に親和的な志向を持ち、芥川は死を恐れ、できるだけ楽な自殺方法を考えていたという資質の違いに帰せられると直観してはいるが、まだきちんと実証すべきところもある（芥川の死生観といった大問題も関わってくる）ので、今回はこれ以上深入りしない。

二つ目の意味は、あまり注目されてないと思われるところ（前掲渡部『太宰治心の王者』*には若干その点が指摘されてはいる）だが、太宰の生き方、特に中期の生き方が、世間の戦争期に重なるという不健康な動向に比較しても力強く、どちらかというと、そういう世の中が落ち込んでいる時期だからこそ逆に、太宰が健康かつ強い気力を持って生きたという点である。太宰のこの時期の多作、そして異常と言ってもよいくらいパワーを感じさせ、かつバラエティに富む創作活動は研究家の間では多少指摘されてはいたものの、太宰ファンや読者の大半には意外に見落とされてきた面ではなかろうか。太宰は、日中戦争の開始される昭和一二年から敗戦の昭和二〇年までに、小説作品で九〇篇あまりという具合に、多作であり、その期間は太宰の中期の活動時期とほぼ重なるのであるが、「満願」(『文庫』昭和一三年九月)、「富嶽百景」(『文体』昭和一四年二月・三月)、「女生徒」(『文学界』昭和一四年四月)、「走れメロス」(『新潮』昭和一五年五月)、「東京八景」(『文学界』昭和一六年一月)、『正義と微笑』(錦城出版社、昭和一七年六月)、『右大臣実朝』(錦城出版社、昭和一八年九月)、『津軽』(小山書店、昭和一九年一一月)、『新釈諸国噺』(生活社、昭和二〇年一月)、『惜別』(朝日新聞社、昭和二〇年九月)、『お伽草紙』(筑摩書房、昭和二〇年一〇月)といった代表作もこの時期に書かれている。私はこの二つ目の太宰治の強さに注目し、基本的な作品研究においても、太宰の時代的意味を探る試みにおいても、常に中期に焦点を当ててきた。私の太宰作品への興味が必然的に、中期作品に多く向かいがちであったのも、こういうところに原因が帰されよう。

ここからは、この太宰の中期活動における「強さ」を作品のいくつかを見ながら証明して行こうと思う。まず、「鷗」(『知性』昭和一五年一月)の一節である。

　私は、矮小無力の市民である。(中略)私には、何もできぬのだ。私には、何一つ毅然たる言葉が無いのだ。祖国愛の、おくめんも無き宣言が、なぜだか、私には、できぬのだ。(中略)何も言へない。何も書けない。けれども、芸術に於いては、ちがふのだ。歯が、ぼろぼろに欠け、背中は曲り、ぜんそくに苦しみながら、小暗い路地で一生懸命ヴアイオリンを奏してゐる、かの見るかげもない老爺の辻音楽師を、諸君は、笑ふことができるであらうか。私は、自身を、それに近いと思つてゐる。社会的には、もう最初から私は敗残《はいざん》してゐるのである。けれども、芸術。それを言ふのも亦、実に、てれくさくて、かなはぬのだが、私は痴《こけ》の一念で、そいつを究明しようと思ふ。男子一生の業として、足りる、と私は思つてゐる。辻音楽師には、辻音楽師の王国が在るのだ。

国家の戦争体制への動向とは一線を画して、自分には自分の芸術の王国があり、そこで無力ながらも自己の芸術活動に邁進するという態度の鮮明なる宣言である。この引用の前には、「祖国を愛する情熱、それを持つてゐない人があらうか。けれども、私には言へないのだ。それを、大きい声でおくめんも無く語るといふ業《わざ》が、できぬのだ。（中略）誰にも負けぬくらいに祖国を、こつそり愛してゐるらしいのだが、私には、何も言へない。（中略）一片の愛国の詩も書けぬ。なんにも書けぬ。ある日、思ひを込めて吐いた言葉は、なんたるぶざま、『死なう！　バンザイ』ただ、死んでみせるより他に、忠誠の方法を知らぬ私は、やはり田舎くさい馬鹿である。」という表現もある。このあたりを指摘して、国家へのおもねり等を見ようとする恣意的な読み方の評者も在るが、明らかに文面には愛国心とは別種の自己の強い意志、芸術への忠誠が語られているのである。

次に、「清貧譚」（『新潮』昭和一六年一月）の冒頭段落末尾には、「私の新体制も、ロマンチシズムの発掘以外には無いやうだ」と書き、「新郎」（『新潮』昭和一七年一月）の冒頭には、「一日一日を、たつぷりと生きて行くより他は無い。明日のことを思ひ煩《わづら》ふな。明日は明日みずから思ひ煩はん。けふ一日を、よろこび、努め、人には優しくして暮したい。」と宣言してゆく。このあたりの叙述にも、国家体制とは一線を画して、自分なりのしっかりした文学活動へ邁進したいという意志表明が見られる。太宰の強さであり、また自己の文学活動に対する強い自負の表れと言ってよかろう。同じ頃、「東京八景」（『文学界』昭和一六年一月）の中には、次のような叙述がある。ここにも太宰が自分の生き方をはっきり表明している。

私は、いまは一箇の原稿生活者である。旅に出ても宿帳には、こだはらず、文筆業と書いてゐる。苦しさは在つても、めつたに言はない。以前にまさる苦しさは在つても私は微笑を装つてゐる。ばか共は、私を俗化したと言つてゐる。（中略）「僕は、こんな男だから出世も出来ないし、お金持にもならない。けれども、この家一つは何とかして守つて行くつもりだ。」

さらに、「待つ」（昭和一七年三月の『京都帝国大学新聞』に掲載予定であったが、「内容が時局にふさはしくないとの理由で掲載されず」〈津島美知子「創芸社版『太宰治全集第七巻』後記、昭和三〇年一一月」、但し、引用は*『日本文学研究資料叢書　太宰治』二五〇頁〉、同年六月博文館発行の『女性』に収録）の一節である。

一体、私は、誰を待つてゐるのだらう。はつきりした形のものは何も無い。ただ、もやもやしてゐる。けれども、私は待つてゐる。大戦争がはじまつてからは、毎日、毎日、お買ひ物の帰りには駅に立ち寄り、この冷たいベンチに腰をかけて、待つてゐる。誰か、ひとり、笑つて私に声を掛ける。おお、こはい。ああ、困る。私の待つてゐるのは、あなたでない。それでは一体、私は誰を待つてゐるのだらう。旦那さま。ちがふ。恋人。ちがひます。お友達。いやだ。お金。まさか。亡霊。おお、いやだ。

もつとなごやかな、ぱつと明るい、素晴らしいもの。なんだか、わからない。たとへば、春のやうなもの。いや、ちがふ。青葉。五月。麦畑を流れる清水。やつぱり、ちがふ。ああ、けれども私は待つてゐるのです。胸を躍らせて待つてゐるのだ。眼の前を、ぞろぞろ人が通つて行く。あれでもない、これでもない。私は買い物籠をかかへて、こまかく震へながら一心に一心に待つてゐるのだ。（後略）

こういう文章が当時の時局柄、雑誌や新聞の類に掲載されなくなるというのはよくわかるところである。大戦争の真っ最中に、何の目的もなく、駅に毎日毎日出かけては、誰とも何ともわからないものをひたすら待ち続ける。こういう態度が、戦時態勢をひたすら推進させている国家側の論理とは相容れず、自己の論理を押し通そうとする、太宰の強い態度表明になっている。待っているものが何かは問題ではない、待っているというその強い態度こそが、この時期に於いては強力なものであり、自己の意志を貫徹させようとする、一個人の生き方としては実に尊いものなのである。

ところが、こういう自己の忠実な意志を貫徹させようとする太宰に対して、大きな外圧としてストップをかけようとする動きがあった。所謂、「花火」（『文芸』昭和一七年一〇月）の全文削除事件である。これに関しては別章で詳しく論じているので、あまり深入りしないが、太宰の言葉で言うと、「戦時下に不良のことを書いたものを発表するのはどうか、といふので削除になったさうです」（昭和一七年一〇月一七日、高梨一男宛書簡）と軽く受け取っているかのような発言であるが、当時の「出版警察報第一四五号」（昭和一七年一〇・一一・一二月合併号）によると、次のような処分内容である。

「花火」ト題スル小説ハ登場人物悉ク異状性格ノ所有者ニシテ就中主人公タル「勝治」ト称スル一青年ハ親、兄弟ノ忠言ニ反抗シ、マルキスト□（印刷上の欠字―ヲと思われる―佐藤注）友トシ、其他不良青年ヲ仲間ニ持チ、放縦、頽廃的ナ生活ヲ続ケ、為メニ家庭ヲ乱脈ニ導キ、遂ニ其青年ハ不慮ノ死ヲ遂ゲルト謂フ経緯ノ創作ナルガ全般的ニ考察シテ一般家庭人ニ対シ悪影響アルノミナラズ、不快極マルモノト認メラルルニ因リ第一一〇頁ヨリ第一二五頁迄削除。

（引用は、内務省警保局編『出版警察報四〇』*（補注、本書一七頁））

こういうお上からの断罪処分を受けた太宰が、以降の作品において自制した作風に変わっていったこともすでに論考済み（四章を参照）であるが、それはあくまで警察権力や国家権力に対しての表面的な方向転換であり、観察者・傍観者的な立場を装いつつも、精力的に自己の作家活動を続けて行ったのである。こういう点を見ても、太宰の作家的強さ、精神の強靭さというものは疑いもなく、確固としたものであったことが証明される。

太宰の戦時中における強い作家意識を標榜したのは、『お伽草紙』（筑摩書房、昭和二〇年一〇月）の前書きである。


「あ、鳴つた。」

と言つて、父はペンを置いて立ち上る。警報くらゐでは立ち上らぬのだが、高射砲が鳴り出すと、仕事をやめて、五歳の女の子に防空頭巾をかぶせ、これを抱きかかへて防空壕にはひる。既に、母は二歳の男の子を背負つて壕の奥にうずくまつてゐる。

（中略）

母の苦情が一段落すると、こんどは、五歳の女の子が、もう壕から出ませう、と主張しはじめる。これをなだめる唯一の手段は絵本だ。桃太郎、カチカチ山、舌切雀、瘤取り、浦島さんなど、父は子供に読んで聞かせる。

この父は服装もまづしく、容貌も愚なるに似てゐるが、しかし、元来ただものでないのである。物語を創作するといふまことに奇異なる術を体得してゐる男なのだ。

ムカシ　ムカシノオ話ヨ

などと、間《ま》の抜けたやうな妙な声で絵本を読んでやりながらも、その胸中には、またおのづから別個の物語が醞醸せられてゐるのである。

このような状態が実際の太宰の戦時下にもあったことは、妻の津島美知子の『〈増補改訂版〉回想の太宰治』にも語られているが（四〇頁）、爆撃の真下にあっても自らの芸術家としての活動は、変わることなく続いており、さらにここで語られるのが日本の昔からのおとぎ話であることにも注目したい。また、『お伽草紙』の「舌切雀」の初めのところには、「とにかく、完璧の絶対の強者は、どうも物語には向かない。それに私は、自身が非力のせゐか、弱者の心理にはいささか通じてゐるつもりだが、どうも、強者の心理は、あまりつまびらかに知つてゐない。殊にも、誰にも絶対に負けぬ完璧の強者なんてのには、いま迄いちども逢つた事が無いし、また噂にさへ聞いた事が無い。私は多少でも自分で実際に経験した事で無ければ、一行も一字も書けない甚だ空想が貧弱の物語作家である。それで、この桃太郎物語を書くに当つても、そんな見た事も無い絶対不敗の豪傑を登場させるのは何としても不可能なのである。」「しかし、私は、カチカチ山の次に、いよいよこの、『私の桃太郎』に取りかからうとして、突然、ひどく物憂い気持に襲はれたのである。せめて、桃太郎の物語一つだけは、このままの単純な形で残して置きたい。これは、もう物語ではない。昔から日本人全部に歌ひ継がれて来た日本の詩である。物語の筋にどんな矛盾があつたつて、かまはぬ。この詩の平明闊達の気分を、いまさら、いぢくり廻すのは、日本に対してすまぬ。いやしくも桃太郎は、日本一といふ旗を持つてゐる男である。日本一はおろか日本二も三も経験せぬ作者が、そんな日本一の快男子を描写できる筈が無い。私は桃太郎のあの『日本一』の旗を思い浮べるに及んで、潔く、『私の桃太郎物語』の計画を放棄したのである。」という叙述がある。

これらの発言を字句通りに読み飛ばしてはいけない。自分が弱者であり、絶対不敗の強者である桃太郎の物語は書けない、という表面上の論理を振りかざし、実は本音のところでは、そういう強者の物語は書かない、と言いたいのである。国家が戦争における強者を待望して、弱者である庶民たちの生活を見捨ててゆこうとしている、そういう時代に於いて、太宰は自分ははっきり弱者であり、庶民の一人でしかないから、国家の気に入るような強者は書きたくない、国家と自分の生き方は別物である、自分は自分の生き方を邁進してゆきたい、こういう作家意識の表明なのである。これは本来的な意味で、自己に忠実な、自己の強さを保ち得た、確固たる形で形成された作家精神の表れである。

ところで、太宰の随筆に「自信の無さ」(『東京朝日新聞』昭和一五年六月二日)という作品がある。これは、長与善郎「文芸時評(3)」(『東京朝日新聞』昭和一五年五月三〇日)に対する反論として書かれたものである。

本誌の文芸時評で、長与先生が、私の下手な作品を例に挙げて、現代新人の通性を指摘して居られました。(中略)古来一流の作家のものは作因が判然《はっきり》してゐて、その実感が強く、従ってそこに或る動かし難《がた》い自信を持ってゐる。その反対に今の新人はその基本作因に自信がなく、ぐらついてゐる、といふお言葉は、まさに頂門の一針にて、的確なものと思ひました。自信を、持ちたいと思ひます。

けれども私たちは、自信を持つことが出来ません。どうしたのでせう。私たちは、決して怠けてなど居りません。無頼の生活もして居りません。ひそかに読書もしてゐる筈《はず》であります。けれども、努力と共に、いよいよ自信がなくなります。

私たちは、その原因をあれこれと指摘し、罪を社会に転嫁するやうな事も致しません。私たちは、この世紀の姿を、この世紀のまゝで素直に肯定したいのであります。みんな卑屈であります。みんな日和見主義であります。みんな「臆病な苦労」をしてゐます。けれども、私たちは、それを決定的な汚点だとは、ちつとも思ひません。

いまは、大過渡期だと思ひます。私たちは、当分、自信の無さから、のがれる事は出来ません。誰の顔を見ても、みんな卑屈です。私たちは、この「自信の無さ」を大事にしたいと思ひます。卑屈の克服からでは無しに、卑屈の素直な肯定の中から、前例の無い見事な花の咲くことを、私は祈念してゐます。(傍点は原文のまま、太宰による)

この太宰の言い回しのうまさを感じ取りたい。太宰は、古い作家の持つ、根拠を持たない、「或る動かし難い自信」を否定して、自分たちは、「自信の無さ」「卑屈の素直な肯定」を大事にして、そこから「前例の無い見事な花の咲くこと」を「祈念して」いる、と言う。つまり、古い大作家の持つような、何の根拠も意味もないような自信ではなく、この社会がもたらしている「自信の無さ」からこそ、自分たちは努力してしっかりとした結実をもたらそうと言っているのである。旧作家・大家たちに対しては、なかなかの皮肉に満ちているが、太宰たち新しい作家たちは、自己の態度に頼みとするところをきちんと持ち得ているのだと、宣言しているのである。こういう態度を見ても、太宰の強さというのがよく窺い知れる。一見アイロニカルな表現と思われるかも知れないが、太宰は、「自信の無さ」という強い自信を持っているのである。これは、別角度から眺めた太宰の強さであるが、これも戦争期に入っている頃の発言であることを注目したい。

太宰治の強さの一証明をこの章で為してきたが、これ以降の章でも太宰の強さ、面白さ、作家としての勝れた資質、こういったものを論証してゆこうと思う。

（補注）　この出典は私が昭和六二年の修士論文作成時点で最初に紹介したものであり、四章の「花火」論の初出、『中央大学大学院研究年報文学研究科第20号』（平成三年三月）で最初に活字化されており、『國文學』平成一四年七月臨時増刊『発禁・近代文学誌』の安藤宏「『一般家庭人ニ対シ悪影響』―太宰治『花火』」（一〇六〜一一〇頁）で最初に紹介されたものではないことを御確認頂きたい。

二章　太宰治の転向の特異性

一、「罪の意識」

非合法。自分にはそれが幽かに楽しかつたのです。むしろ、居心地がよかつたのです。世の中の合法といふもののはうが、かへっておそろしく、（それには、底知れず強いものが予感せられます）そのからくりが不可解で、とてもその窓の無い、底冷えのする部屋には坐つてをられず、外は非合法の海であつても、それに飛び込んで泳いで、やがて死に至るはうが、自分には、いつそ気楽のやうでした。

（中略）

しかも、Ｐ（党の事を、さういう隠語で呼んでゐたと記憶してゐますが、或いは、違ってゐるかもしれません）のはうからは、次々と息《いき》をつくひまも無いくらゐ、用事の依頼がまゐります。自分の病弱のからだでは、とても勤まりさうも無くなりました。もともと、非合法の興味だけから、そのグルウプの手伝いをしてゐたのですし、こんなに、それこそ冗談から駒が出たやうに、いやにいそがしくなつて来ると、自分は、ひそかにPのひとたちに、それはお門《かど》ちがひでせう、あなたたちの直系のものたちにやらせたらどうですか、といふやうないまいましい感を抱くのを禁ずる事が出来ず、逃げました。逃げて、さすがに、いい気持はせず、死ぬ事にしました。

これが「人間失格」(『展望』昭和二三年六月・七月・八月)中にある、太宰治の虚構化された非合法活動とそこからの転向体験に関わる叙述である。

また、叙述時期は遡ることになるが、「東京八景」(『文学界』昭和一六年一月)にはこうある。

戸塚。(中略)二学期からは、学校へは、ほとんど出なかつた。世人の最も恐怖してゐたあの日陰の仕事(非合法活動つまり共産主義への協力—佐藤注)に、平気で手助けしてゐた。その仕事の一翼と自称する大袈裟な身振りの文学には、軽蔑を以て接してゐた。私は、その一期間、純粋な政治家であつた。(中略)朝早くから、夜おそく迄、れいの仕事の手助けに奔走した。人から頼まれて、拒否した事は無かつた。自分の其の方面に於ける能力の限度が、少しづつ見えて来た。私は、二重に絶望した。銀座裏のバアの女が、私を好いた。(中略)私は、この女を誘つて一緒に鎌倉の海へはひつた。破れた時は、死ぬ時だと思つてゐたのである。れいの反神的な仕事にも破れかけた。肉体的にさへ、とても不可能なほどの仕事を、私は卑怯と言はれたくないばかりに、引き受けてしまつてゐたのである。(中略)女は死んで、私は、生きた。

さらに遡ると、「狂言の神」(『東陽』昭和一一年一〇月)には「或る月のない夜に、私ひとりが逃げたのである。とり残された五人の仲間は、すべて命を失つた。私は大地主の子である。地主に例外は無い。等しく君の仇敵である。裏切者としての厳酷なる刑罰を待つてゐた。撃ちころされる日を待つてゐたのである。」という叙述、またかなり似たような叙述であるが、「虚構の春」(『文学界』昭和一一年七月)には「月のない夜、私ひとりだけ逃げた。残された仲間は、すべて、いのちを失つた。私は、大地主の子である。転向者の苦悩? なにを言ふのだ。あれほどたくみに裏切つて、いまさら、ゆるされると思つてゐるのか。(一行あき。)裏切者なら、裏切者らしく振舞ふがいい。」という表現がある。

こういう叙述をはじめとする「罪の意識」独白が、奥野健男等の研究者をはじめとして多くの読者を呪縛したものであった。奥野の「罪の意識」解釈を著名な『太宰治論*〈角川文庫〉』から見てみよう。

ここに、自己をして悪徳の見本たらしめ、反立法の役割たらしめようとする、きわめて印象的な太宰らしい「他の為」の方法が登場するのです。彼をして自己をマイナスの存在と強く意識させた直接の動機は、コミニズムの実践運動からの脱落です。富豪の生家に対する反逆と、「他の為」になりたい、弱い者の味方になりたいという倫理感から、つまり下降指向によって彼は学生時代のコミニストとして、その運動に自己のすべてを賭けました。(中略)しかしこの実践運動を行っているうちに、自分はとうていコミニストになりきれない、滅びる側の人間だと思い知ら

されたのです。　（三七頁、傍点は奥野）

太宰の「罪の意識」を鳥居邦男は次のように解釈する。

その太宰（太宰文学が超現実的な絶対性を希求する姿勢を持つことを指しており、鳥居は太宰の出生からその姿勢があったと解釈する—佐藤注）がコミュニズムに接近したということは、たしかに彼の必然性によるものであった。しかしそれはけっして一つの社会思想としてではなく、彼個人の倫理の問題としてであった。絶対性を希求する太宰はいきおい現実の矛盾や妥協を厳しく拒否していくしかなかった。その時あたかも彼と同じ戦いをしているように見えたのがコミュニズムである。しかし現実のコミュニズムはそのようなものではなかった。彼は敗れるしかなかったのである。

外はみぞれ、何を笑ふやレニン像

の句には、コミュニズムを一個人の倫理という面からのみとらえようとした太宰の態度がはっきりうかがわれる。それは一歩誤れば、英雄主義にも堕しかねない危険をも*含んでいる。（「太宰治における文学精神の形成」〈『国語と国文学』昭和三四年一一月〉、但し、引用は『太宰治論　作品からのアプローチ』二七頁）

しかし、結論から先に言ってしまうと、太宰治の所謂「転向」は、家父長制への屈服に過ぎず、警察権力、ひいてはその背後に厳然と聳え立つ国家権力への屈服ではなかった。それゆえ、太宰なりの「罪の意識」は強く形成されたという反面、国家権力を相対化する好位置を獲得する利点にも恵まれた。これが、戦時中の太宰の精力溢れる活動と、国家の動向とは一線を画した距離の取り方をできたことに繫がっている。それでは、太宰の非合法活動への関わり方と、そこからの「転向」の在り方を概観してゆこう。

二、プロレタリア習作

太宰は旧制弘前高校在学中に、新聞雑誌部に所属していた関係から、校長の公金費消を端とするストライキに積極的に関与し、その経験等をもとに「虎徹宵話」（『猟騎兵』昭和四年八月）、「花火」（『弘高新聞』昭和四年九月）、「地主一代」（『座標』昭和五年一月・三月・五月）、「学生群」（『座標』昭和五年七月・八月・九月・一一月）等のプロレタリア習作を発表する。しかし、プロレタリア文学としての出来で言うと、それほど優れたものとは言えない。完全なるプロレタリアートとしての文学というより、プチ・ブル的な意識を抜け出しきれない文学といった方がよい作品群である。

たとえば、未完に終わったが、「地主一代」のラストはこのようである。

『では、失礼します。お互ひに闘ひませう。地主が強いか、小作人が勝つか、此の歴史的に記念すべき大決戦が、ここ数日で定るのです。必死になつて闘つて見ませう』

『言ふ迄も無い事だ。俺は覚悟をして居る。俺は俺の全財産を投げうつて迄も此の争議には勝たねばならないのだ。俺は新興の力を挫く為に生れて来たのだ。それが俺の天命なのだ。近頃やつとそれが判つて来たやうな気がする。此の天命に甘んじて、一生憎まれ役をつとめて居るのこそ、何よりも英雄的な華々しい人間らしい生き方だと思ふのだ。此の苦しい悲壮な任務に踏みとゞまり得ず、他の仕事にコソコソ逃げて行くお前達こそ本当の卑怯者なのだ。まあ、とにかく命を賭けて闘つて見やう。戦ひが済んだら又ゆつくり会はう』

私は弟の笑ひながら恥かしさうに差しのべた大きい右手を堅く握つた。もう夜が明けた。牛乳のやうな白い朝霧が、地下室の階段からトロトロと流れ込んで来た。明り窓からは、柔かい日光がふんわりと。――日本晴れのいい天気だつた。

そして私は生れて初めて肉親の愛を掌の中にぬくぬくと感じて居た。

（二章終り）

こういう部分に対して、佐藤勝「地主一代その他」（『國文学』昭和四二年一一月、三〇頁）*はこう言う。

（前略）ここにあるのは、かくして労働者・農民もしくはその同情者（弟）と資本家・地主（兄）

との対立ではない。むしろそのような歴史的な範疇をこえて、正義と信実の士（メロス）と邪知暴虐な支配者（ディオニス）との対立がおのずからに顕現しているというべきなのだ。そこでは階級的な正義は「信実」に置きかえられ、歴史的な規程を受けるはずの資本家・地主の悪は非歴史的概念としての「暴虐」に置きかえられる。そういう秘密の操作をとおしてはじめてこの「地主一代」の書かれた限りでの結末部分たる兄弟の握手の場面が描かれることをうるのである。

太宰の「地主一代」では、階級的対立が回避された上で、それが信実対暴虐に転化され、その対決の前に肉親としての握手がなされる。つまり、一言で言ってしまうと、プロレタリア文学としては破綻し、失敗作となってしまっているのである。確かに、佐藤勝の言う、厳密な定義に合致する、階級的対立を描くことに成功しているプロレタリア文学は、非常に少ないと言ってよいかも知れぬ。太宰と同程度に破綻しているプロ文学の方が多い、とも言えるのである。しかし、ほんもののプロ文学と呼ぶべきは、例えば、次の葉山嘉樹『海に生くる人々』（改造社、大正一五年）ぐらいの水準を指すのである。本質的な意味での、資本家・船長と労働者・船員との階級対立が鮮明に描かれている部分である。

「それぢや、勝手に下船して行つたらどうだつたい。誰が、いつお前に、どうぞ、下船しないで乗つて下さいと頼んだ！　頼んだのはどつちだつたか、よく考えて見ろ」

船長が言つた。

（中略）

「私たちは勉強しても、船長はおろかボースンにも、なれないだらうと思つてゐるのです。ですから、猶更《なほさら》、私たちは、今のまゝで、幾分でもいゝ条件の下で労働し度いと思ふのです。私たちには、決して、船主になつたり船長になつて、富や、権利を、得ようと云ふ考へなんぞはないのです。私たちは、普通の労働者として、普通の人間としての、生活を要求するのです。人間として、船長は労働者よりもより特別なものだとは、我々は考へません。われ〳〵は、今では、階級と称せられてゐるものは、一つの仕事の分担に、過ぎないものだと思つてゐます。それだのに、今では、ある仕事を分担すると、同時に、人間を冒瀆《ばうとく》するやうにさへなります。人間が、人間を虐《しひた》げ、踏みつけ、搾取することを、えらくなると考へることは、半世紀許り前の考へだと、私たちは思つてゐます。私達は、人類の生活の一部分の貴い分担者として、自分を見てゐるのです。

（中略）」ストキは、その話に段々熱と真摯《しんし》とを加えた。

（引用は『現代日本文學大系56　葉山嘉樹・黑島傳治・平林たい子集』九二～九三頁）*

極論を言ってしまうと、昭和五・六・七年くらいの時期の太宰はというと、「東京八景」（『文学界』昭和一六年一月）の「私は、その一期間、純粋な政治家であった。」という表現ではないが、プロレタリアという冠詞の有無に関わらず、小説家・文学者たり得ず、政治家はオーバーだが、運動家・活動家即ちコミュニストでしかなかった、と言えるのではないか。太宰が作家として本格的に活動し始めるのは、「転向」後の昭和八年、「列車」(『サンデー東奥』日曜特集版付録、昭和八年二月一九日)以降と言ってよいであろう。そしてまた、この時期に限らず、太宰は終生、プロレタリア作家には成り得なかった。それは、理論や思想に懐疑的で、鋭い自己の感覚に忠実に生きた太宰にとっては、プロレタリア文学は資質的に相容れなかった、ということであろう。既に、プロレタリア習作「学生群」の中で、太宰は図らずもか、図ってかはわからぬが、登場人物にプロレタリア文学について語らせる。

(前略)幾百回幾千回となく試みられながら、未だ一回も成功しなかつた企図。プロレタリヤに読ませるプロレタリヤ小説。こんな皮肉な事実はあるか。インテリにはインテリに読ませるプロレタリヤ小説しか書けない。之は恥しながら事実だ。真のプロレタリヤ小説を作りたいならば、先づプロレタリヤを正しく教育せよ。すべての仕事はそこから始る。尊敬すべきさる闘士が言ふ。『今のプロ作家達は、あんなインテリ臭いプロ小説なるものを百篇書く事によつてでは無く、其の稿料を我々に寄附する事によつて階級的に存在の意義がある。文筆業は割に金になるものらしいから、筆の立つ者は――勿論プチ、ブル的に――どんな小説を書いたつて構はんから合法的な職業として、文士になるのも鳥渡よいぞ』

理念的なプロレタリア文学を否定し、プロレタリア教育を重視せよ、と言う。太宰自らが、自分のプロレタリア習作の中で、プロ文学への懐疑を述べてしまうという、一面皮肉な結果を招いてしまっている。太宰は戦後、「苦悩の年鑑」（『新文芸』昭和二一年六月）でも次のように書いている。

プロレタリア文学といふものがあつた。私はそれを読むと、鳥肌立つて、眼がしらが熱くなつた。無理な、ひどい文章に接すると、私はどういふわけか、鳥肌立つて、さうして眼がしらが熱くなるのである。君には文才があるやうだから、プロレタリア文学をやつて、原稿料を取り党の資金にするやうにしてみないか、と同志に言はれて、匿名で書いてみた事もあつたが、書きながら眼がしらが熱くなつて来て、ものにならなかつた。

三、非合法活動

昭和五年四月に東大文学部仏文科に進学後の太宰は、東京在住時には自家をアジトに提供し、資金をカンパする（工藤栄蔵に毎月一〇円の資金提供を約束し、工藤が警察に逮捕拘留された後は彼個人への月々五円の送金という形まで取った）ことにより、共産党幹部に大いなる貢献を果たした（当時の中央委員、紺野与次郎も太宰の自宅アジトを利用したことがあることを証言しているし、スパイM松村こと飯塚盈延も利用した一人らしい）のであるが、意識としてはかなり消極的、受動協力的なものに過ぎなかった。社会主義運動に対する協力というより、社会主義運動に偶々関わっていた人々への友情意識からの協力といったものであった（因みに、工藤は太宰の弘前高校の先輩に当たる）。こういった関わり方ですら、当時の治安維持法の条項に照らすと、多大な処罰対象であることは相馬正一も指摘している（『〈改訂版〉評伝太宰治　上巻』*二二五〜二二七頁）し、日本近代史の宇野俊一（私の卒論時の指導教官）も「それは大変な危険を犯した協力と言ってよい」と語ったが、太宰自身はそういう知識も意識も殆どなく、ややなしくずし的な協力を行っていた。意識としては消極的ではあるが、活動の実態としては「人間失格」中の「行動隊々長」のような重要なものであった。資金とアジト提供といったこの程度の協力でも、当時の非合法活動との関わりとしては重要なものであったし、工藤栄蔵逮捕の後には自ら直接党と結びついた活動にも若干ながら関わったらしい。この意識と活動の実態の懸隔が、奥野健男の言う太宰の転向後の「罪の意識」に繋がったことも間違いない。因みに、工藤栄蔵は次のように書いている。

修治が学生時代に可成り派手な活動をしたと想像している人もあるし、党員となって活動したなどと思っている人もあるようだが、私は一切こんなことは信じない。「裏切者」などと極めつけるのは、事情を知らない人達の考えることで、修治の、あの精一杯の党に対する寄与に対して気の毒だと思う。当時のあの厳しい情勢のなかで、気の弱いインテリが、それでも能力をかたむけつくしてくれたことは、修治の良心と、日本共産党の指導性、組織力の賜物として、それなりに、評価さるべきではないだろうか。

（『太宰治研究』昭和四四年九月、但し、引用は『太宰治に出会った日』*五九頁）

また、太宰の住まいをアジトに利用していた一人と推定される、紺野与次郎の言葉も引いておこう。

（前略）アジトを提供するということは、その当時としては非常に勇気のあることだったですね、だから、そういう意味では、何かサークルに入って活動するとか、そんなことでなくても、党にアジトを提供するということは、非常な勇気がなくてはできないことだったんです。その当時、彼自身がなにかと困難な時期に党を支持した、党に好意を持っていたことは、まちがいありませんね。（伊藤誠之「太宰治とコミュニズム―共産党との関連において―」〈『太宰治の人と芸術』*昭和五〇年四月、一八頁〉）

いずれも太宰の運動への協力に対して、真摯で勇気ある行動として評価している。彼らの証言を受けても、太宰の非合法活動への取り組み方が真面目なものであったことは窺い知れよう。

太宰が工藤の仲介を離れた後に、直接共産党の重要なポストを任されていたかも知れない、という友人達の証言等（津久井信也、平岡敏男等）はあり、また、小野隆祥『太宰治青春賦』に収録されている、「太宰治の左翼運動私論」(『信州白樺』昭和五七年一〇月)「太宰治と左翼運動」(『解釈と鑑賞』昭和六〇年一一月) の示唆される論考もあるが、未だに判然としない点が多いので、ここではそのことには言及しない。

四、転向の一般的定義並びに単純化モデル

転向を論じた本は、労作『共同研究　転向』*を代表として、いくつかある(例えば、鶴見俊輔・鈴木正・いいだもも『転向再論』*、長谷川啓編集『文学史を読みかえる3　〈転向〉の明暗―「昭和十年前後」の文学』*)が、まだまだ転向研究が進展している、という状況ではないと言える。それらを通して言えることであるが、心ならずの転向、心からの転向を問わず、転向の最初の段階が、権力(国家権力=警察権力)によって引き起こされた、という点は明らかである。それにも関わらず、時により、この基本線が忘れられたり、軽視されたりしている場合もあるように思われる。これは特に、心からの転向の側に立つ考え方で、権力へ屈服せずとも、いずれは自ら転向したのだとして、権力への屈服を認めたくない心理から来るものであろう、と思われる。しかし、その場合(刑期を満了し、出獄後に転向した場合も含めて)も当時の状況から鑑みると、結果として、権力側に降ったことと同等となってしまうのである。ただ、ここで私が一言断っておきたいのは、この表現には、転向者を断罪しようとする意図などはなく、転向という現象を当時の状況にできるだけ照らし合わせて、偏見なく捉え

たいための確認作業であることを、おわかり頂きたい。

ところで、私がこの転向の第一段階と見る、権力への屈服であるが、その原因には大きくいって二つ挙げられると思う。一つはもちろん、権力側からの圧迫で、拷問に代表される過酷な取締りを指すが、その主体は、大正一四年制定、昭和三年に死刑・無期を緊急勅令により追加した治安維持法を盾にした、特別高等警察（いわゆる特高）によって行われるものであった。いま一つは、吉本隆明の「転向論」（『現代批評』昭和三三年一二月）が言うところの、「大衆からの孤立（感）」（引用は『吉本隆明全著作集13』九頁）をあげねばならない。これは、当時の共産党指導者達の年齢層が低いところから主に来るところと言えよう。昭和八年段階で、指導層で転向したおもなところを拾ってみると、佐野学四一歳、鍋山貞親三二歳、高橋貞樹二八歳、中尾勝男三二歳と、全般的に若い。コミンテルン及び日本共産党の方針が、満州事変から国際連盟脱退と、徐々にファシズムから軍国主義へと傾いてゆく大衆的動向に対して極端に逸れて行くと、その若い指導層が孤立的不安に陥るのも当然の結果と言えるであろう。しかし、以上二つの原因が個々に働くのではなく、絡み合った上で働き、結果として、権力への屈服を引き起こすのである。

指導層の転向に引き続いて（もちろんそれに先立つ転向もあったわけであるが）、シンパ及び学者・作家層のなしくずし的な大量転向が訪れて来る。彼らの権力への屈服の原因も、大衆からの孤立感の要素が強くなっているとはいえ、権力側からの圧迫の要素もなくなったわけではない。やはり二つの要因が絡み合って来ているのである。その点、吉本が前者を強調し、後者をあまり重視しないのは、多少片手落ちで、両者とも大事な要因である、と私は言いたいのである。

次に転向の第二段階であるが、それは吉本の表現を借りると、「日本の封建制の優性遺伝的な因子にたいするシムパッシーや無関心」（吉本前掲論文、七頁）となるが、私なりの表現で言い換えると、家父長制及び土俗性への収束、ということになる。

ここで言う家父長制とは、日本古代社会に既に成立を見るが、江戸時代の儒教倫理、そして、明治立憲政府の民法、教育勅語等により強固な制度としての力を持ってきた、個々人よりも家、家の中では家督相続者たる家長の絶対視、という代物であり、これはさらに、親対子の関係＝天皇対臣民の関係と擬せられる可能性を多く持っていた。（鹿野政直『戦前「家」の思想』*、伊藤幹治『家族国家観の人類学』*等を参照）

また、土俗性という表現はかなり広い範疇で考えてもらいたい。例えば、島木健作の場合だと、生活（農民の生活）への探求から、さらに、当時の農林大臣有馬頼寧を拠り所とした農本主義運動の展開（農民文学懇話会からさらに満蒙開拓団等へとつながって行く）という具合になるし、亀井勝一郎の場合は、美と宗教（仏教）への傾倒、小林杜人の場合も、仏教（浄土真宗）への没頭、となるが、そういう農業や仏教信仰等を含めた、包括的な広い意味合いで、この表現を使いたい。

さて、転向では、この第二段階と次に述べる第三段階との間が大きな分かれ目となる。第二段階というのは、言わば泥沼のような状態で、其処に腰を据えていると、そのまま知らぬ間に徐々に沈んで行き、没落の一途を辿り、いつの間にか第三段階へと至って行くのである。つまり、第三段階というのは、家父長制の拡大解釈された、天皇制ヒエラルキーへの帰属を意味するのである。

なぜ、分かれ目という表現を使ったのか。それは、第二段階の泥沼状態で落ち着いていないで、足をぐっと踏ん張り、第三段階の敵をはっしと見据え、そこで留まることは可能であるからである。しかし、それを可能にするには、足で踏ん張る力、敵をしっかり意識する眼力、といったものが必要で、なかなか容易なことではないのである。吉本も言っているが、中野重治は「村の家」（『経済往来』昭和一〇年五月）の記述の如く、家父長孫蔵の背後に、もっと巨大で恐ろしい「対決すべきその真の敵を、たしかに眼のまえに視て」（吉本前掲論文、一四頁）、踏みとどまり、そして、「やはり書いて行きたいと思います」（引用は『*中野重治全集第2巻』八九頁）と答え、「第一義的文学者としての道」（「『文学者に就て』について」、引用は『*中野重治全集第10巻』五〇頁）を選択確保するのである。残念ながら、島木健作・亀井勝一郎あたりは、中野の用語では、「第二義的文学者としての道」（同書、同頁）しか取り得ず、そのため、自然に第三段階へと陥ちてゆく羽目となってしまった。

さて、昭和八年一二月、行刑当局の示した、「転向」に関する公式基準とは次の如くであった。

◎［イ］改悛ノ状態分類

（一）転向者（転向者トハ国体変革ハ素ヨリ現存社会制度ヲ非合法手段ヲ以テ変革セントスル革命思想ヲ抛棄シタル者ヲ謂フ）

い、革命思想ヲ抛棄シ一切ノ社会運動ヨリ離脱センコトヲ誓ヒタル者　（略号い）

ろ、革命思想ヲ抛棄シ将来合法的社会運動ニ進出セントスル者　（略号ろ）
は、革命思想ヲ抛棄シタルモ合法的社会運動ニ対スル態度未定ノ者　（略号は）
（二）準転向者
に、懐抱スル革命思想ニ動揺ヲ来シ将来之ヲ抛棄スル見込アル者　（略号に）
ほ、革命思想ハ抛棄セサルモ将来一切ノ社会運動ヨリ離脱センコトヲ誓ヒタル者　（略号ほ）
（三）非転向者　（略号へ）

（奥平康弘『治安維持法小史』*一五二頁）

これでわかるように、既にこの段階において、革命思想を抛棄しないと、転向となり得なかった。ということは、河上肇におけるような、運動からは絶縁するが、マルクス主義は捨てない、という立場は、転向でなく、準転向扱いになるわけであった。つまり、私が転向の第一段階とした、権力への屈服は、現象として見れば、マルクス主義の思想並びに実践の拋棄を意味することとなる。

昭和八年前後の転向というのは、すなわち、私の定義した、転向の第一段階及び第二・第三段階まででであったのである。ところが、それから五年ほど経ると、当局の追い詰め度はそんなものでは留まらなくなった。

昭和一三年の司法省刑事局『思想研究資料特輯四六号』における転向は、「マルクス主義を批判する程度」ではまだ駄目で、ここから「完全に日本精神を理解せりと認めらるゝに至りたるもの」へ進化し、最後の段階が「日本精神を体得して実践躬行の域に到達せるもの」（以上の引用は、奥平前掲書、一五四〜一五五頁）となっていた。

また、昭和一五年に高松地方裁判所の石井清判事は、転向の基準は、その臣民が「天皇陛下を現人神として礼拝の対象」にしているか否かである、と述べた（リチャード・H・ミッチェル著、奥平・江橋訳『戦前日本の思想統制』*一五八頁）。

さて、ここに至り、転向の最終第四段階が現出して来るのである。私は文学者におけるその典型を林房雄に見る。彼が「転向について」（『湘風』昭和一六年三月）で言う、「忠良なる日本国民としての復活」（引用は『現代日本文學大系61　林房雄・保田與重郎・亀井勝一郎・蓮田善明集』*三〇頁）、「いっさいを捨てて我が国体への信仰と献身に到達すること」（同書、三五頁）、つまり、「無比の国体への自覚」（同書、三九頁）であり、翌一七年の文章のタイトルとなる「勤皇の心」（『文学界』昭和一七年三月）なのである。

私がこのように、転向を段階分けしようと試みたのは、高見順『昭和文学盛衰史』*（五一一頁）の「転向の種類とは、すなわち転向の段階なのであった。」という発言に触発されてのことであった。もっとも、これはかなり単純化したモデルを意図的に考えたところのものである。

［転向の単純化したモデル図］

マルクス主義の実践信奉

←…（原因）権力の圧迫、大衆からの孤立

①（国家）権力への屈服＝マルクス主義の思想実践拋棄

←

②家父長制・土俗性への収束

←…（泥沼状態）

③天皇制ヒエラルキーへの帰属

←…（昭和一五年前後）

④日本国体の信仰と讃美＝転向の完成

五、太宰治の「転向」と中野重治・島木健作の転向

太宰治の「転向」がいつ為され、いつ完成段階を迎えたかは個人意識の問題でもあり、一概には定義付けできにくいが、その端緒が昭和七年七月中旬の青森警察署への出頭であったことに異論は出まい。このときの主たる取調べが共産党へのシンパ活動ではなく、甥の津島逸朗の青森県立商業学校の

同盟休校に関してのことであったことや、二三日の留置取調べの後に起訴・書類送検で済んだことは、警察権力という外的強制からもたらされる、本多秋五の定義する「心ならず」の転向にはならなかったことを意味する。かといって、自らの「心から」の転向であったというものでもない。太宰が真に恐れ、真に屈服した外的強制力は昭和六年一月二七日付の長兄津島文治と交わされた「覚書」であった。この第六条中にある、社会主義に関係した際は実家からの送金を減額または停止をする、という文面であった。かつて、昭和五年一一月に長兄と取り交わした仮証文の「覚書」にあった条項の分家除籍という処置にさえ恐れおののき、同年一一月二七日に鎌倉腰越海岸で田辺あつみ（戸籍名、田部シメ子）と心中未遂事件を引き起こした太宰である。家父長権に対する非常な恐怖心というものは、今日の我々の予想をはるかに超えるものであった。

第六条　乙（津島修治つまり太宰を指す―佐藤注）ニ於テ左記項ニ当ル行為ヲナストキハ甲（注・津島文治―佐藤注）津島忠次郎、津島季四郎、津島英治ノ同意ヲ経テ三、四、五条ニ定ムル額ヲ減ジ、或ハ停止及ビ廃止ヲスルモノトス

（中略）

一、社会主義運動ニ参加シ或ハ社会主義者又ハ社会主義運動ヘ金銭或ハ其ノ他物質的援助ヲナシタルトキ

（後略）

（引用は、『〈初出〉*太宰治全集別巻』一〇三〜一〇四頁）

太宰はこの家父長権力から突き付けられた「覚書」に怯え、屈服して、その結果での青森警察署出頭となるのである。このあと、同年一二月に青森検事局で完全に非合法活動との絶縁を宣言して、これで彼の「転向」が完成する。

東郷克美「逆行と変身―太宰治『晩年』への一視点―」（『成城大学短期大学部紀要』昭和四八年一月、引用は『*太宰治という物語』一〇〜一一頁、傍点は東郷）には、こういう示唆的な表現がある。

　昭和七年七月、青森警察署に出頭して取調べを受けた太宰治は、以後非合法運動から完全に離脱することになる。そして翌八月から「思ひ出」を書きはじめるのである。「転向」後、最初に書いた作品が「思ひ出」であるということは、太宰における転向の内実を考える上で重要な示唆を与える。太宰にとってコミュニズムの運動とは、幼少年期をすごした家を中心とする「思ひ出」の世界の否定・禁忌を意味したのであり、転向とはすなわちそのタブーから自己を解放して、その「思ひ出」の中へ回帰して行くことだったのではないか。その意味では転向者一般にみられる回帰現象と軌を一にするともいえる。（後略）

太宰にとっての「転向」が、「『思ひ出』の中へ回帰して行くことだった」、つまり、私の用語で言わせてもらうと、家父長権への収束であったことは同意されるのだが、最後の表現「転向者一般にみられる回帰現象と軌を一にする」という考え方には異論がある。太宰の「転向」には、他の転向者とは違う特異性があったのである。それをこれから追究したい。

太宰の「転向」は、中野重治「村の家」(『経済往来』昭和一〇年五月)における転向のあり方や、島木健作『生活の探求』(河出書房、昭和一二年一〇月)における転向のあり方ともかなり違う。中野の転向は農本主義的な思想は拒否するものの、警察権力に屈服した上での「心からの」転向と言ってよいし、島木の転向は農本主義を根底にした、生活者の視点に基づく「心からの」転向と位置付けられる。

例えば、中野の場合を見てみよう。実際の中野重治の転向は、一九三四(昭和九)年五月、「東京控訴院法廷で、日本共産党員であったことを認め、共産主義運動から身を退《ひ》くことを約束し、懲役二年執行猶予五年の判決を受けて」(中野重治の自筆年譜による。引用は、*『村の家・おじさんの話・歌のわかれ〈講談社文芸文庫〉』松下裕の作家案内の項、三〇〇頁)即日出所した時点である。その転向体験を作品化したのが、「転向五部作」と呼ばれるうちの最初の四つ、すなわち、『第一章』(『中央公論』昭和一〇年一月)『一つの小さい記録』(『中央公論』昭和一一年一月)『小説の書けぬ小説家』(『改造』昭和一一年一月)『鈴木　都山　八十島』(『文藝』昭和一〇年四月)であるが、木村幸雄の表現を借りると、「転向前後の自己の姿と仲間の姿を運動と留置所のなかにおいてとらえようとする性急な一連の失敗作」(*『中野重治論　作家と作品』一二頁)であり、作品中に自身の転向はしっかり見据えられてはいなかった。「転向五部作」の最終作、唯一の見るべき作品である『村の家』においても、転向の実態を鮮明に叙述したとは言い難いが、その箇所を引用してみよう。

つづいて彼は弁護士に会った。弁護士は勉次の出した保釈願や上申書で保釈実現に「不足している部分」について説明し、勉次が非合法組織にいたことを裁判所側として「認定」する条件は他の人から十分出てい、もしその点を承認すれば二年と執行猶予ないし保釈が可能になることを説明し、早いのでは去年から出ている勉次の知人たちの名を出した。それは勉次も知ってい、彼の属していた合法的組織は解体してい、彼自身ももうすこしどうかしていれば、そのとおりにしていたろうと思われる事情はあったのだったが、初めてそれを引合いに出した弁護士の言葉は彼に錯乱を与えた。勉次は錯乱——新しい心の戦いを感じ、同時にこの戦いの性質の分析を避けている自分を感じ、さらにそう感じること自身を避けていることを感じ、その二重三重の無意識な努力の行先きに目くらむように感じた。（中略）

あくる日朝早く弁護士が来た。勉次は問題の点を認めることにすると答えた。

（引用は、前掲講談社文芸文庫、六四〜六五頁）

こうして、中野の転向は実行されたが、「小塚原《こつかつぱら》で骨《こつ》になって帰るものと思て万事やってきたんじゃ」（同、七九頁）と言う「父（孫蔵）」の農本主義的説得は受け入れず、「よくわかりますが、やはり書いて行きたいと思います」（同、八一頁）という「勉次」の宣言（小説家としての道を選択する宣言）

として一応の完成を見るのである。

先程の私が示した、転向の単純化したモデル図に照らし合わせると、中野の場合は、②の段階に留まることが出来（家父長制には屈服したが、土俗性への収束は拒否したという特異性はあるが）、③の天皇制ヒエラルキーという強大な敵ははっしと見据えた上で、そこに収斂されることは拒否し得た、中野の用語で言うと、「第一義的文学者としての道」を確保することが辛うじて出来た、ということである。

また、島木の場合はこうである。「癩」（『文学評論』昭和九年四月）には、「今はもう不可抗的な自然力と化した病気の外に、磐石《ばんじゃく》のやうな重さをもつてのしかかつてゐる国家権力がある」（引用は、『現代日本文學大系70　武田麟太郎・織田作之助・島木健作・壇一雄集』二二二頁）と意識された、警察権力＝国家権力への屈服が語られ、さらに「生活の探求」で語られる農本主義的な生活者への論理が完成する。＊

一見実に何でもなく見える、つまらなくさへ見えるやうな日常生活の営みのなかにも、いかに多くの農民の苦しみや悲しみや喜びや、あるひはまた工夫や発明や智慧や創意やが折り込まれてゐるかといふことは、最初の井戸掘の経験以来、彼の感じてやまぬことであつた。その思ひは今益々深まつて行つた。それを思ふことは心のあつたまるやうなことであつた。一口に云へば彼は生活を感じた。そのやうな、生活を組み立ててゐる細部の意味がだんだん理解されるばかりでなく、それに対して親愛な感情を持つことが出来、尊敬のこころさへ湧いて来るといふことは、人間とその生活全体への肯定的な感情、愛情が次第に深まって行くといふことであつた。そしてさういふ感情こそは、すべての、真の意味での積極的な態度と行動との母たるべきものであつた。人間と生活の実体へより深く迫つて行く道は、そこからでなければ開けない。自分を大切にする気持もそこからおこる。

(引用は、前掲『現代日本文學大系70』一五四頁)

本多秋五の「転向文学論」では、島木の「生活の探求」は「転向文学は第二の段階に入る」(引用は、『転向文学論〈第三版〉』二一一頁)作品と捉えられ、こうまとめられる。「外的強制に屈伏した『心ならぬ』転向ではなく、自分の過去を積極的に清算する『心から』の、あるいは幾分の後ろめたさを残しながらも『半分は心から』の転向を語る文学が、ここにはじまるのである。」(同、同頁)。また、西崎京子は島木の転向を精密に分析してこう述べる。「島木は転向声明後、直線的にファシズムの流れについてゆくという形ではなく、それとはわずかにずれたところで自分の考えとの間に、波状型の動揺を示し乍ら、時勢に従っていくという姿をとる。」(思想の科学研究会編『共同研究 転向』上巻、二二三頁)但し、島木の農本主義的な回帰は、日本ファシズムの方向性の一つである、農民文学懇話会から満蒙開拓団への動向と、わずかにずれたところとはいえ、方向性としては一にしてしまう結果につながってしまう。

島木の転向を、私の単純化したモデル図によって照らし合わせると、本人の意識では②の段階に留まっていたのであるが、実は巧みに③の段階に取り込まれつつある、というものであった。

　こういう中野や島木の転向に対して、太宰の「転向」は、経済的制裁をバックに持つ家父長制への屈服であり、「父」=「長兄」という自分を厳しく監視する眼への妥協的屈服であり、自らの本心に反する意味では「心ならず」ではあるが、自分に魅力的とは言えない社会主義思想に対しては積極的な「心からの」「転向」であった。

　太宰の場合を、私の転向モデル図に当てはめると、権力(警察権力=国家権力)への屈服の前に、家父長制へ屈服したわけであるから、①の段階を吹っ飛ばして、いきなり②の段階に行き、その後①に返る、という奇妙なコースを辿ったこととなる。ストレートに家父長制へ推参した結果、その段階では国家権力に降参したと同様な意味を持ちうることとなったのである。但し、それがそのまま天皇制ヒエラルキーへの帰属とならなかったのは、この②から①へ返ったという点が、②から③への泥沼状態にはまり込むことを回避させ、太宰に「第一義的文学者」としての立場を無意識のうちに保障し得た。中野重治とコースこそ違え、或いはストレートに②へ行ったからこそ、「対決すべき真の敵」を強烈に見据えることが出来た、という好結果を太宰にもたらしたのである。

　自らの本心に反する意味での「心ならず」の「転向」は、私のモデル図で言うと、①を吹っ飛ばしていきなり②に行ったという転向の特異性が、太宰に過剰な「罪の意識」を植え付け、そこから終生続く「人間失格」者意識に繋がってゆく。この意味では、太宰のコミュニズムからの落伍意識を軽視することはできないが、太宰の場合はそれが思想的受け止め方にならず、あくまで個人的かつ倫理的な意識での受け止め方になった。また、社会主義思想に対する「心から」の「転向」は、私のモデル図で言うと、②から①に返り、そのため②と③の泥沼状態にはまり込まなかった転向の特異性になり、警察権力並びに国家権力への過剰な対抗意識を生まず、それら並びにその背後に厳然と聳える天皇制ヒエラルキーを相対化し、距離を置いて全貌を眺め得る客観者の意識に繋がってゆく。そして、太宰はこの「転向」を完成した後に、本格的な作家「太宰治」となり、国家と一定の距離を保った上で、自己の論理を全うする作家活動を本格化してゆくのである。

ところで、太宰を屈服させた家父長制が、一般的に言っても強力なものというのは前に見たが、太宰の所属した津島家というものが、一般的なものよりももっと強大であった、という点を少し見ておきたい。

津島家が古くからの大地主でなく、明治期後半から、金貸し業等の副業のゆえに、急激に発展した新興成金地主であるというのは、既に研究等で明らかにされた事実である。ところで、その津島家の実態がどの程度のものかというと、工藤睦男「津軽地方における地主制の発達とその特色」（相馬正一編*『コローキアム太宰治論』）には、『青森県農地改革史』より取った、大正一三年八月調査の津軽地方の百町歩以上地主の表があり、〝ヤマゲン〟津島家は、第六位にランクされ、所有耕地二二〇町二反、小作人二九〇と出ている。工藤の言うように、津軽地方では「第二ランクに位いする」（同書、一一六頁）地主なのである。また、秋山耿太郎、福島義雄*『津島家の人びと〈ちくま文庫〉』（七〇頁）には、「源右衛門が家督を受け継いでから四年目に当たる明治三十七年、津島家は県内多額納税者番付で、一躍第四位に躍り出る。三十年には第十二位だったから、大きな前進といえる。納税額千四百三十円十三銭。」というデータが紹介されている。この後に、津島家はまだ発展しているのである。

また、石上玄一郎『太宰治と私　激浪の青春』*（一四二頁）に、津島家と同様の滋賀県の大地主で、その息子である松原というアナーキストが語る、日本の農村の一特色がある。

「日本の農村の家というものにはね、たとえ僕がその家の当主だとしても、一存で決められないことが多々あるんだよ」（中略）「農村の人々は、都会のサラリーマンと違って、家は自分一人のものではなく、また自分一代のものでもない。超世代的なものであり、血縁、地縁の絡みあった共同体のものと考えているんだ。（中略）もしどうしても土地を処分せねばならぬ場合は親族一同の同意が必要となる。ところが農村では一村全部がいわば親族みたいなもんだからね……」

つまり、太宰にとっての津島家は、血縁・地縁的農村共同体の中心核となる大地主であったゆえに、その「家の重圧」（石上前掲書の一節のタイトルに使われている）というものも、現在の我々にとっては想像を絶するような化け物であった、と見て差し支えあるまい。この「家の重圧」が太宰に転向を促せた大きな要因であり、また、田辺あつみとの鎌倉心中事件も、この家からの分家除籍が引き金になっている、ということを改めてまた確認しておきたい。

六、国家との相対性

さて、ここからは、太宰の戦争期における国家との距離の置き方を、いくつかの作品中から証明していこう。まずは、よく引用される「十二月八日」(『婦人公論』昭和一七年二月)の一節である。

「さうか。」と不機嫌さうに言ひ、しばらく考へて居られる御様子で、「しかし、それは初耳だつた。アメリカが東で、日本が西といふのは気持のわるい事ぢやないか。日本は日出づる国と言はれ、また極東とも言はれてゐるのだ。太陽は日本からだけ昇《のぼ》るものだとばかり僕は思つてゐたのだが、それぢや駄目だ。日本が極東でなかつたといふのは、不愉快な話だ。なんとかして、日本が東で、アメリカが西と言ふ方法が無いものか。」

おつしやる事みな変である。主人の愛国心は、どうも極端すぎる。(中略)

主人の変な呟きの相手にはならず、さつさと起きて雨戸をあける。いいお天気。けれども寒さは、とてもきびしく感ぜられる。昨夜、軒端に干して置いたおむつも凍り、庭には霜が降りてゐる。山茶花が凛と咲いてゐる。静かだ。太平洋でいま戦争がはじまつてゐるのに、と不思議な気がした。日本の国の有難さが身にしみた。

この作品の主人公である主婦は、夫の愛国心を「極端すぎる」と批判的に観察し、自らの生活感覚を大事にし（「日本の国の有難さが身にしみた」というものの、それは愛国心というより、生活感覚による平和の謳歌といってよい）、あくまで国家的な動向とは一線を画する生き方をしているのである。

次に、「散華」（『新若人』昭和一九年三月）の、アッツ島で玉砕した「三田君」の葉書の一節として作品中に三回も引用される文面、

御元気ですか。
遠い空からお伺ひします。
無事、任地に着きました。
大いなる文学のために、
死んで下さい。
自分も死にます、
この戦争のために。

この文面の一節を軽く読んではならない。三田君は「戦争のために」死ぬが、主人公たる「私」＝太宰に向かっては、「大いなる文学のために」「死んで下さい」と言っているのである。文学は国家の動向や、ましては戦争とは一線を画するどころか、正反対のベクトルすら持つ営みである。その文学

のために「死んで下さい」ということは、自己の生き方を全うさせる宣言になっているのである。この「三田君」は戸石泰一と共に太宰に私淑していた人で、東大繰上げ卒業後に戦争の前線に積極的に参加してゆき、アッツ島で亡くなった三田循司がモデルとなっている。

こういう作品を見てきても、太宰治が国家とは一定の距離を置いた作家活動をなしたということは証明できよう。批判をする向きには、「新郎」（『新潮』昭和一七年一月）の妙に高ぶった主人公の姿勢や、「佳日」（『改造』昭和一九年一月）や「東京だより」（『文学報国』昭和一九年八月）等の作品に見られる一見、当局の顔色を伺ったような表現を捉えて、太宰も戦争協力をしていたなどという文学表現の本質もわきまえない議論をする者がいたりすることもあるが、そういう極端な断罪主義を考慮して太宰の姿勢をやや厳しく評価しても、太宰治の文学を抵抗文学とは言わないまでも、国家意識と一定の距離を置いた作家活動をしていたという評価は充分でき得るところと思われる。

太宰の代表作であり、彼が故郷を初めて相対化して眺め、自己の出自を確認できた書と言える、『津軽』（小山書店、昭和一九年一一月、新風土記叢書7として発行された）が戦争末期の執筆であることにも注目しよう。

教へられたとほりに行くと、なるほど田圃があつて、その畦道を伝つて行くと砂丘があり、その砂丘の上に国民学校が立つてゐる。その学校の裏に廻つてみて、私は、呆然とした。こんな気持をこそ、夢見るやうな気持といふのであらう。本州の北端の漁村で、昔と少しも変らぬ悲しいほど美しく賑やかな祭礼が、いま目の前で行はれてゐるのだ。（中略）日本は、ありがたい国だと、つくづく思つた。たしかに、日出づる国だと思つた。国運を賭しての大戦争のさいちゆうでも、本州の北端の寒村で、このやうに明るい不思議な大宴会が催されて居る。古代の神々の豪放な笑ひと闊達な舞踏をこの本州の僻陬に於いて直接に見聞する思ひであつた。海を越え山を越え、母を捜して三千里歩いて、行き着いた国の果の砂丘の上に、華麗なお神楽が催されてゐたといふやうなお伽噺の主人公に私はなつたやうな気がした。

この場面の少し後が有名な「たけ」との再会シーンである。

（前略）たけはそれきり何も言はず、きちんと正座してそのモンペの丸い膝にちやんと両手を置き、子供たちの走るのを熱心に見てゐる。けれども、私には何の不満もない。まるで、もう、安心してしまつてゐる。足を投げ出して、ぼんやり運動会を見て、胸中に一つも思ふ事が無かつた。もう、何がどうなつてもいいんだ、といふやうな全く無憂無風の情態である。平和とは、こんな気持の事を言ふのであらうか。もし、さうなら、私はこの時、生れてはじめて心の平和を体験したと言つてもよい。先年なくなつた私の生みの母は、気品高くおだやかな立派な母であつたが、このやうな不思議な安堵感を私に与へてはくれなかつた。世の中の母といふものは、皆、その子にこのやうな甘い放心の憩ひを与へてやつてゐるものなのだらうか。さうだつたら、これは、何を置いても親孝行をしたくなるにきまつてゐる。そんな有難い母といふものがありながら、病気になつたり、なまけたりしてゐるやつの気が知れない。親孝行は自然の情だ。倫理ではなかつた。

こういう感動的ではあるが、自らの論理、自らの感覚をきちんと表明するのは、その論理や感覚が、国家とは直接関わらないものであるからこそであるが、その表明するということは、この戦争末期という時期においては容易なことではなかったはずである。しかし、太宰は自らの出自確認という目的のための一書を物し、さらにその作品の末尾には「見よ、私の忘れ得ぬ人は、青森に於けるT君であり、五所川原に於ける中畑さんであり、金木に於けるアヤであり、さうして小泊に於けるたけである。アヤは現在も私の家に仕へてゐるが、他の人たちも、そのむかし一度は、私の家にゐた事がある人だ。私は、これらの人と友である。（中略）聖戦下の新津軽風土記も、作者のこの獲友の告白を以て、ひとまづペンをとどめて大過ないかと思はれる。まだまだ書きたい事が、あれこれとあつたのだが、津軽の生きてゐる雰囲気は、以上でだいたい語り尽くしたやうにも思はれる。私は虚飾を行はなかつた。読者をだましはしなかつた。さらば読者よ、命あらばまた他日。元気で行かう。絶望するな。では、失敬。」と宣言をして閉じるのである。見事なくらいに、国家の方向性とは相反する、自己の根所確認、自らの論理と倫理の確認宣言であった。

七、揺れ動きと揺り戻し

太宰の国家意識との一定の距離に、一時的ながら揺らぎが訪れ、国家の側に収斂されようとした一時期があった。それは、『惜別』（朝日新聞社、昭和二〇年九月）を書いた時期である。主人公「周さん」の発言や態度に明らかな日本賛美、国体賛美の太鼓持ちをさせている。

「（前略）もう僕はあの、科学救国論は全部、抹殺します。（中略）僕は、こんなに途方に暮れた時には、どうしてだか、日本の明治維新を必ず思ひ出すのです。日本の維新は、科学の力で行はれたものではない。それは、たしかだ。（中略）自国民の強化には、まづ民衆の精神の啓発が第一です。（中略）僕自身だつて、いま、日本の忠義の一元論のやうな、明確直截の哲学が体得できたら、それでもう救はれるのですからね。（中略）僕は、日本のあの一元哲学には、身振りが無くて、さうしていつでも黙つて当然のことのやうに実行されてゐるので、安心できるのです。（後略）」

こういう揺らぎが訪れたのは、戦争末期という時期並びに、この『惜別』という作品の書かれた動機・執筆意図による点も大きい。昭和一八年一一月五日・六日の両日にわたって開催された大東亜会議で採択された「大東亜共同宣言」の五大宣言に基づき、日本文学報国会は小説部会の参加希望者に執筆意図を提出させたが、その際に太宰が書いたのが「『惜別』の意図」（『太宰治全集第12巻』筑摩書房、昭和三一年九月二〇日）である。太宰はこの五大宣言のうち、第二項の「独立親和の原則」を小説化する意図であることを、内閣情報局と日本文学報国会に向けて、こういう言辞を述べている。

明治三十五年、当時二十二歳の周樹人（後の世界的文豪、魯迅）が、日本国に於いて医学を修め、以て疾病者の瀰漫せる彼の祖国を明るく再建せむとの理想に燃え、清国留学生として、横浜に着いた、といふところから書きはじめるつもりであります。（中略）さらにまた重大の事は、この仙台の町に、唯一人の清国留学生として下宿住居をしてゐるうちに、彼は次第に真の日本の姿を理解しはじめて来たといふ一事であります。（中略）日本のこの新鮮な生気はどこから来るのか。彼は周囲の日本人の生活を、異常の緊張を以て、観察しはじめます。（中略）しかし、彼のさまざま細かい観察の結果、日本人の生活には西洋文明と全く違つた独自の凛乎たる犯しがたい品位の存する事を肯定せざるを得なくなつたのであります。清潔感。中国に於いては全然見受けられないこの日本の清潔感は一体、どこから来てゐるのであらうか。彼は日本の家庭の奥に、その美しさの淵源がひそんでゐるのではなからうかと考へはじめます。或いはまた、彼の国に於いては全く見受けられない単純な清い信仰（理想といってもよい）を、日本の人がすべて例外なく持つてゐるらしい事にも気がつきます。けれども、やはり、はつきりは、わかりません。次第に彼は、教育に関する御勅語、軍人に賜りたる御勅諭までさかのぼつて考へるやうになります。（中略）中国の人をいやしめず、また、決して軽薄におだてる事もなく、所謂潔白の独立親和の態度で、若い周樹人を正しくいつくしんで書くつもりであります。現代の中国の若い智識人に読ませて、日本にわれらの理解者ありの感懐を抱かしめ、百発の弾丸以上に日支全面和平に効力あらしめんとの意図を存してゐます。

この文章にも実際の『惜別』に現れている以上の、日本国と日本国民に対する幇間的表現が溢れている。「周樹人」に対して、日本の教育勅語や軍人勅諭に対する目を見開かせるというのは、いかにも行き過ぎたやり方であろう。最後に「独立親和の態度」を強調するものの、どうにも太宰なりのレトリックとかイロニーの効いた表現ではなく、国家の側だけを見たおべっか的表現と言ってよかろう。

しかし、太宰の文学的態度はすぐに立て直しがなされる。『惜別』の中でも、『周さん』が日本批判の言辞を吐いたりすることもその一例である。それ以上に注目されるのは、『惜別』の直後に書かれた『お伽草紙』（筑摩書房、昭和二〇年一〇月）には、作家としての強い態度表明がなされている、ということである。「物語を創作するといふまことに奇異なる術を体得してゐる男」として、「その胸中には、またおのづから別個の物語が醞醸せられてゐるのである」と語り、一時的に国家の側を向いた自己の態度修正・立て直しを図っているのである。こう見てみると、わずか一時的な揺れ動きの時期を除くと、太宰の基本的な作家としての強い精神は見事なまでに一貫されていた、ということである。

三章　太宰治の戦争期

私の立論は、太宰が特異な転向を経てきた原因から、戦時中の国家に対して、一定の距離感を保ち得ることができた、ということに根本的基盤を持つ。よって、単なる国家への協力、軍部に対する従順とか、あるいは逆に、単に自己の立場を守って芸術活動を続けたとか、戦争反対の抵抗を続けていたとか、そういう位相だけで太宰を評価するのではなく、戦争期において色々な変化や気持ちの揺ぎなどを含めて、太宰の戦争期を総体的に捉えようとするものである。但し、総体的に捉えるためにも、時期的な区分や、時代的な世相、他の文学者たちとの共通点・相違点等も併せて見ることになり、必然的にかなり大部な論になることを最初にお断りしておきたい。

一、満州事変・上海事変期

一九三一年（昭和六）九月一八日、奉天北方の柳条湖において、南満洲鉄道線の線路が爆破される事件（関東軍の奉天独立守備隊の河本末守中尉が数名の部下を使って実行）が起こり、若槻礼次郎内閣は不拡大決議をしたが、関東軍は独走を続け、ここに満州事変が本格化する。翌一九三二年一月、戦闘は上海に拡がり、上海事変の勃発となる。満州事変の計画・推進の中心人物は、板垣征四郎と石原莞爾の両参謀であり、彼らの率いる関東軍は、三月、「満州国建国宣言」を出し、清朝最後の皇帝であった宣統帝溥儀を名目上の元首に担ぎ上げた。建国宣言の出された三月から調査を開始していた、国際連盟のリットン調査団の報告書は、一〇月一般公表され、この報告書と日本政府の意見書が上程されたが、国際連盟と日本との有効な解決策を見なかった。事態は、翌一九三三年二月の日本代表松岡洋右全権による、「日本政府はいまや極東に於て平和を達成する様式に関し、日本と他の連盟国とが別個の見解を懐いているとの指摘に達せざるをえない」という宣言を残しての、国際連盟脱退へと発展してゆく。（このあたりの叙述は、伊藤隆『*日本の歴史30　十五年戦争』、大内力『日本の歴史24　*ファシズムへの道』、入江曜子『*溥儀——清朝最後の皇帝』、ハインリッヒ・シュネー／金森誠也訳『「*満州国」見聞記』等を参照）

　こういう時代背景の頃に執筆された、「列車」（『サンデー東奥』日曜特集版付録、昭和八年二月一九日）は、昭和七年三月下旬頃脱稿されたと考えられる（『〈初出〉*太宰治全集第1巻』四六〇頁、山内祥史解題による）。「列車」は太宰治の筆名を使った、最初の小説（随筆・雑文では、同じ昭和八年二月、『海豹通信』第四便に発表された「田舎者」がある）作品である。この末尾近くに次のような描写が出て来る。

三輌目の三等客車の窓から、思ひ切り首をさしのべて五、六人の見送りの人たちへおろおろ会釈してゐる蒼黒い顔がひとつ見えた。その頃日本では他の或る国と戦争を始めてゐたが、それに動員された兵士であらう。私は見るべからざるものを見たやうな気がして、窒息しさうに胸苦しくなつた。

数年まへ私は或る思想団体にいささかでも関係を持つたことがあつて、のちまもなく見映えのせぬ申しわけを立ててその団体と別れてしまつたのであるが、いま、かうして兵士を眼の前に凝視し、また、恥かしめられ汚されて帰郷して行くテツさんを眺めては、私のあんな申しわけが立つ立たぬどころでないと思つたのである。

ここで描写されている兵士は、上海事変に動員された兵士であろう。この兵士に対する「私」の反応は、「見るべからざるものを見たやうな気がして」「窒息しさうに胸苦しくな」る、というものである。これはどういう反応と読み取ればよいのか。国策遂行のために動員される兵士に対して、そういう国策には協力できない自分との対比から、自らへの引け目を感じている反応であろうか。そうではなかろう。次の段落に語られる自らの「転向」への引け目、「テツさん」の「恥かしめられ汚されて帰郷して行く」姿への同情、そして、「動員された兵士」は、作者の中では全て等価のものとして扱われ、よって、兵士やテツさんに比較して、「見映えのせぬ申しわけを立ててその団体と別れてしまつた」「私」は、申しわけが立たないと思ったのである。相馬正一の言葉を借りると、「ここには個人の強いる犠牲と国家権力の強いる犠牲とを等質なものとして捉えようとする作者の意図がかくされている」（『〈改訂版〉*評伝太宰治　上巻』三三八頁）のであって、国策に加担させられる兵士も芸術活動に邁進する作家太宰治も、ともに同じ価値を持ち、だからこそ、「見映えのせぬ申しわけを立てて」「転向」した自分に対し、強い自責と呵責の念を覚えているのである。今は「転向」し、作家としても一本立ちしていない自分に不甲斐なさを感じるという反応は、あくまでも国家の動向、国策遂行とのベクトルとは異質の方向性を持ち、これからの作家精進に掛けようとする、筆名だけではない、作家「太宰治」の誕生の瞬間なのである。但し、本当の意味での作家「太宰治」の誕生は、「転向」経験を終えた後の、「思ひ出」（『海豹』昭和八年四月・六月・七月）になってからである（このあたりの論旨は、前章「太宰治の転向の特異性」を参照）。

　ところで、この満州事変の頃は、批判的な眼を持っている人も多かった。その一例として、以下に『文藝春秋』昭和六年一一月号に掲載された、石丸藤太「満州事変の電報を読んで」を引用しよう。

　今度の満州事変ほど妙なものはない、支那《しな》側は日本軍の行動を以《もっ》て、国家政策の手段としての戦争だと主張すれば、日本では、支那の一部の軍隊と日本軍隊との衝突から起つた事変だと称する。つまり戦争だ事変だの争ひだ。のみならず日本では、軍部が先に立つて政府を指導してゆく、それは恰《あたか》もシベリヤ出兵当時の外交に彷彿《ほうふつ》たるものがある。政府はあるのかないのか、これも頗《すこぶ》る妙である。（中略）

今度の事変では、支那兵の満鉄破壊が因となつて、日支間に兵火を交へたと聞いた時には、私は先《ま》づ安心した、これなら立派《りつぱ》に自衛の戦争だ。と同時に我が陸軍は疾風迅雷《しつぷうじんらい》の勢《いきおい》を以て、南満州の戦略要点を占領したといふ電報を、次から次と読んでは、流石《さすが》は陸軍だと感嘆せざるを得なかつた。これでは支那は僅《わずか》に一日間でぎゆつと首を締められてしまつたのだ。到底《とうてい》手も足も出やしない。

だが電報をだんだん読んでゆく内に、我が陸軍はどこまで占領するだらうか――といふ疑問が頭に浮かんで来た。若《も》しその度を超せば自衛の範囲を逸する（後略）

（引用は、原田勝正*『昭和の歴史別巻　昭和の世相』五一～五二頁、傍点は原文通り）

「自衛の戦争」なら安心できるが、どこまでも占領を続けるなら、「自衛の範囲を逸する」から、その戦争はまずいと、満州事変と軍部独走に厳しい批判の目を向けている。この時期には、こういう理性的な判断もあった一証明である。

二、日中戦争期

前年の二・二六事件という凶悪な陸軍テロを経て、一九三七年（昭和一二）七月七日、蘆溝橋事件を発端として日中戦争が始まる。近衛文麿内閣は当初、不拡大方針をとるものの、陸軍の拡大路線に屈して、華北への派兵を決定し、翌一三年一月、「帝国政府は爾後国民政府を対手とせず」という近衛声明を出し、四月、国家総動員法公布、七月、張鼓峰事件でソ連軍と衝突し、多数の死傷者を出した。

ところで、最近の歴史学に於ける用語では、日中戦争から太平洋戦争までを含めて、一五年戦争と呼んだり、アジア・太平洋戦争という用語を広義の意味でこの時期全部の戦争を扱うものとしたり（狭義には、真珠湾奇襲以降を呼ぶ用語として使われる）している（『岩波講座　日本通史19巻　近代4』*、『岩波講座　アジア・太平洋戦争1　なぜ、いまアジア・太平洋戦争か』*等を参照）が、ここでは便宜上、日中戦争という古い用語をそのまま使うことにする。

昭和一四年には、ドイツ軍のポーランド侵入により、九月一日、第二次世界大戦の火ぶたが切って落とされ、平沼騏一郎内閣は、直前に締結された独ソ不可侵条約に「複雑怪奇」という声明を残して総辞職、それに先立つ五月にはノモンハン事件が起こっており、その停戦協定には阿部信行内閣が当たった。しかし、阿部内閣も陸軍の離反により、わずか五ケ月で倒れ、後を海軍出身の米内光政内閣が受けたが、この内閣も陸軍との対立から六ケ月の短命に終わる。そして、新体制運動への乗り出しを表明した近衛の再出馬となる。

こういう不安定な政情の続く昭和一五年は、日中戦争が泥沼化の様相を呈し、九月には日独伊三国軍事同盟がベルリンで調印され、国内的にも戦時態勢への転換期的な年であった。九月、全国に隣保（隣組）制度が通達され、一〇月、近衛を総裁に大政翼賛会が発足、一一月、紀元二六〇〇年記念祝典を間に挟んで、大日本産業報国会が創立され、経済新体制が謳われるようになる。

教育・思想・文化の統制が進み、津田左右吉博士の発禁禍もこの一五年二月のことであった。思想統制の中心機関となる情報局が、内閣の外局として設置されたのは、一二月のことで、これ以後、国内・国際の報道規制、宣伝・取締り、検閲をこの情報局が一手に引き受けることとなる。（以上は、前掲書の他に、藤原彰*『昭和の歴史　5　日中全面戦争』、*『太平洋戦争史3　日中戦争Ⅱ』、*『講座日本歴史10　近代4』等を参照）

文壇内でも新体制の掛け声に呼応した形で、国策文学の団体、すなわち、農民文学懇話会（間宮茂輔）、大陸開拓文芸懇話会（福田清人）、経国文芸の会（佐藤春夫）、国防文芸聯盟（戸川貞雄）等と、日本ペンクラブ（中島健蔵）、文芸家協会（木々高太郎）、文学建設（海音寺潮五郎）といったところが結束して、一〇月、日本文芸中央会が発足した。そういう時期を太宰の「鷗」（『知性』昭和一五年一月）は、極めて象徴的に描き出す。

> 私は醜態の男である。なんの指針をも持つてゐない様子である。私は波の動くがままに、右にゆらり左にゆらり無力に漂ふ、あの「群集」の中の一人に過ぎないのではなからうか。さうして私はいま、なんだか、おそろしい速度の汽車に乗せられてゐるやうだ。この列車は、どこに行くのか、私は知らない。まだ、教へられてゐないのだ。汽車は走る、轟々の音をたてて走る。イマハ山中《ヤマナカ》、イマハ浜《ハマ》、イマハ鉄橋、ワタルゾト思フ間モナクトンネルノ、闇ヲトホツテ広野《ヒロノ》ハラ、どんどん過ぎて、ああ、過ぎて行く。私は呆然と、窓外の飛び去る風景を迎送してゐる。（中略）

夜がふけて、寝なければならぬ。私は、寝る。枕の下に、すさまじい車輪疾駆の叫喚。けれども、私は眠らなければならぬ。眼をつぶる。イマハ山中《ヤマナカ》、イマハ浜、――童女があはれな声で、それを歌つてゐるのが、車輪の怒号の奥底から聞えて来るのである。

太宰が細かい戦争の情勢を知っていたとは思われないし、太宰を含め銃後の国民には、それらを知る手立てもあまり与えられていなかった。しかし、太宰は、ファシズムから軍国主義へと突っ走る日本の姿を、あくまでも彼なりの感覚として捉えて描いて見せたのであった。その〝日本号〟の汽車は、「轟々の音をたてて」「おそろしい速度」で「群集」を乗せてひた走る。「ワタルゾト思フ間モナクトンネルノ」と徐々にスピードアップして行き、その童女の哀れな歌もかき消されんばかりになって行く。

そして、太宰は、先程の引用に続けて愛国心について語る。

祖国を愛する情熱、それを持つてゐない人があらうか。けれども、私には、言へないのだ。それを、大きい声で、おくめんも無く語るといふ業《わざ》が、できぬのだ。出征の兵隊さんを、人ごみの陰から、こつそり覗いて、ただ、めそめそ泣いてゐたこともある。私は丙種である。劣等の体格を持つて生れた。（中略）劣等なのは、体格だけでは無い。精神が薄弱である。だめなのである。私には、人を指導する力が無い。誰にも負けぬくらゐに祖国を、こつそり愛してゐるらしいのだが、私には何も言へない。なんだか、のどまで出かかつてゐる、ほんたうの愛の宣言が私にも在るやうな気がするのだが、言へない。知つてゐながら、言はないのではない。のどまで出かかつてゐるやうな気がするのだが、なんとしても出て来ない。それはほんたうにいい言葉のやうな気がするのであるが、さうして私も今その言葉を、はつきり摑みたいのであるが、あせると尚さら、その言葉が、するりするりと逃げ廻る。私は赤面して、無能者の如く、ぼんやり立つたままである。一片の愛国の詩も書けぬ。なんにも書けぬ。ある日、思ひを込めて吐いた言葉は、なんたるぶざま、「死なう！　バンザイ。」ただ、死んでみせるより他に、忠誠の方法を知らぬ私は、やはり田舎くさい馬鹿である。

太宰は、愛国心そのものは否定しないし、それを自身も持っていると言う。しかし、愛国心を強制的に押し付けたり、それを「おくめんも無く」声高に語る、ということは拒否する。「ほんたうの愛の宣言」しかいらない、「ほんたうにいい言葉」しかいらない、そういうものしか吐きたくない、と言うのである。太宰のような弱者、「無能者」は、戦争へと向かう状況にあっても、あるいはあるからこそ、「一片の愛国の詩も書けぬ」のである。

この頃の文壇というと、火野葦平の「麦と兵隊」（『改造』昭和一三年八月）、棟田博の「分隊長の手記」（『大衆文芸』昭和一四年三月〜一五年六月）、上田広「黄塵」（『文芸首都』昭和一三年一月・二月・三月・五月・九月）、日比野士朗「呉淞クリーク」（『中央公論』昭和一四年二月）といった、戦争文学の中でも兵士自身が書いた体験的作品、つまり、兵隊文学が国民に歓迎され、もてはやされていた。そこで太宰はこう言う。

（前略）私は、兵隊さんの書いたいくつかの小説を読んで、いけないと思つた。その原稿に対しての、私の期待が大きすぎるのかも知れないが、私は戦線に、私たち丙種のものには、それこそ倒立《さかだ》ちしたつて思ひつかない全然新しい感動と思索が在るのでは無いかと思つてゐるのだ。茫洋とした大きなもの。神を眼のまへに見るほどの永遠の戦慄と感動。私は、それを知らせてもらひたいのだ。大げさな身振りでなくともよい。身振りは、小さいほどよい。花一輪に託して、自己のいつはらぬ感激と祈りを述べるがよい。（中略）

私は、兵隊さんの小説を読む。くやしいことには、よくないのだ。ご自分の見たところの物を語らず、ご自分の曾つて読んだ悪文学から教へられた言葉でもつて、戦争を物語つてゐる。戦争を知らぬ人が戦争を語り、さうしてそれが内地でばかな喝采を受けてゐるので、戦争を、ちゃんと知つてゐる兵隊さんたちまで、そのスタイルの模倣をしてゐる。戦争を知らぬ人は、戦争を書くな。要らないおせつかいは、やめろ。かへつて邪魔になるだけではないのか。私は兵隊さんの小説を読んで、内地の「戦争を望遠鏡で見ただけで戦争を書いてゐる人たち」に、がまんならぬ憎悪を感じた。君たちの、いい気な文学が、無垢な兵隊さんたちの、「ものを見る眼」を破壊させた。これは、内地の文学者たちだけに言へる言葉であつて、戦地の兵隊さんには、何も言へない。くたくたに疲れて小閑を得たとき、蠟燭の灯の下で懸命に書いたのだらう。それを思へば、芸術がどうのかうのと自分の美学を展開するどころでは無い。(後略)

太宰が兵隊文学に望むことは、前線の兵士たちが、自己の体験を、内地の悪文学(従軍作家の戦争ルポルタージュ小説等も含むと見てよかろう)の言葉でなく、自己の言葉で「いつはらぬ感激と祈りを述べる」ということであった。先に挙げた諸作品に触発された兵隊文学ばやりの中で、種々雑多な似而非作品が増えて来ている。それらのニセモノに欠けているのは何か。なぜ、「よくない」のか。兵士たちの「無垢な」眼で見た戦地の貴重な体験を、素直に発露する点、それがないからである。

太宰の求めた兵隊文学と全く同質とは言えないかも知れないが、「兵隊さん」自身の「無垢な」眼で見た「全然新しい感動と思索」が現れている作品にかなり近いもの、太宰の批判した「内地でばかな喝采を受けてゐる」作品にも分類されかねないが、実はそういうものとは一線を画して良質の兵隊文学と呼べる、火野葦兵の「麦と兵隊」の一節を試みに引いてみよう。

私は石榴の丘に上った。じりじりと真夏の太陽に似た炎熱である。兵隊は柳の下や家の中に入り込んだりして休憩して居る。あちらでもこちらでも地面にアンペラを敷いたり高粱殻を拡げたりして寝転んで居る。又多くの者は樹陰に屯《たむろ》して腰を下ろし、談笑して居る。(中略)兵隊のおいしそうに吸う煙草の煙が幾筋も陽炎《かげろう》の中にゆれて消える。それは丁度、行軍して来てちょっと一休みして居るといふ風に見える。それはたった今死闘を終えたばかりで、又これから死闘へ向かって行くのだとはどうしても見えないのである。それは何時か中山参謀が、この頃、兵隊の平気な顔を見ると頭が下る気がするよ、と言った、その平気な顔である。私は、ふと、孫圩で過ごした一日のことを思い出したが、私自身も、私はそれが何か特別な経験であったとは少しも感じないで居ることに気づいた。戦場では特別な経験などというのはありはしない。取り立てて言うほどのことはなにもない。同じような日が同じように過ぎて行くだけだ。上海から、南京から、徐州へ、それからもっと先へ、戦場は果てしなく続いて居る。私が孫圩で得た感想が兵隊にとっては毎日連続されて居る。それは既に何にも感想が無くなってしまって居るのだ。それはその感想に負けたのではない。その感想を棄てたのではない。それは乗り越えたのだ。苦労というような生やさしい言葉では尽されないひとつの状態が、最初は兵隊の上を蔽い、次の瞬間には兵隊がその上を乗り越えた。石榴の丘に私が立って茫然として居ると、出発の命令が下ったようである。（中略）東方の新しき戦場に向かって、炎天に灼かれながら、黄塵に包まれながら、進軍して行くのである。私はその風景をたぐいなく美しいと感じた。私はその進軍にもり上って行く逞しい力を感じた。脈々と流れて行く力強い波を感じた。私は全く自分がその荘厳なる脈動の中に居ることを感じたのである。私はこの広漠たる淮北《わいほく》の平原に来て、このすさまじい麦畑に茫然とした。その土にこびりついた生命力の逞しさに駭《おどろ》いた。しかしながらそれは動かざる逞しさである。私は今その麦畑の上を確固たる足どりを以て踏みしめ、蜿蜒と進軍して行く軍隊を眺め、その溢れ立ち、もり上り、殺到して行く生命力の逞しさに胸衝たれた。

（引用は『日本文學全集52　火野葦平集』*一四九〜一五〇頁）

この引用でわかると思うが、火野の視点は、銃後の国民や、太宰たち内地の作家には、予想も経験もできぬものを見ることができた。また発表こそ後になるが、以前の「土と兵隊」（『文芸春秋』昭和一三年一一月）において作品化される、従軍作家になる以前に持ち得た一兵卒の眼で、さらに自己の文学的素養で培われた自らの言葉でこの「麦と兵隊」という作品を描き切っている。そういう意味では一級品の戦争文学と呼んでよかろう。火野は、「土と兵隊」で描かれる、杭州湾敵前上陸を第七中隊長第一小隊第二分隊長玉井勝則（火野葦兵の本名）伍長として経験し、「麦と兵隊」の徐州会戦の時には、報道班員というやや特権的な位置にはいたが、弾丸の下をくぐり抜け、一般兵士と行動をともにしていたからこそ、一兵卒の眼を失わなかった。そしてそこから、死闘に次ぐ死闘の連続の中にありながら、それを不思議なくらい易々と乗り越えてゆく、「兵隊の平気な顔」、さらに、広漠な麦畑を「蜿蜒と」進軍して行きながら、その麦畑の逞しさを逆に呑み込むかのような、兵士の生命力・逞しさを描き切ることができたのであろう。

山田朗「兵士たちの日中戦争」（『岩波講座*　アジア・太平洋戦争5　戦争の諸相』三八〜三九頁）によると、「日本軍兵士の多くにとっては日中戦争はつらい徒歩行軍の連続であったと記憶されている。徐州作戦（一九三八年四月—六月）あたりまでは、日本軍は華北においては『満州国』から鉄道で山海関を越えるか、日本（広島宇品港など）から塘沽に上陸して、ともにいったんは天津に集結して、その後、おもに鉄道を使うか徒歩で各方面へと行軍した（後には青島に上陸する部隊も多かった）。また、華中においては上海や揚子江河口沿岸に上陸し、水運を利用するか、徒歩で内陸部に展開した。」という状況であった。

こういう辛い行軍の中に、兵士たちの力強さを読み取る、火野にこういう視点があったことが、単行本『麦と兵隊』（改造社、昭和一三年九月一九日）を百万部を超すベストセラーにした原因の大きなものであるはずだが、このような良質な兵隊文学・戦争文学は、今日振り返ってみても、ほとんど無いと言ってよいかも知れぬ。よく併称される石川達三「生きている兵隊」（『中央公論』昭和一三年三月）は、非常に暴露的な従軍作家のルポルタージュであり、太宰の批判した「悪文学」に近い。高崎隆治*『戦争文学通信』に挙げられている、「戦争文学文献目録」（三二五～三五〇頁）の何百もの作品の中で、現在読むに堪え得るものは少ない。

太宰は、先程の引用の少し後に、自分なりの「銃後奉公」を語る。

さて、兵隊さんの原稿の話であるが、私は、てれくさいのを堪へて、編輯者にお願ひする。ときたま、載せてもらへることがある。その雑誌の広告が新聞に出て、その兵隊さんの名前も、立派な小説家の名前とならんでゐるのを見たときは、私は、六年まへ、はじめて或る文芸雑誌に私の小品が発表された。《（ママ）》そのときの二倍くらゐ、うれしかつた。ありがたいと思つた。早速、編輯者へ、千万遍のお礼を述べる。新聞の広告を切り抜いて戦線へ送る。お役に立つた。これが私に、できる精一ぱいの奉公だ。戦線からも、ばんざいであります、といふ無邪気なお手紙が来る。しばらくして、その兵隊さんの留守宅の奥さんからも、もつたいない言葉の手紙が来る。銃後奉公。どうだ。これでも私はデカダンか。これでも私は、悪徳者か。どうだ。

この部分は、太宰が、昭和一四年二月頃、当時山西省に出征していた、弟子の田中英光から小説「鍋鶴」が送られてきて、『若草』五月号に掲載すべく労を取った、その事実に照応している。高木知子「太宰治——抵抗か屈服か」（西田勝編『戦争と文学者』*）は、この「銃後奉公」を「自己卑下的」な太宰の愛国心の表出で、「ここに、太宰が、芸術的抵抗と同時に時流におもねる表現と行動までとってしまった限界の萌芽を見る」（一七四頁）と、かなり大胆な裁断を下す。この程度の表現と行動が、「時流におもねる」とまで言えるものか。こんな「デカダン」のつつましやかな行為では、太宰が思っているほどにも「銃後奉公」にも何にもなってやしない。軍部への「おもね」り行動としては甚だ不徹底で、微力なものに過ぎない。こんな部分を捉えて、愛国心云々を言うこと自体、殆ど非常識な見解であろう。

さて、「鷗」の最重要部分を引いてみよう。今まで引用した部分の前後に何箇所か出て来る、自己の芸術家・文学者として邁進しようとする態度表明の部分である。

（前略）歯が、ぼろぼろに欠け、背中は曲り、ぜんそくに苦しみながら、小暗い露路で一生懸命ヴアイオリンを奏してゐる、かの見るかげもない老爺の辻音楽師を、諸君は、笑ふことができるであらうか。私は、自身を、それに近いと思つてゐる。社会的には、もう最初から私は敗残《はいざん》してゐるのである。けれども、芸術。それを言ふのも又、実に、てれくさくて、かなはぬのだが、私は痴《こけ》の一念で、そいつを究明しようと思ふ。男子一生の業として、足りる、と私は思つてゐる。辻音楽師には、辻音楽師の王国が在るのだ。

私は、いまは人では無い。芸術家といふ、一種奇妙な動物である。この死んだ屍《むくろ》を、六十歳まで支へ持つてやつて、大作家といふものをお目にかけて上げようと思つてゐる。

（前略）やはり私は辻音楽師だ。ぶざまでも、私は私のヴアイオリンを続けて奏するより他はないのかも知れぬ。汽車の行方《ゆくへ》は、志士にまかせよ。「待つ」といふ言葉が、いきなり特筆大書で、額《ひたひ》に光つた。何を待つやら、私は知らぬ。けれども、これは尊い言葉だ。啞の鷗は、沖をさまよひ、さう思ひつつ、けれども無言で、さまよひつづける。

太宰は、ファシズムから軍国主義へとひた走る「汽車の行方《ゆくへ》は、志士にまかせ」、つまり、国家のそういう方向にはとらわれず、というか、関わり合うことなく、自分は自分としての主体性を失わずに、「痴《こけ》の一念」で「辻音楽師」＝「芸術家」としての道を、「さまよひ」模索しながらも進み続けてゆくぞ、と堂々と宣言したのであった。つまり、芸術家としての主体性を保持しているという宣言なのである。この「痴《こけ》の一念」は、意外なくらい強い、確固としたもので、太宰が戦争中を通して生きるモットーとしていたものであるとともに、それが社会・国家にとっては、実に恐るべき存在であった。体制内に、強い個人的意志を持った腹中の虫がいるだけかも知れないが、その一匹が居るだけで、体制としては実にくすぐったい、いやな違和感を感ずるものである。ここで、「唖の鷗」は、何もせずにじっと受身の姿勢で待っているのではなく、「さまよひつづけ」ながら、主体的・積極的に待っている、という点にはさらに注目しておきたい。

奥野健男「大宰《(ママ)》治の時代的背景」（＊『解釈と鑑賞』昭和四四年五月、一二頁）の表現を借りると、次のようになる。

> ある権力体制にとつてもつともおそろしいことは外からの反対制《(ママ)》運動ではない体制内における自己を否定する潜在的な思想である。それはゲヘナの火に焼かれることを怖れない。無償のしかも何ものをも怖れない思想であるからだ。権力は権力には対抗できるが権力を問題にしない思想に対しては自衛すべき手段を持たない。なす術がないのである。

「三月三十日」（『物資と配給』〈満州必需品株式会社の機関誌―佐藤注〉康徳七年〈昭和一五年〉四月）という随筆は、太宰の本音と、併せて限界とが見えて、なかなか興味深い小文である。初出ではなかったのだが、著者書き入れで「満洲のみなさま」という言葉が冒頭に加えられ、単行本『信天翁―太宰治文藻集―』（昭南書房、昭和一七年一一月）に収録準備していたところだったが、入れられず、実際は『もの思ふ葦　太宰治全集第一六巻（近代文庫23）』（創芸社、昭和二七年七月）に初めて収録された。以下は初出誌の書き出し部分である。

私の名前は、きつとご存じ無い事と思ひます。私は、日本の、東京市外に住んでゐるあまり有名でない貧乏な作家であります。（中略）けふは、三月三十日です。南京に、新政府の成立する日であります。私は、政治の事は、あまり存じません。けれども、「和平建国」といふロマンチシズムには、やつぱり胸が躍ります。日本には、戦争を主として描写する作家も居りますけれど、また、戦争は、さつぱり書けず、平和の人の姿だけを書きつづけてゐる作家もあります。

このように書き出し、永井荷風の「散柳窓夕栄」（『三田文学』大正二年一月・三月・四月「戯作者の死」として発表。大正三年三月、籾山書店刊『散柳窓夕栄』に収録の際、改題）に「多少の共感を覚えたのです」として、さらにこう続ける。

（前略）日本には、戦争の時には、ちつとも役に立たなくても、平和になると、のびのびと驥足をのばし、美しい平和の歌を歌ひ上げる作家も、ゐるのだといふことを、お忘れにならないやうにして下さい。日本は、決して好戦の国ではありません。みんな、平和を待望して居ります。

「みんな」＝太宰を含めた国民全て、「平和を待望して居」るし、「私」＝太宰は、「美しい平和の歌」だけを「歌ひ上げる作家」であると宣言する。誰も戦争を望んでいない、早く平和が来て欲しい、平和な時が来れば我が独擅場だ、と太宰は本音を実に素直に述べたのである。常に世の動きとは一線を画し（戦争に対してもそうであった）、自己の芸術的立場を守ろうとする荷風に対して、同様の生き方をしようとしていた太宰が共感するのも、当たり前といえば当たり前であろう。

「三月三十日」は、次のように締め括られる。

私のやうな、頗る「国策型」で無い、無力の作家でも、満洲の現在の努力には、こつそり声援を送りたい気持なのです。私は、いい加減な嘘は、吐きません。それだけを、誇りにして生きてゐる作家であります。私は、政治の事は、少しも存じませんが、けれども、人間の生活に就いては、わづかに知つてゐるつもりであります。それを知らずに、作家とは言はれません。日本から、たくさんの作家が満洲に出掛けて、お役人の御案内で「視察」をして、一体どんな「生活感情」を見つけて帰るのでせう。帰つて来てからの報告文を読んでも、甚だ心細い気が致します。日本でニユウス映画を見てゐても、ちやんとわかる程度のものを発見して、のほほん顔でゐるやうであります。此の上は、五年十年と、満洲に、「一生活人」として平凡に住み、さうして何か深いものを体得した人の言葉に、期待するより他は、ありません。私の三人の知人は、心から満洲を愛し、素知らぬ振りして満洲に住み、全人類を貫く「愛と信実」の表現に苦闘してゐる様子であります。

「満洲の現在の努力には、こつそり声援を送りたい」と言うが、太宰は、満州の侵略性という点をどう考えていたのか。「政治の事は、少しも存じ」ないから、知らないというのか。或いは、満州に向けての文章、という性格上、敢えてそのことには触れないのか。太宰の意識を探る前に、当時の満州への日本の対応、並びに、民衆の意識にアプローチしてみよう。

昭和六年九月一八日、柳条湖事件を契機として始まった満州事変は、翌七年三月の傀儡国家、満州国建国宣言という結果に帰した。当時、政友会の衆議院議員であった松岡洋右が昭和六年、浜口雄幸内閣の幣原喜重郎外相の外交政策を批判して述べた「満州は日本の生命線」という言葉が、既に合言葉に仕立て上げられていた。

昭和一一年の広田弘毅内閣の施政方針の一つとしてあげられた「対満重要策の確立」を受け、一三年一月には、満蒙開拓青少年義勇軍の募集要綱が拓務省拓務局から発表された。その目的はというと、「日満両国の特殊関係を強化し、同昌共栄の理想を実現して東洋平和の確保に貢献するため、優良なる青年を多数満洲国に送出し、大量移民国策の遂行を確実かつ容易ならしめんとす」（引用は櫻本富雄『満蒙開拓青少年義勇軍』*四五頁）であり、また、長野県下に配布されたチラシの募集要項の主旨は、「我日本青少年を大陸の新天地に進出せしめ満蒙の沃野を心身鍛磨の大道場として日満を貫く雄大なる皇国精神を鍛錬陶冶し満蒙開拓の中堅たらしめ以て両帝国の国策遂行に貢献せしめんとす」（同書、四八頁）というものであった。

　義勇軍の目的であるから明確に「国策遂行に貢献」等という表現が使われているが、一般開拓民も彼らの意識せぬところで、この国策の片棒を担がせられていた。しかし、大多数の人々は、満州に行くと、設備がよく広い土地だから、農業で身を立てて、うんと金を作れる（櫻本前掲書二五〜二七頁に引用されている百田宗治選『僕等の文章・私達の詩』〈昭和一五年〉の、高等科一年生の作文の表現に拠った）という程度の認識であった。

　では、太宰もその程度の認識しかなかったのか。満州の侵略性という問題に対し、知らなかったにせよ、知っていても目をつぶったにせよ、ここには太宰の限界が現れている。つまり、国策遂行を担わせられている人々に同情し、さらに応援してしまい、それが過度になるあまり、国策への批判の目を失ってしまう点である。磯田光一「〝家霊〟探索者の運命―太宰治再考」（『國文学』昭和四九年二月、のち三好行雄編『別冊國文学　太宰治必携』*に所収）の表現を借りると、「倫理的なストイシズムを強制され、結果として美しい存在に転化し」た「〝滅私奉公〟をこそ生きる無名兵士の姿に、美的代替物を見いだした」（引用は、前掲『別冊國文学　太宰治必携』一六五頁、傍点は磯田）のはいいとしても、それゆえに国策批判がなおざりになってしまうのが、太宰の限界なのである。

しかし、この結びの表現には、太宰の限界だけが見えるのではない。お役人と「視察」をして、「素知らぬ振りして」住み、「愛と信実」を求めようとする人々に対してこそ、実は「声援を送りたい」と言うのである。自ら言うように、国策便乗者に応援を送る「国策型」の作家とは一線を画したのである。国策に一方的に押し切られるのではなく、すんでの所で踏みとどまったわけであった。

太宰の限界を少し厳しいくらいに指摘したが、満鉄調査部という、言わば国策遂行の最先端機構の一部の中にありながら、石堂清倫・鈴木小兵衛・川崎巳三郎・野々村一雄をはじめとして、旧左翼が多数入り込んでいたという事実を考え合わせてみる（また、彼らの進歩的な思想も、昭和一六年・一七年の憲兵隊の一斉検挙という暴挙による、満鉄調査部事件により壊滅させられることになる）と、もちろん彼ら自身の中には多少の抵抗精神はあったかも知れないが、やはり彼らも、満州の侵略性とか、国策遂行とかはわかっていながら、それに目をつぶりながら協力していた（させられていた？）点は否定できない。彼らの限界に比べると、まあ相対評価はよくないかも知れないが、太宰の限界というのも致し方のない程度であったとも言えるであろう。（満鉄調査部に関しては、野々村一雄『回想満鉄調査部』*、草柳大蔵『実録満鉄調査部（上・下）』*、小林英夫『満鉄調査部「元祖シンクタンク」の誕生と崩壊』*、石堂清倫『平凡社ライブラリー　わが異端の昭和史　上』*等を参照した。）

三、十二月八日前後

(1)「私信」から「新郎」にかけて

太平洋戦争勃発直前に書かれた「私信」(『都新聞』昭和一六年一二月二日)を見てみよう。「叔母さん」(親戚の雨森たま)に宛てた返信の形式でこう語る。

(前略)私はこのごろ、私の将来に就いて、少しも計画しなくなりました。虚無ではありません。あきらめでも、ありません。へたな見透しなどをつけて、右すべきか左すべきか、秤にかけて慎重に調べてゐたんでは、かへつて悲惨な躓きをするでせう。

明日の事を思ふな、とあの人も言つて居られます。朝めざめて、けふ一日を、充分に生きる事、それだけを私はこのごろ心掛けて居ります。私は、嘘を言はなくなりました。虚栄や打算で無い勉強が、少しづつ出来るやうになりました。明日をたのんで、その場をごまかして置くやうな事も今は、なくなりました。一日一日だけが、とても大切になりました。決して虚無では、ありません。

いまの私にとつて、一日一日の努力が、全生涯の努力であります。戦地の人々も、おそらくは同じ気持ちだと思ひます。（中略）私たちは、信じてゐるのです。一寸の虫にも、五分の赤心がありました。苦笑なさつては、いけません。無邪気に信じてゐる者だけが、のんきでありますす。私は文学をやめません。私は信じて成功するのです。御安心下さい。

渡部芳紀はこの文章を評して、「太宰治論―中期を中心として―」（『早稲田文学』昭和四六年一一月）の中で、「戦争の激化にともない、前途に死を予感した太宰は、現在の生を、一日一日の生を、充分に生きることを新しい生活観として打ちたてるのである」（引用は、『日本文学研究資料叢書＊　太宰治II』五三頁）と言うが、私はこの評価に全面賛成はしかねる。後半部の生活観云々あたりはいいのだが、その起因を「前途に死を予感した」とするのは、やや言い過ぎであろう。日中戦争末期で戦況は長期泥沼化していたが、この時期に、日本が負ける、からさらに、自分は死ぬ、という予感は先取りに過ぎる。太平洋戦争がこの直後開始されることになるわけであるが、その際においても負けるという予感は少数派であったし、死の予感になると、時期がさらに降って、早くても昭和一八・一九年（ガダルカナル撤退、アッツ玉砕、レイテ作戦を経て）がいいとこであろう。だから、太宰にあったとすれば、せいぜい嫌な予感という程度で、というよりは、戦争の局面などには殆ど関わり合わぬところで、自分の生活観を確立するのである。「明日の事を思ふな」と言い聞かせながらも、やはり遥か彼方の、あるかどうかわからぬ何かを「無邪気に信じて」、「一日一日」の生を「努力」して、「充分に生き」ようとしているのである。

こういう中で、遂に、昭和一六年一二月八日、日本軍の真珠湾奇襲と、マレー半島コタバルへの奇襲上陸により、太平洋戦争が開始される。この時の実際の太宰の様子は、津島美知子『〈増補改訂版〉回想の太宰治』*（三五頁）に拠るとこうである。

長女が生まれた昭和十六年（一九四一）の十二月八日に太平洋戦争が始まった。その朝、真珠湾奇襲のニュースを聞いて大多数の国民は、昭和のはじめから中国で一向はっきりしない〇〇事件とか〇〇事変というのが続いていて、じりじりする思いだったのが、これでカラリとした、解決への道がついた、と無知というか無邪気というか、そしてまたじつに気の短い愚かしい感想を抱いたのではないだろうか。その点では太宰も大衆の中の一人であったように思う。この日の感懐を「天の岩戸開く」と表現した文壇の大家がいた。そして皆その名文句に感心していたのである。

夫人の目を通して見られた一個人としての太宰はそういうものであったかも知れない。しかし、作家としての太宰はそれにには止まらなかった。

末尾の付記「昭和十六年十二月八日之を記せり。／この朝、英米と戦端ひらくの報を聞けり。」をそのまま信用するなら、「新郎」（『新潮』昭和一七年一月）はこの日脱稿されている。

一日一日を、たつぷりと生きて行くより他は無い。明日のことを思ひ煩《わづら》ふな。明日は明日みづから思ひ煩はん。けふ一日を、よろこび、努め、人には優しくして暮したい。青空もこのごろは、ばかに綺麗だ。舟を浮べたいくらゐ綺麗だ。山茶花《さざんくわ》の花びらは、桜貝《さくらがひ》。音たてて散つてゐる。こんなに見事な花びらだつたかと、ことしはじめて驚いてゐる。何もかも、なつかしいのだ。煙草一本吸ふのにも、泣いてみたいくらゐの感謝の念で吸つてゐる。まさか、本当には泣かない。思はず微笑してゐるといふ程の意味である。

この書き出しを見てみると、先の「私信」の感覚と殆ど変わっていないことに気付くであろう。つまり、太宰は、一二月八日以前において、自己の新しい生活観を打ち立てることができていたがゆえに、一二月八日の太平洋戦争開戦という事件に直面しても、意識の変革を必要とすることはなかった。大きな意識変化は、開戦に際しても、太宰にはなかったということである。だから、渡部の「少し熱に浮かされたような作品で、太宰の批判精神は影をひそめ、戦争の新しい局面を迎えての心構えが語られている。」（前掲論文『太宰治論―中期を中心として』、引用も同出典『日本文学研究資料叢書*　太宰治II』、同頁）という評価は的を射ていない。ここに語られているのは、開戦の報に高ぶる気持ちではなく、この時期、既に太宰のうちで形作られていた「生活観」の素直な吐露に過ぎないのである。そうでなければ、「本当にもう、このごろは、一日の義務は、そのまま生涯の義務だと思つて厳粛に努めなければならぬ。ごまかしては、いけないのだ。好きな人には、一刻も早くいつはらぬ思ひを飾らず打ちあけて置くがよい。きたない打算は、やめるがよい。率直な行動には、悔いが無い。あとは天意におまかせするばかりなのだ。」と書いた後に、「私信」の全文を引用することはできぬはずである。気持ち、生活観が変わってないからこそ、自信を持って、一字の改変なく、太平洋戦争開戦以前の全文をそのまま引用できたのである。

東郷克美は、『日本文学研究資料叢書　太宰治II』の「解説―研究雑感―」で、「あとは天意におまかせするばかりなのだ」の表現を「自立的判断の放棄」（三〇七頁）とする。「新郎」の先程の引用より前の部分にも次のような表現がある。

「我慢するんだ。（中略）日本は、これからよくなるんだ。どんどんよくなるんだ。いま、僕たちがじつと我慢して居りさへすれば、日本は必ず成功するのだ。僕は信じてゐるのだ。新聞に出てゐる大臣たちの言葉を、そのまま全部、そつくり信じてゐるのだ。（後略）」

仮に、これらの表現を太宰の本音に近いものとしてみよう。そうしてみても「自立的判断の放棄」とは、やや言い過ぎではないか。せいぜい、松本健一の「戦争を直視しつつ、やりすごそうとした」とか、「戦争のことは戦争指導者にまかせればよい、庶民は日々の仕事に精出せばよいのである、という太宰の根源的な人生観から生まれた姿勢である」（『太宰治とその時代』、一四三～一四四頁、なお、この表現は直接には、「佳日」の「私は新聞に発表せられてゐる事をそのとほりに信じ、それ以上の事は知らうとも思はない極めて平凡な国民なのである。」について言われたものである。）すなわち、国の行く末はどうなろうとお構いなく、自分は自分としての道、つまり作家としての道を歩むだけであると、「私信」の時の決意を確認したに過ぎない。

このように見てくると、次のようなゆりはじめの見解も的を射ていない（ゆりの議論は基本的に、左翼教条主義的もしくは断罪主義と言ってよい）ことがよくわかる。

「我慢せよ」というスローガンを太宰は信じ込んでいたのであろうか。なぜならば、わざわざ再び後書きでこの文章を書いた日にちを強調している彼の思想には何か軽薄に浮き上がっているものがあると思わざるをえない。家紋の［鶴の丸］を付けた紋服で銀座を練り歩きたいという心情は現在では噴飯ものとしか言いようがないが。

（引用は、ゆりはじめ*『太宰治の生と死—外はみぞれ何を笑ふやレニン像』一二〇頁）

このあと、主人公の「私」は、毎朝必ず、髭を剃り、歯は綺麗に磨き、風呂へ入って体中掃除して、その体には純白のさらしを巻き、純白のシイツに包まれて眠る、と見事なまでの「新郎《はなむこ》」振りで、「ああ、日本は佳い国だ。（中略）この見事さを、日本よ、世界に誇れ！」と声高に語り、かなり興奮気味である。

ところが、結末には意外などんでん返しが待っている。

私は、このごろ、どうしてだか、紋服を着て歩きたくて仕様がない。けさ、花を買つて帰る途中、三鷹駅前の広場に、古風な馬車が客を待つてゐるのを見た。明治、鹿鳴館のにほひがあつた。私は、あまりの懐しさに、駁者《ぎよしや》に尋ねた。

「この馬車は、どこへ行くのですか。」

「さあ、どこへでも。」老いた駁者は、あいそよく答へた。「タキシイだよ。」

「銀座へ行つてくれますか。」

「銀座は遠いよ。」笑ひ出した。「電車で行けよ。」

私はこの馬車に乗つて銀座八丁を練りあるいてみたかつたのだ。鶴の丸（私の家の紋は、鶴の丸だ）の紋服を着て、仙台平の袴をはいて、白足袋、そんな姿でこの馬車にゆつたり乗つて銀座八丁を練りあるきたい。ああ、このごろ私は毎日、新郎《はなむこ》の心で生きてゐる。


「新郎」の独りよがりの興奮は、見事なまでに「駁者」によって打ち砕かれた。小田切秀雄が「私」=「新郎」の、この紋服を着て馬車で銀座を練り歩きたい、という興奮を太宰自身にそのまま置き換え、この作品を「習俗復帰の小説」（「太宰に対しての志賀―文学上の対立問題について」〈『文芸』昭和二三年一一月〉引用は前掲三好行雄編『別冊國文学　太宰治必携』*一〇七頁）と決めつけたが、その興奮は、駁者の「電車で行けよ」の言葉で粉砕されているのである。たとい、「私」=「太宰」としても、その「習俗復帰」のもくろみは成功しなかったことに注意しなければならない。異様なまでに興奮している「私」の興奮の姿も、傍目からは滑稽そのものでしかなかったが、最後の最後で、「私」の野心は、滑稽に打ち砕かれた。滑稽感の収束であり、イロニーの収束である。太宰が、自身の興奮や緊張を「私」に託したかも知れないが、それをやはり自分自身の手で、イロニーにまで昇華させた、という点がこの作品で読み落としてはならないところである。

ところで、大多数の国民を興奮させた太平洋戦争期と、その前の日中戦争期では何が大きく変わったのか、ここで少し見ておこう。前掲山田朗「兵士たちの日中戦争」[*]（『岩波講座　アジア・太平洋戦争5　戦争の諸相』三四頁）には、こういう指摘がある。

中国戦線において長期にわたる戦争を、のべ数百万人が経験したにもかかわらず、日中戦争は戦後日本人の〈オモテ側の記憶〉にはならず、真珠湾・ミッドウェー・特攻・原爆というイメージに象徴される対英米戦争の〈ウラ側の記憶〉として沈殿し続けた。なぜ、戦後日本人にとって日中戦争は〈ウラ側の記憶〉であり続けたのか。それは、日中戦争が当事者たちにとっても勝っているのか負けているのかよく分からない錯雑したものであったこと、地域・部署によって将兵の体験があまりにも違いすぎて統一したイメージを結ばないこともあるが、決定的な理由は、日中戦争の残虐性と加害性にある。残虐性と加害性をともなわない戦争はありえないが、日中戦争は参加した当事者たちにとって、家族やそのうち兵士になる後輩たちにも決して語れない要素を持ちすぎていた。

山田は、日中戦争の「残虐性と加害性」が〈ウラ側の記憶〉として、太平洋戦争の〈オモテ側の記憶〉に隠されてしまった、と鋭い指摘をする。つまり、加害者としての日本軍という意識があった日中戦争が、被害者意識として記憶される太平洋戦争により、記憶の裏側に隠蔽されてしまった、ということである。

吉田裕「アジア・太平洋戦争の戦場と兵士」（前掲『岩波講座*　アジア・太平洋戦争5　戦争の諸相』七二〜七三頁）には、次のような指摘がある。

> 四一年一二月に開始された対英米戦は、それ以前の戦争とは明らかに異なるきわだった特徴を持っていた。第一には、成功に終わった初期作戦を除いて、連合軍と正面から衝突した戦闘の場合には、日本軍が壊滅的打撃を蒙ったことである。（中略）
>
> また、戦傷者がそもそも存在しない戦闘が生起したのも、この戦争の特質である。四三年五月のアッツ島守備隊の全滅に始まる一連の「玉砕」がそれである。アッツ島の戦闘では、動くことのできる傷病兵は最後の「万歳突撃」に参加し、動くことのできない者は、自殺するか、軍医や衛生兵によって、「処置」された。（中略）四一年一月に示達された「戦陣訓」が捕虜となることを禁じていたのは、よく知られているが、そうした独特の「戦陣道徳」がこのような悲劇を生ん

だのである。

（中略）

この戦争の第二の特徴は、餓死者の大量発生である。日中戦争以降の軍人・軍属の戦没者数（戦死者・戦病死者の合計）は、二三〇万だが、栄養の不足または失調による餓死者と、栄養失調による体力の消耗の結果、病気に対する抵抗力をなくし、マラリアなどの伝染病に感染して病死した広義の餓死者の合計は、一四〇万名に達すると推定されている（藤原彰『餓死した英霊たち』青木書店、二〇〇一年）。戦死者と戦病死者の比率という点からいえば、日本軍はこの段階で、日清戦争段階に「逆もどり」したことになる。近代軍事衛生史上における ある種の退行現象である。

吉田のこの指摘により、太平洋戦争が、明らかに日本が負ける方向にひたすら邁進していた、という恐るべき事実がよくわかる。この事実も今になって振り返って冷静に見ると明瞭なのであるが、この時期における軍部はじめ日本の指導層にはあまり、その大事な事実は見えていなかったわけである。そして、銃後の庶民たち、太宰をはじめとする知識層にも、こういう事実は当然ながら知られていなかった。それにも関わらず、太宰の視点には、戦争をただ興奮と感動を持ってだけ眺めるのではなく、何か懐疑的に（それが日本の滅亡とか、軍部の残虐性だとかではないにしても）捉え直しをする、そういう直感的でありながらも冷静な文学者の眼が存在していたのであった。この点にはきちんと注目しておきたい。

(2)「十二月八日」

「新郎」とほぼ同時期に執筆されたと思われる「十二月八日」(『婦人公論』昭和一七年二月)は、こう書き始められる。

けふの日記は特別に、ていねいに書いて置きませう。昭和十六年の十二月八日には日本のまづしい家庭の主婦は、どんな一日を送つたか、ちよつと書いて置きませう。もう百年ほど経《た》つて日本が紀元二千七百年の美しいお祝ひをしてゐる頃に、私の此の日記帳が、どこかの土蔵の隅から発見せられて、百年前の大事な日に、わが日本の主婦が、こんな生活をしてゐたといふ事がわかつたら、すこしは歴史の参考になるかも知れない。だから文章はたいへん下手でも、嘘《うそ》だけは書かないやうに気を附ける事だ。なにせ紀元二千七百年を考慮にいれて書かなければならぬのだから、たいへんだ。でも、あんまり固くならない事にしよう。主人の批評に依れば、私の手紙やら日記やらの文章は、たゞ真面目なばかりで、さうして感覚はひどく鈍いさうだ。センチメントといふものが、まるで無いので、文章がちつとも美しくないさうだ。本当に私は、幼少の頃から礼儀ばかりにこだはつて、心はそんなに真面目でもないのだけれど、なんだかぎくしやくして、無《む》邪気《じやき》にはしやいで甘える事も出来ず、損ばかりしてゐる。慾が深すぎるせゐかも知れない。なほよく、反省をして見ませう。

作家の妻が開戦の日に付けた日記、という体裁を取っているが、尾上文子「『十二月八日』と私」（*『文学と教育』昭和四九年八月）が指摘する、「庶民の生活を歴史の参考に記すという発想自体が非常識だった時代である」（二五頁、傍点は尾上）という点には注意を払わねばなるまい。

　当時数少ないと思われる、庶民が実際書いた日記を、太宰作品との比較のために紹介しておこう。青木正義*『戦時下の庶民日記』（二一三頁）に拠ると、昭和一八年に数え年一五歳、高等女学校生徒であった吉田房子の日記、同年一月八日の項にメモが貼り付けられている。

> 昭和十六年十二月八日、今上陛下は英米に対する宣戦の大詔を渙発あらせられた。あの日の皇国民の感激と昂奮とは今もなほ我らの胸にまざまざと残つてゐる。／ラジオの放送員は澄んだよく徹る声で荘重に宣戦の大詔を奉読した。つゞいて東條首相が重厚明快な声で、しかも力強く『大詔を拝し奉りて』の放送を行つた。身不肖なりといへども身命を擲つて聖旨に応へ奉る旨をかたく誓つた。その決意、その誠衷はふかく聴者の胸に染み入るものがあつた。やがてつづく『愛国行進曲』の勇ましくも明朗な音律、おのづから聴者の涙をさそつた。それは皇国に生れし光栄と、かかる時代に生きてゐる歓喜と、さらに重大な使命を各自に擔へる自覚に対する奮起と、いりまじつた複雑な心理であつた。／永久に忘れ得ざる十二月八日！　その八日が、毎月の八日が、大詔奉戴日として制定せられ、更に隣組常会の日と定められ、国民に対し大東亜戦争の完遂に邁進すべく互譲の精神、協同一致の決心、銃後の守護をいよいよ固うすべく教へられ、或は北に或は

南に遠く故国を離れて大東亜共栄圏の指導者となり建設者となる用意心構へを一層強め、反省自粛する日と定められたのは絶大の意義をもつものである。単なる記念日が常に形式的にながれ、表面的に堕しさらんとするのと同一に取り扱つては断じてならぬ。

開戦当初の日記ではないとは言え、その時の昂奮と感動を胸に抱きつつ、大詔記念日を迎えている、銃後の庶民の視点がよく現れている。

この日記と、太宰作品の主婦の日記とはどのように似ており、どのように違うのか。開戦を昂奮と澄明な心境で受け入れるという、庶民の視点は同様なものである。

十二月八日。未明。蒲団《ふとん》の中で、朝の仕度に気がせきながら、園子（今年六月生まれの女児）に乳をやつてゐると、どこかのラジオが、はつきり聞えて来た。

「大本営陸海軍部発表。帝国陸海軍は今八日未明西太平洋において米英軍と戦闘状態に入れり。」

しめ切つた雨戸のすきまから、まつくらな私の部屋に、光のさし込むやうに強くあざやかに聞えた。二度、朗々《ろうろう》と繰り返した。それを、じつと聞いてゐるうちに、私の人間は変つてしまつた。強い光線を受けて、からだが透明になるやうな感じ。あるいは、聖霊《せいれい》の息吹きを受けて、つめたい花びらをいちまい胸の中に宿したやうな気持ち。日本も、けさから、ちがふ日本になつたのだ。

このように昂奮・感動を以て開戦を受け入れる、大多数の日本人（もちろん、文学者を含めて）の感覚を、太宰はこの作品の女主人公において描いて見せた。

主人公の「私」の昂奮は醒めやらぬ。戦争の始まったことを感じさせない静けさに、「日本の国の有難さが身にしみた」と感じ、ラジオのニュースを聞いては、「涙が出て困つた」り、「全身が震《ふる》へて恥づかしい程」になったりする。そして、もっと過激にこう思う。

台所で後かたづけをしながら、いろいろ考へた。目色《めいろ》、毛色が違ふといふ事が、之程までに敵《てき》愾心《がいしん》を起こさせるものか。滅茶苦茶に、ぶん殴りたい。支那を相手の時とは、まるで気持がちがふのだ。本当に、此の親しい美しい日本の土を、けだものみたいに無神経なアメリカの兵隊どもが、のそのそ歩き廻るなど、考へただけでも、たまらない。此の神聖な土を、一歩でも踏んだら、お前たちの足が腐るでせう。お前たちには、その資格が無いのです。日本の綺麗な兵隊さん、どうか、彼等を滅つちやくちやに、やつつけて下さい。（後略）

国粋的なくらいの愛国心である。この主人公の姿は、現代の我々から見ると、滑稽そのものである。では、当時の読み手にとってはどうであったろう。先程私は、太宰が、大多数の日本人の感覚を主人公において描いて見せた、と言った。それなら、読み手は自分たちの感覚を主人公に発見し、そうだそうだと、手をたたいて喜んだのであろうか。確かに、そういう共感は否定できない。が、それと共に、主人公の感覚がデフォルメされて目の前に提出されると、読む側には、ふふと思わず笑ってしまうような、滑稽感が出てしまうし、共感以上にやや相対化されてしまうのである。それは、「新郎」の主人公の滑稽感とも共通するものである。その一証明として、この作品には、紀元二千七百年をどう言うのかという、「伊馬さん」との論争（しちひゃくねんなのか、ななひゃくねんなのか、はたまた、ぬぬひゃくという全く別な読み方が出来ているのか）が描かれていることも、滑稽感とそれの相対化という視点で見逃すことはできない。

さて、このように描いている太宰自身には、この主人公と同じような愛国心はあったのであろうか。全くなかったとは言えまい。多少一本気な面も持っていた太宰のことゆえ、その要素も確かにあったであろう。しかし、作家太宰は、その愛国心を多少、デフォルメした女主人公で描くだけでは止まらなかった。その主人公とはちょっと、と言うか、だいぶ、と言うか、反応の違う、作家の「主人」を登場させるのである。まず、先程も述べたが、「紀元二千七百年」というのをどう読めばいいのか、ということに関して「伊馬さん」と論争して、「もう百年あとには、しちひやくでもないし、ななひやくでもないし、全く別な読みかたも出来てゐるかも知れない。たとへば、ぬぬひやく、とでもいふ――。」という女主人公を噴き出させる、「どうだつていいやうな」発言をしたりするのであるが、その後には、こういうエピソードが語られる。

「西太平洋つて、どの辺だね？　サンフランシスコかね？」

私はがつかりした。主人は、どういうものだか地理の知識は皆無《かいむ》なのである。西も東も、わからないのではないか、とさへ思はれる時がある。つい先日まで、南極が一ばん熱《ママ》くて、北極が一ばん寒いと覚えてゐたのださうで、その告白を聞いた時には、私は主人の人格を疑ひさへしたのである。（中略）

「西太平洋といへば、日本のはうの側の太平洋でせう。」

と私が言ふと、

「さうか。」と不機嫌さうに言ひ、しばらく考えて居られる御様子で、「しかし、それは初耳だつた。アメリカが東で、日本が西といふのは気持のわるい事ぢやないか。日本は日出づる国と言はれ、また極東とも言はれてゐるのだ。太陽は日本からだけ昇《のぼ》るものだとばかり僕は思つてゐたのだが、それぢや駄目だ。日本が極東でなかつたといふのは、不愉快な話だ。なんとかして、日本が東で、アメリカが西と言ふ方法が無いものか。」

おつしやる事みな変である。主人の愛国心は、どうも極端すぎる。先日も、毛唐《けたう》がどんなに威張つても、この鰹《かつを》の塩辛《しほから》ばかりは嘗《な》める事が出来まい、けれども僕なら、どんな洋食だつて食べてみせる、と妙な自慢をして居られた。

この主人の言うことは「みな変であ」って、愛国心が極端どころか、全然愛国心にも何にもなってやしない。こんな馬鹿げたことを言っていて、愛国心になるようでは笑止である。

しかし、この滑稽極まりない主人の存在こそが、「十二月八日」のモチーフに関わっているのである。相馬正一は、「太宰は愛国心の旺盛な女房を主役に仕立てて盛んに鬼畜米英論を展開させ、その女房から見てまことに頼りない夫の無能ぶりを揶揄することで、逆に戦時体制からはみ出して生きる太宰自身の立場を言外に主張しているのである」(『〈改訂版〉評伝太宰治　下巻』*二三七頁、傍点は相馬)と言う。つまり、体制派の女主人公と、体制からはみ出した(その結果、体制に対してアンチ・テーゼに成り得る)主人の作家、という構図が、この作品では成立しているのである。

さて、この作品中で最も美しい部分は、尾上も先の論考で指摘している通り(前掲「『十二月八日』と私」〈『文学と教育』*〉、一五頁)、主人公の「私」が赤ん坊の「園子をおんぶして銭湯に行」き、「ゴム鞠のやうに白く柔」いおなかをした、園子の「裸身の可愛さ」が描かれる部分である。主人公は、「ああ、園子をお湯にいれるのが、私の生活で一ばん一ばん楽しい時だ」と気持ちを表白する。この純粋の美しさ、幸福感の語られる部分には、とても戦争の影が及びようもない。この部分が、作品中では大きな光を発している。

その最も大きな光の部分、「私」が最も幸福を感じた瞬間、そこからの帰り道は、「もう真つ暗だつた。燈火管制なのだ。もう之は、演習でないのだ。心の引きしまるのを覚える。でも、これは少し暗すぎるのではあるまいか。」そうなのである。実際の暗さだけなのではない。時代の暗さ、戦争の暗さが輪を掛けて暗くしているのではないか。だから、「暗すぎる」のである。そのことに対して、「暗すぎるのではあるまいか」と、やや批判的な言葉を投げかける。しかし、その恐ろしいほどの闇の中を歩いて来る者がいる。

背後から、我が大君に召されえたあるう、と実に調子のはづれた歌をうたひながら、乱暴な足どりで歩いて来る男がある。ゴホンゴホンと二つ、特徴のある咳《せき》をしたので、私には、はつきりわかつた。

「園子が難儀してゐますよ。」と私が言つたら、

「なあんだ。」と大きな声で言つて、「お前たちには信仰が無いから、夜道にも難儀するのだ。僕には、信仰があるから、夜道もなほ白昼の如しだね。ついて来い。」

と、どんどん先に立つて歩きました。

どこまで本気なのか、本当に、呆《あき》れた主人であります。

相変わらず、主人公の女房に呆れられている主人なのだが、尾上が「これ程正気な主人のことばは他にはなかった」（前掲書、同頁）と言う如く、意外なまでに「ついて来い」の言葉は力強い。「主人」には「信仰」があるからである。暗い夜道さえ厭わず、「どんどん先に立つて歩」ける自信＝「信仰」とは何か。これは、太宰が「鷗」の頃より培ってきた、世の中がどう動こうとも、自分は自身の姿を見失わず、作家としての道を邁進せんとする、その確固たる意志ではないか。その自信、自負が「信仰」となるから、「主人」は強いのである。この「主人」は、ただものではないのである。女房から

呆れられる存在でありながらも、自らの意志による、しっかりした自己確立を成した人間である。

さて、このように作品を見てくると、「新郎」のところでも引いた、小田切秀雄の前掲論文「太宰に対しての志賀―文学上の対立問題について」が、これらの太宰作品と志賀直哉の「シンガポール陥落」(『文芸』昭和一七年三月)とを比較して、「喧嘩両成敗」(大森郁之助「太宰治における戦中と戦後」〈『解釈と鑑賞』昭和四九年一二月〉、一〇八頁の大森の表現)とする評価には、疑義を呈さざるを得ない。太宰が「如是我聞」(『新潮』昭和二三年三月・五月・六月・七月)において、最後のプロテストを行い、糾弾した「シンガポール陥落」とは、一体いかなる文章なのか。意外に知られていない短文なので、太宰作品との比較のためにも、全文を引用してみよう。

日米会談で遠い所を飛行機で急行した来栖《くるす》大使の到着を待たず、大統領が七面鳥を喰ひに田舎に出かけるといふ記事を読み、その無礼に業を煮やしたのはつい此間《この》の事だ。日米戦はば一時間以内に宣戦を布告するだらうといふチャーチルの威嚇的宣言に腹を立てたのもつい此間の事だつた。それが僅《わず》かの間に今日の有様になつた。世界で一人でも此通りを予言した者があつたらうか。人智を超えた歴史の此急転回は実に古今未曾有の事である。

米国では敗因を日本の実力を過小評価した為めだと云ふ。然し米国のいふ日本の実力とは何を云ふのだらう。彼は未だに己れの経済力を頼つて、厖大《ぼうだい》な軍備予算を世界に誇示し、日本をも威嚇するつもりでゐるが、精神力に於て自国が如何に貧しいかを殆《ほとん》ど問題にしてゐないのは日本人からすればまことに不思議な気がする。

日本軍が精神的に、又技術的に嶄然《ざんぜん》勝《すぐ》れてゐる事は、開戦以来、日本人自身すら驚いてゐるが、日々応接にいとまなき戦果のうちには天佑によるものも数ある事を知ると、吾々は謙譲な気持にならないではゐられない。天吾れと共に在り、といふ信念は吾々を一層謙譲にする。

一億一心は期せずして実現した。今の日本には親英米などいふ思想はあり得ない。吾々は互に謙譲な気持を持ち続け、国内よく和して、光輝ある戦果を少しでも穢《けが》すやうな事があつてはならない。天に見はなされた不遜なる米英がよき見せしめである。

若い人々に希望の生れた事も実に喜ばしい。吾々の気持は明るく、非常に落ちついて来た。

謹んで英霊に額《ぬか》づく。

（引用は『志賀直哉全集第7巻』＊二五〇～二五一頁）


大森はこの文章を評して、「文字通り公式的で雑駁な政治・軍事論説調」（前掲論文、一〇八頁）と言ったが、まさにその通りである。今回の引用は新しい全集に拠ったので、新字体であるが、旧版全集の旧字体のままで原文を眺めると、そのおどろおどろしさがよく伝わる。新字体のままで読んでいっても、何のイロニーなども感じさせない、思考停止したような文章である。文学者の文章と称するのさえ憚られる程度のもので、とても「和解」（『黒潮』大正六年一〇月）や「暗夜行路」（『改造』大正一〇年一～八月に前編。後編は大正一一年一月から昭和三年六月まで断続発表。結末は昭和一二年四月に発表。）を為し、「小説の神様」とまで呼ばれた志賀の文章とも思えない。

さらに大森は続けて、「志賀のように〈文学〉をあっさりと売り渡した（それゆえあとに残った形骸は戦後にわたって口を拭っていられた）者と、太宰のように、戦中も己の目と心でしか描かなかった（したがって後からいえば目も心も〝汚染〟した）者と」と言う。志賀の評価はまあよいとして、太宰に対しては少し留保を付けよう。「己の目と心でしか描かなかった」のはもちろんそうだが、果たして太宰は「目も心も〝汚染〟」されたのだろうか。自分の感覚だけを頼りにして、文学活動を続けていったから、「〝汚染〟」されそうになった時期も確かにあったが、太宰の中では壮絶なくらいの闘いを続け、完全に「〝汚染〟」されることは辛うじて避け得た。そして今見てきたように、「新郎」や「十二月八日」の時期は、太宰の感覚は「〝汚染〟」されるどころか、鋭く研ぎ澄まされていたのである。

「十二月八日」は、花田清輝・佐々木基一・杉浦明平編『日本抵抗文学選―戦争下の芸術における抵抗線』（三一書房、昭和三〇年一一月）の小説・ルポルタージュ・シナリオの項に、他二〇編と共に入れられたが、これは花田らの卓見と言うべきで、「抵抗文学とみるのは誤読であると思う」（『右大臣実朝』のニヒリズム―戦争下の太宰治の一面―」〈『成城大学短期大学部紀要』昭和四六年一二月〉二八頁。なお『太宰治という物語』*に収録された文面は、「抵抗文学とみるのは誤読とはいえないまでも過褒であろう」〈一六八頁〉という風に、ややニュアンスが弱められている。）と言う東郷克美の判断は当たっていない。

赤木孝之「太宰治と戦争―昭和十六年十二月八日まで―」（『国士舘短期大学紀要』平成三年三月、引用は『戦時下の太宰治』*三五頁）には、次のようにある。

繰り返して言うことになるが、「十二月八日」という小説は、大東亜戦争開戦の日の太宰の昂ぶりを素直に書き留めた戦争小説なのである。ただ、同じ開戦の日の興奮に関わる小説ではあっても、「新郎」と比べてみると、開戦の当日からは日を置いて書かれているためか、妻の日記という手法を用いたり、あるいはお道化を散りばめてみたりして、小説としての結実度は高くなっているということができよう。

そこには戦争に対する〈抵抗〉の姿勢などは全く窺うことはできない。あえて言えば、〝順応〟とでもいうのか、起こっていることは起こっていることとして、それを視野に入れつつ芸術家としての自分の仕事を続けて行こうという姿勢が示されている。そして、その姿勢は大東亜戦争期を通じて保ち続けられたのである。

最後の二文に関しては異論はない。私もそういう太宰の戦争期の一貫性を論じている立場であるから。但し、それ以前に関しては、全くもって読み方がなっていない、と言わざるを得ない。今まで見てきたように、太宰は開戦に興奮する立場と、それを冷静に見つめた上で戯画化し、茶化し得る視点とを併せ持っていた。そういう強靭な作家精神を読み取らずして、「大東亜戦争開戦の日の太宰の昂ぶりを素直に書き留めた戦争小説なのである」とか、「〈抵抗〉の姿勢などは全く窺うことはできない」とか読み取ることは、同じ研究者の立場からも許し難いくらいの浅薄さである。

都築久義「戦時下の太宰治―『十二月八日』をめぐって―」（『太宰治研究8』*）は、「こうして、『十二月八日』や『新郎』を素直に読めば、太宰が『大衆の中の一人』であったことは明らかだが、小説『十二月八日』は、太宰治の『抵抗』の姿勢を見ようとする論評があるのにはいささか驚く」（一〇頁）とピント外れの意見を今更ながら書いているが、最後のまとめ方だけは悪くない。

太宰は日米開戦の日に「戦線」と同じ緊張感を感じ、日本人として日本の勝利を願いながらも、家長として家庭の幸福も求める姿を描いたのが小説「十二月八日」である。戦時下の戦争文学といえば、「国のため」という「公」が強調されがちだったが、小説「十二月八日」は、「家族のため」という「私」が、さりげなく描かれている。それが当時の戦争文学としては異質であったが、そこに「実感」を書くことを信条とした私小説作家・太宰治の面目が躍如しているともいえよう。（一一五頁）

こういうまとめ方ができているのに、太宰の「異質」さを「抵抗」とは全く見ないというのは、いささか矛盾だと思うのだが、まあ、まとめの部分だけを採用しよう。さらに付け加えると、太宰が、家庭という「私」をさりげなくこの時期の作品に書けるというのは、太宰の中にやはり、国家体制とは一線を画する視点が形成されていたからと言えよう。国家の戦争へ邁進する時代的状況とは違う、生活者、「実感」者としての論理を見失わない私小説作家、太宰治の強い姿勢を「十二月八日」には、やはり読み取りたい。

さて、実際の一二月八日直後の太宰の描写が、堤重久『太宰治との七年間』*（八二〜八三頁）にある。堤が開戦当日、太宰を訪ねたが不在のため、翌日出直した時の場面としてある。

「先生は、どうお考えなんです。今度の戦争に対して――」

（中略）

「そうだな。おれの、今の心境はだね、この歌かな。ある女流の歌人が、自殺する朝、歌ったものだがね――。」

大いなるこの寂《しず》けさや天地《あめつち》の
刻《とき》あやまたず夜は明けにけり

どうだね」

（中略）

「うん、おそろしい歌だ」

（中略）

「先生、勝てるでしょうか」

太宰さんは、膝をさすって、ちょっと考えて、

「お前は、レーニンの帝国主義論をよんだかね」

「よみました」

「クラウゼヴィッツの戦争論は？」

「それも、よみました」

「戦争の実態とは、そんなものさ。だがね」と太宰さんは、煙草の袋から、一本とりだして、咥えて、火をつけて、

「戦争が始まった以上、ぼくたちは、勝つと信じるより、仕方がないね。それ以外は、今の日本には、なんにもないよ」

「愛国心、はどうですか」

「そんなものが、今の軍人にあると思うかね。あるのは、権勢欲だけさ。軍人の奥さんてのはね、たいてい大家の出でね、美人なんだよ」と顔が、崩れてきて、

「主人が、中佐に昇進してだな、得意になって勲章もって帰ってくると、奥さんは見向きもしない。自分の着物なんかたたみながら、さも蔑んだみたいに、なあんだ、あんた、中佐くらいで喜んでるの？　大佐、大佐よ、大佐にならなくちゃあ、お話にならないわよ。よおーし、というわけで、主人は頑張ってだね、ついに大佐になって、どうだ、これなら文句ないだろうと、大佐の勲章つきつけると、奥さんやっぱり、そっぽをむいて、将官よ、将官にならなくちゃあ——。大佐だなんて、あたし、恥かしくて、表にも出られないわよ。畜生！　口惜しいッ、って心で泣いて、次々に頑張って、ついには大将になるってわけ——。その親玉が、東条だよ」

前半部の、歌を挙げての心境吐露の部分は、太宰も多少の興奮をもって開戦を受け止め、これからの生活に対して意気込んでいるようにもとれるが、後半部の感じはかなり違う。戦争をかなり冷静に受け止め、愛国心や軍人を自分独特の理論で分析している。言ってみれば、前半部が生活人・日常人としての太宰の感覚、後半部が作家太宰としての感覚、とでも言えないであろうか。後半部の軍人分析は、相馬正一も指摘している、『新ハムレット』（文藝春秋社、昭和一六年七月二日）のガートルードの男性観に相通じている。このあたりからも、作家の感覚だと思えるのであるが。

太宰には、随筆「人物に就いて」（『東奥日報』昭和一一年一月一日）の乃木大将に対する好意的人物評や、別所直樹「太宰治の言葉」（『中央公論』昭和三二年六月〜三五年一月）に出て来る、「いいねえ。この関大尉（特攻隊敷島隊の隊長―佐藤注）は……。肩に一寸でもゴミがつくと、パッパッと指で払うんだってね」（引用は、桂英澄編*『太宰治研究II　その回想』二五一〜二五二頁）のように、「ダンディズム」や「悲壮美」といったものに惹かれる傾向はあったが、それは、彼らの持つあるスタイルへの関心からで、彼らの存在そのものへの関心ではなく、職業軍人や政治家一般には、嫌悪感を抱いたようである。戦後の「十五年間」（『文化展望』昭和二一年四月）には、「私は戦争中に、東条に呆れ、ヒトラアを軽蔑し、それを皆に言ひふらしてゐた。」と書くが、実際「言ひふらして」まではいなかったであろうが、堤のような内輪の人間に、内輪話として語っていたのは、事実と見てよいであろう。

（3） 文学者の一二月八日

太宰から少し離れて、文学者の一二月八日像とでもいうようなものを、私なりに三つの型に分けて、幾つか例示してゆこう。

一つめは〈感激・興奮派〉である。この型は、開戦の詔勅を聞いてのものと、初戦の勝利情報を聞いてからのものと、一応二タイプに細分化されるが、小田切進「十二月八日の記録」（『文学』昭和三六年一二月）と「続・十二月八日の記録」（『文学』昭和三七年四月）に集められている同時代資料の中でも圧倒的に多い。

小田切の集めた資料と、そのほかに関連したものを含めて、数例見ておこう。まずは、『文芸』昭和一七年新年号の巻頭に載せられた、斎藤茂吉の「開戦」と題する短歌十首である。但し、小田切の資料に紹介されているのは五首である。

たたかひは始《はじ》まりたりといふこゑを聞けばすなはち勝のとどろき
たぎりたる炎《ほのほ》をつつみ堪《た》へしのびこらへ忍びしこの国民《くにたみ》ぞ
やみがたくたちあがりたる戦《たたかひ》を利《り》己《こ》妄慢《ぼうまん》の国国《くにぐに》を見よ
何《なに》なれや心おごれる老大《ろうだい》の耄碌国を撃ちてしやまむ
あな清《さや》け胸《むね》のそこひにわだかまる滓《おり》を焼きつくす火焔《ほのほ》のぼれり

（引用は、小田切進＊『日本近代文学の展開—近代から現代へ—〈読売選書〉』二二九〜二三〇頁）

まさに勇ましい開戦への決意と興奮が率直に歌われている。次に、同じ『文芸』昭和一七年新年号に、斎藤茂吉の短歌の次に掲げられた、高村光太郎「彼らを撃つ」と題した詩一篇がある。

大　詔《おおみことのり》のひとたび出でて天《あま》つ日のごとし。
見よ、一億の民《たみ》おもて輝きこころ躍る。
雲破れて路ひらけ、
万里のきはみ眼前《まなかひ》にあり。
大敵の所在つひに発《あば》かれ、
わが向ふところや今や決然として定まる。
間髪を容れず、
一撃すでに敵の心肝を寒くせり。
八十《やそ》梟帥《たける》のとも遠大の野望に燃え、
その鉄の牙と爪とを東亜に立てて
われを囲むこと二世紀に及ぶ。（下略）

（引用は、小田切前掲書、二三九頁）

こちらも、「決然」とした国民としての意志表明である。続いては、横光利一の日記である。

十二月八日　戦ひはつひに始まつた。そして大勝した。先祖を神だと信じた民族が勝つたのだ。自分は不思議以上のものを感じた。出るものが出たのだ。それはもつとも自然なことだ。自分がパリにゐるとき、毎夜念じて伊勢の大廟を拝したことが、つひに顕れてしまつたのである。夜になつて約束の大宮へ銃後文芸講演に出かけて行く。帰途、自分はこの日の記念のため、欲しかつた宋の梅瓶を買つた。

（引用は、小田切前掲論文「十二月八日の記録」一四八〜一四九頁）

ここには、多少、神国意識が見られるが、まだ自分に引き付けて感想を述べている、という特徴がある。

これが、次の保田與重郎「神州不滅」（『文芸』昭和一七年一月、「戦ひの意志（文化人宣言）」の一つ）になると、神国意識が顕著になるというよりも、神国意識そのものの表白で、保田の神帰り現象がよくわかる。またここに、太宰と「日本浪曼派」との戦争に対する姿勢の違いを見ることもできよう。

対米戦線の大勅を拝し、皇国の向ふところ、必ず神威発するあるを確信した。さきの三国条約の時と言ひ、此度のことと申し、神命はつねに国際謀略を霧消せしめ、万民草奔の苦衷は必ず大御心の知しめすところ、まことに神州の神州たる所以、神州不滅の原理を感銘し、感動し遂に慟哭したのである。

　文化の問題はもとより向ふべきところ明白である。ここに近時の暗雲は忽ちに一掃され、日本文化の前途に一躍して偉大な希望を見る。今や神威発して忽ち米英の艦隊は轟沈撃沈さる。わが文化発揚の第一歩にして、絶対条件は開戦と共に行はれたのである。剣をとるものは剣により、筆をとるものは筆によつて、今や攘夷の完遂を期するに何の停迷するところもない。

　対米問題経過の発表をよみ、我々は文化に携るものとして、国難の国難たる所以をまず痛感すべきである。文化上の攘夷は、皇国の尊貴なる所以を四海の内外に教へることに他ならない。

（引用は、前掲論文一三四〜一三五頁）


「攘夷の完遂を期する」とまで言っているところ等を見ても、保田の意識には「神州不滅の原理」しかのぼらず、それに「感動し遂に慟哭」する以外には有り得なかった。

　伊藤整については、日記と随筆「十二月八日の記録」の二つを見てみよう。日記はわりと淡々とした筆運びであるが、ところどころに「自分だけ昂ふんしているような気がして」（引用は、*『太平洋戦争日記（二）』一九頁）とか、「わくわくして涙ぐんで来る」、「うれしくなる」、「夜になり、落ちつかぬ」（以上、一〇頁）等と、気持ちの高ぶりを抑えきれないような感じの表現が、幾つか出て来る。そして最後の感想として、「はじめて日本と日本人の姿の一つ一つの意味が現実感と限ないいとおしさで自分にわかって来た。」（同書、同頁）と述べている。随筆はより具体的で明確な表現を取っている。

十二月八日の昼、私は家から出て、電車道へ出る途中で対米英の宣戦布告とハワイ空襲のラジオニュースを聞き、そのラジオの音の洩れる家の前に立ちどまっているうちに、身体の奥底から一挙に自分が新しいものになったような感動を受けた。

（中略）

ところが、この日、我海軍航空隊が大挙ハワイに決死的空襲を行ったというニュースを耳にすると同時に、私は急激な感動の中で、妙に静かに、ああこれでいい、これで大丈夫だ、もう決ったのだ、と安堵の念の湧くのをも覚えた。この開始された米英相手の戦争に、予想のような重っ苦しさはちっとも感じられなかった。方向をはっきりと与えられた喜びと、弾むような身の軽さとがあって、不思議であった。

（引用は、『伊藤整全集第23巻』*一八八～一八九頁）

伊藤のこの感覚は、文学者のみならず、当時の日本人の感覚を代表したものと言えよう。日中戦争から日米交渉と、重苦しく、圧迫されたような気分が続いていたのが、開戦の報により、スーッとした、カラッとしたというような安堵感を覚えた、という心境の吐露である。

文学に対する姿勢についての叙述が終わり近くに出て来る。

文学はどうなって行くか、自分の仕事はどうなるか、ということは、この頃ずっとそうであったように長い予測を立てて考えることはできなかった。文学の概念とか妥当な形式とかいうものを私は考えることができなかった。私はそういう文学の理論によって文学を考えることが次第に不可能になって来たのを、大分前から自覚していた。人間感動の素朴な根本まで自分の創作意識を洗い出すことが、近年の私に与えられていた唯一の文学上の目標であった。

私は歩きながら、自分のその考の延長の上にいまの新しい感銘をおいて見た。そして今後自分が文学者として仕事をして行くのは、国民として何を喜び、何を憂うるかを感動の根源とするのである。外のことはそれに従ってまかせてゆけばよい、と思った。（前掲全集、一九三頁）

この部分に関して、竹内清己「『伊藤整日記』―我が文学を生き延びんが為の戦記―」（『解釈と鑑賞』* 昭和六〇年七月、「特集＝魅せられた日記文学」一五一頁、傍点は竹内）は、「文学理論の探究とその実践をこととした自己の〈文学〉の否定、死をまねくほどの危険なかけであったことも確かである。だがその私小説的記録への変容が『国民として何を喜び、何を憂うるかの感動の根源』・集団的感性への参入を企図する真摯なものであることも認めなければならないはずである。」と解釈する。この「かけ」や「真摯」さには注目すべきであろう。

〈感激・興奮派〉の一例として、文学者ではないが、特色ある人物として、徳川夢声の日記を見ておこう。「一二月八日（月曜　晴　温）」の記述である。

岸井君が、部屋の扉を半開きにしたまま、対英米宣戦のニュースを知らせてくれる。そら来た。

果して来た。コックリさんの予言と二日違い。

帳場のところで、東条首相の全国民に告ぐる放送を聴く。言葉が難しすぎてどうかと思うが、とにかく歴史的の放送。身体がキューッとなる感じで、隣りに立ってる若坊が抱きしめたくなる。

表へ出る。昨日までの神戸と別物のような感じだ。途から見える温室の、シクラメンや西洋館まで違って見える。

（中略）

町は警戒管制で暗い。ホテルに帰り、今日の戦果を聴き、ただ呆れる。

（引用は、『夢声戦争日記（一）〈中公文庫〉』*一一頁）


コックリさんなど、普通とはやや違う、面白いところもあるが、やはり「キューッとなる」興奮は否めない。最後の「呆れる」も九日の記述でわかるが、「呆れる」ほどの「物凄い戦果」（同書、一二頁）だ、ということである。「万歳なんて言葉では物足りない」（同書、同頁）ほど、喜んでいるのである。

さて、最新の小林秀雄全集に入れられた「三つの放送」という文章がある。

「来るべきものが遂に来た」といふ文句が新聞や雑誌で実に沢山使はれてゐるが、やはりどうも確かに来てみないと来るべきものだつたといふ事が、しつかり合点出来ないらしい。

「帝国陸海軍は、今八日未明西太平洋に於いてアメリカ、イギリス軍と戦闘状態に入れり」

いかにも、成程なあ、といふ強い感じの放送であつた。一種の名文である。（中略）それが、「戦闘状態に入れり」のたつた一言で、雲散霧消したのである。それみた事か、とわれとわが心に言ひきかす様な想ひであつた。

何時にない清々しい気持で上京、文藝春秋社で、宣戦の御詔勅捧読の放送を拝聴した。僕等は皆頭を垂れ、直立してゐた。眼頭は熱し、心は静かであつた。畏多《おそれおほ》い事ながら、僕は拝聴してゐて、比類のない美しさを感じた。やはり僕等には、日本国民であるといふ自信が一番大きく強いのだ。それは、日常得たり失つたりする様々な種類の自信とは全く性質の異つたものである。得たり失つたりするにはあまり大きく当り前な自信であり、又その為に平常時に気に掛けぬ様な自信である。僕は、爽やかな気持で、そんな事を考へ乍ら街を歩いた。

やがて、真珠湾爆撃に始まる帝国海軍の戦果発表が、僕を驚かした。僕は、こんな事を考へた。僕等は皆驚いてゐるのだ。まるで馬鹿の様に、子供の様に驚いてゐるのだ。だが、誰が本当に驚く事が出来るだらうか。何故なら、僕等の経験や知識にとつては、あまり高級な理解の及ばぬ仕事がなし遂げられたといふ事は動かせぬではないか。名人の至芸と少しも異るところはあるまい。名人の至芸に驚嘆出来るのは、名人の苦心について多かれ少なかれ通じてゐればこそだ。処が今は、名人の至芸が突如として何の用意もない僕等の眼前に現はれた様なものである。偉大なる専門家とみじ《（ママ）》めな素人、僕は、さういふ印象を得た。（『*小林秀雄全集第7巻』三四五～三四六頁、なお、旧字体は新字体に直した。）

この文章は、新版の全集に初めて入れられたものであり、その存在は曾根博義「十二月八日―真珠湾―知識人と戦争」（『*國文学』平成一八年五月、「特集：戦争と文学」）によって、私は教示された。曾根も指摘しているように、小林のこの文章は、私の分類による〈感激・興奮派〉の一人に過ぎなく、大多数の日本人に見られた反応と大差ない、「当時の文学者の多くが残した、変り映えのしない文章の一つに過ぎないこと」（曾根前掲論文、五二頁）が確認できる。しかし、曾根論文にも熱く訴えられているが、こういう反応のことをよく知らなかったり、何か鬼の首を取ってきたように大げさに紹介したりする研究者の多いこと（並びにそれを何度も同趣旨の文章ながら発表する厚顔無恥さ）にはあきれさせられる。小林の反応はあくまで、国民の大多数の位相と歩を同じくした〈興奮・感激派〉の一人に過ぎないのである。改めて、驚くべき新発見でもないし、小林の発言としても特に注目すべきものでもない。小林は、後の『惜別』を論じる際に引用する、日中戦争の頃からの発言「戦争について」（『改造』昭和一二年一一月）等とあまり変化の無い、そういう意味では一貫した自己の立場を鮮明化したに過ぎないのである。そうすると、森本淳生『*小林秀雄の論理　美と戦争』（三四二頁）にある次のような意見も、若干の留保を付けてみなければならない。

ここには、観念的焦慮（ここでは日米会談の行方についてあれこれ空想すること――佐藤注：この部分は、先の引用では中略した）の解消や、戦争を「名人の至芸」として批評的な距離のもとで絶対的に肯定する身振りなど、小林の批評の基本的な契機が現れている。他方で、当局の「表現」に小林が「美しさ」を感じ、それを「名文」とするのはきわめてめずらしい。

前半部の見解は間違いなかろう。但し、後半の一文は、どうであろうか。「きわめてめずらしい」というほどの独特な反応と、取り立てるほどのものではないのではなかろうかと、私には思われる。小林の開戦に対する、「馬鹿の様に、子供の様に驚いてゐる」興奮・感動の延長線上に、「当局の『表現』に小林が『美しさ』を感じ、それを『名文』と」したに過ぎないものと、評価するのみで充分なような気がする。

二つめは、〈冷静・懸念派〉である。これから先の戦いに対する不安、敗戦の予感といった感じ方であるが、この派は数としては圧倒的に少ない。情報量の多かったジャーナリストの一部（木下宗一等）が、日米の国力の差によって、負けるという意識を抱いたわけであるが、徳田秋声「日本のもつ最も好きもの《ママ》」（『新潮』昭和一七年二月）は、主観的・直感的な印象ではあるが、次のように述べている。

私はこの戦果が大きければ大きいだけ、日本の前途に希望が湧くと同時に、又大きな憂ひの生じたことを感じない訳には行かず、徒に英米の敗北を嘲笑して痛快がる気にもなれないのであるが、それは一般的に見て、古今東西の歴史を見てもわかる通り、満ちて溢れず高うして危からずといふことが戦勝者の場合殊に疎かになりがちのことで、殷鑑遠からず英米に在りとも言へるのである。私は政治や軍事には門外漢であり、この大東亜戦争が如何にして局を結ぶかについて、何等の見透しをもつことも出来ないのであるが、地図を拡げても解る通り、戦域をひろげれば際限がなく、手を拱ねれば敵はあの手この手と立直りの策を講ずるのに抜目がなく、さう容易く手を挙げるものとは思はれない。（引用は、前掲小田切論文「十二月八日の記録」一四一〜一四二頁）

この感覚は、小田切の同時代資料の中で、異彩を放っている。戦争を続ければそれだけ、敗戦の危険が増すだろう、という直感的懸念である。

しかし、私が最も興味を示すのは、三つめの〈中間・傍観派〉である。太宰の「新郎」や「十二月八日」、坂口安吾の「真珠」（『文芸』昭和一七年六月）といった文学作品で、微妙でイロニカルな表現を使って、当時の厳しい状況下をくぐり抜けてきたものである。少し、「真珠」という作品を見ておこう。この作品は、九軍神の話から説き起こし、翻って一二月八日前後の自分と周辺の生活を対比した、一種の私小説である。

九軍神とは、真珠湾開戦の時、特殊潜行艇により、アリゾナなどのアメリカ機動部隊を撃沈して戦死した特別攻撃隊の勇士であり、昭和一七年三月六日、ニュースで公表され、連合艦隊司令長官山本五十六から感状を授与された上に、二階級特進の名誉を受けた、大尉岩佐直治、中尉横山正治、同古野繁実、少尉広尾彰、一等兵曹横山薫範、同佐々木直吉、二等兵曹上田定、同片山義雄、同稲垣清の九名である。五隻の潜行艇にそれぞれ二名が乗る形式であったのに、九名であったのは、中の一隻が珊瑚礁に乗り上げ、坂巻和男少尉が意識不明のまま、太平洋戦争の捕虜第一号となっていたのだが、この事実は戦後まで国民には秘密にされていた。九軍神は岡田啓介海軍大将をはじめ、作家・詩人らにも賞賛され、軍神の一人横山正治をモデルとした小説「海軍」を岩田豊雄（獅子文六）が『朝日新聞』に連載し、好評を博した。（以上は、「真珠」所収の『*白痴・二流の人〈角川文庫〉』の注釈二八二頁、木坂順一郎『*昭和の歴史7 太平洋戦争』六九〜七二頁、三國一朗『*戦中用語集』七八〜七九頁、獅子文六『*海軍〈中公文庫〉』を参照）

　安吾は九軍神に対して、「あなた方」と呼びかけ、彼らは日常的な訓練の中から、「死を視つめることがなくなったが、その代りには、あなた方の意識下の確信から生還の二字が綺麗さっぱり消え失せていた」（引用は、『*坂口安吾全集3〈ちくま文庫〉』四四〇頁）と表現し、ただ、「征《ゆ》きます」と言ったのみで、まるで遠足に行くかのように旅立った、と捉える。「あなた方」の日常には、もはや「悲愴だの感動だのというもの」（同書、同頁）はない、また、戦争の一部分には、「死」をみつめることもなく、「弾雨の下に休息を感じていた」（同書、四三八頁）ようなものもある、とも表現する。このあたりは、文章も格調高く、一見、九軍神を賞賛し、戦争礼賛の小説の様を呈している。しかし、戯画化までとは言わないが、所々にアイロニカルなニュアンスを含ませた表現が見られる。

それがより鮮明になってくるのが、対比された「僕」の生活である。「僕」はラジオのある床屋で大詔の奉読を聞き、「涙が流れた。言葉のいらない時が来た。必要ならば、僕の命も捧げねばならぬ。一兵たりとも、敵をわが国土に入れてはならぬ。」(前掲書、四四四頁)と感慨を述べるが、仲間のガランドウは、「ニュースなど聞きもしなかったような平然たる様子」(同書、同頁)をしており、二人は連れ立って、二の宮の魚屋で焼酎を飲み、鮪の刺身を食う。「異様な二人づれが店先でサイダーに酔っ払って鮪の刺身を食っているから、驚いて顔をそむける奥さんもいる。」(同書、四四七頁)。開戦の興奮は街並みにもない。戦争も空襲も「僕」の生活には遠い異国の空の出来事でしかない。突き放され、客観視されている。こういう表現の作品を書いた安吾はやはり、太宰と同じような視点で戦争を見ていたのではあるまいか。無頼派の面目躍如といったところが感じられる。なお、この「真珠」は翌一八年、これを含む短編集『真珠』として、一〇月、大観堂から刊行されたが、時局に沿わぬという理由で再版を禁じられた。

荷風の『断腸亭日乗　五』*を少し見てみよう。一二月八日付には、「日米開戦の号外出づ」(同書、二三九頁、なお、旧字体は新字体に直した、以下同)とだけ述べ、一二日付になって「現代人の作る広告文には鉄だ力だ国力だ何だかだとダの字にて調子を取るくせあり。寔に是駄句駄字と謂ふ可し」(同書、二四〇頁)と言う。戦争そのものに対する感慨は一切なく、広告の文体批判をするところなど、荷風らしいと言えば言えるが、奇妙なくらいに戦争を突っ放して見ている。明らかな傍観者である。

四、日本文学報国会の活動と太宰、太宰の昭和一七年の全文削除処分とその影響、並びに徴用失格とその影響

昭和一六年一二月八日の太平洋戦争開戦後、日本軍は快進撃を続け、一〇日マレー沖海戦において航空機だけで戦艦を撃沈し、また同日、グアム島とギルバート諸島北部のマキン・タラワ両島を無血状態で占領、二五日には香港を占領、翌一七年二月一五日、シンガポールを陥落させ、日本風に「昭南島」と命名した。

国内においては、東条内閣が昭和一七年二月の所謂「翼賛選挙」において、大政翼賛会推薦候補者の圧倒的優位のうち、非候補者に対しては猛烈な選挙干渉を行い、推薦候補者の圧勝に終わる（推薦候補者四六六名のうち三八一名が当選、当選率八一・八パーセント、但し、非推薦議員も八五名も当選し、その中には尾崎行雄、芦田均、川崎克、北昤吉〈北一輝の弟〉らがいた）。（このあたりの叙述は、前掲木坂『昭和の歴史7 太平洋戦争』の他に、伊藤隆『日本の歴史 30 十五年戦争』*、楠精一朗『大政翼賛会に抗した40人 自民党源流の代議士たち〈朝日選書〉』*等を参照）

文壇内においては、昭和一六年一二月二四日の文学者愛国大会の決議「一、我等はここに全日本文学者の総力を結集し、大東亜戦争完遂のため国家総動員態勢に応じて、日本文学者会を設立する。／

一、我等は文学諸部門を統合し、強力なる活動に適する新組織を結成する。／一、我等は高邁なる日本文学を樹立し、戦時国民の昂揚に資せんとす。／一、我等は本会を通じて、内外の文化活動と提携し、大東亜新文化の創造に邁進する。」（引用は、櫻本富雄『*日本文学報国会　大東亜戦争下の文学者たち』六五～六六頁）を受けて、翌一七年五月二六日、日本文学報国会創立総会が開催される。日本文学報国会の性格は、戸川貞雄の「社団法人日本文学報国会の成立」に拠ると、「日本文学報国会は、政府の外郭団体、すなはち情報局第五部三課の指導監督下に在る外郭団体であつて、常に国家の要請するところに従つて、国策の周知徹底、宣伝普及に挺身し、以て国策の施行実践に協力することを目的とする公益法人であつて、いわゆる同志的血盟による思想結社でもなければ、文学にたづさはる者の利益福祉を擁護するための職業組合でもないといふことを明記しておきたい」（引用は、*日本文学報国会編『文芸年鑑二六〇三年版』五頁、なお、旧字体は新字体に直した。以下同）というようなもので、「国策の周知徹底」「国策の施行実践に協力」といったあからさまな表現には注目しておきたい。さて、創立総会の際に行われた、奥村喜和男情報局次長の演説が『尊皇攘夷の血戦』（旺文社、昭和一八年）に収録されているらしいが、そこからの抄出を前掲櫻本『日本文学報国会　大東亜戦争下の文学者たち』から引用しよう（同書、七七～七九頁）。

大東亜戦争と文芸人の使命　　奥村喜和男情報局次長

今日は日本文芸界に於ける代表的の方々、並びにその推進力となって居られる方々が、社団法人「日本文学報国会」の創立の為に、御多忙中をかく多数お集まりになった席上で、政府側を代表して一言御挨拶を申し上げることを大変光栄に存ずる次第であります。

皇国に於ける文学者が、かかる大きな一元的団体を結成されまして、その総力を結集されたことは、もとよりわが文学史、芸術史に於いてかつて見られなかったところでありまして、その意味に於いても、実に壮観と申すべきでありましょう。

大東亜戦争は武力戦のみならず、経済戦、宣伝戦、思想戦、文化戦の全面にわたる一大総合戦だといわれて居ります。そこでその思想戦、文化戦に特に関係の深い文芸家の方々が、強力な一元的団体を組織され、その総力を結集されるということは、物的、人的のすべての力を戦争目的に集中するという総力戦の立場からも必要な措置ということができるのであります。

総力戦に於いて要請されているものは、過去の政治・経済・文化乃至は世界観に対する全面的清算と、新しき時代の支柱となる歴史的原理の創造であります。

創造の力に充ちた文芸家の人々の決起と努力に期待するところ実に多大なものがあるのであり、思想的みそぎであるが故に、文芸家の皇道精神に基づくこの度の結果が甚だ高く評価せられるのであります。

文芸はあらゆる芸術のうちで、最も思想性に富むものでありますが、その思想性の根幹は世界観であります。世界観なくしていかなる思想も成り立ち得ないのであります。即ち、文化、文芸ほど世界観の問題に切実なる関連を有するものなく、従って、文化と政治とは世界観をめぐり全く不可分の関連に立つものであります。私はこのことを日本の文化人諸氏、特に今日お集まりになった文芸家の方々によくよくお考えおきを願いたいと思うのであります。私どもは決して文芸を政府の政策に利用せんとするものではありません。政治の道具に文化・文芸を利用せんとするものではありません。文芸の効用性のみを狙わんとするものではありません。

私どもの文化文芸に対する認識はもっと深いのであります。文化は政治の道具どころか、それは高き意味の政治そのものであります。今の大いなる政治が心から求め、その魂のよりどころとなさんとしつつあるものは世界観、国家観であり、それは文化・文芸を支える力によってのみ根源的に捕捉し、精緻に展開しうるものであります。殊に今の日本の政治が、大東亜共栄圏の確立、世界維新の樹立という大いなる使命をになって居り、そして、この大東亜共栄圏の確立に於いて文化工作の使命がその政治工作の大動脈をなしていることを思い合わせる時、文化人・文芸人の一元的団結たる「日本文学報国会」が日本の政治に及ぼす影響はまことに画期的なものがあると思うのであります。かかる信念に文芸家諸氏が立つ時、そこからその人の全人格を情緒的、情操的にゆり動かす力が溢れて来ないでしょうか。かかる魂の底から湧きいずる感動によって、創造される美しい作品こそ、国民の最も期待する文学ではなかろうかと考えるのであります。

色々と申し上げたいことは数々ありますが、要することに本会の創立は大東亜戦争を完遂し皇国国民としての皇運を扶翼せんがため企図せられたものでありまして、政府といたしましても本会が創立の趣旨に基づき十分活躍せられんことを希望して止みません。それと共に政府でもあらゆる援助を致しまして本会の育成に協力いたしたしたいと存じます。

何だかまどろこっしい政府答弁のようで、歯切れの悪い饒舌がだらだら並んでいる感じである。しかし、奥村の言いたいことはこうである。日本文学報国会という文学者の一元団体のなす力は、政治以上に世界観の確立に大いなる寄与をもたらすもので、大東亜共栄圏の確立と大東亜戦争の完遂に使命を果たし得る、ということである。政治に文学を利用するつもりはないと言いつつ、実は文学・文芸を人々の魂を感動させるものとして利用する腹づもりが、見え見えの演説である。こういう主導のもとに結成された日本文学報国会の性質が、どうしても政府の思想を体現するためのものとならざるを得なかったのは、歴史の必然であった。一証明として文学者の側からの発言を紹介しておこう。平野謙の文章だが、全集には収録されていない、いわく付きの文章である。

文学報国会の結成　　平野謙

社団法人「日本文学報国会」がいよいよ生誕し、さる六月十八日力強い発足の第一歩を踏み出した。同会はさる十二月二十四日、大東亜戦争の勃発と共に、全日本文学者が愛国の至情を燃やした文学者愛国大会を契機とするものだが、そのことについては既に本誌二月号の本欄に於いて私も触れておいた。（中略）そして、六月十七日法人組織たるを認可されるや、直ちに発会式を開催して、その歩武堂々たる出発を広く中外に宣明したのである。

（中略）一堂に会する文学者二千有余、まことにその大同団結の第一歩を飾るにふさわしい発足であった。

（中略）会長徳富蘇峰、全会員約三千二百名、まことに聖代の壮観というべきであろう。ここに全日本文学者の大同団結は全く成ったのである。

このことの画期的意義については何人も疑うまい。とかく静観的、閉鎖的になりがちな文学者が各部門の交流、連繋を目ざして大同団結したということ、この一事は既にそれだけ永く文学史上に伝うべき偉大なる事業にちがいない。

（中略）

では文学報国会の目ざすべき本源的な方向はどこに据えらるべきであろうか。「皇国文学者としての世界観の確立」、その定款の最初に掲げられている要目こそ同会の諸事業の基底となるものであろう。（中略）そのような世界観的統一こそ日本文学報国会が集約すべき唯一無二の焦点であり、そこに同会事業の重大性と共に言いがたい困難性も横たわっているのだ。

世界観的統一！　このことはかるがるしく発音し得るほどたやすいことでは決してない。（中略）私は日本文学報国会の華々しい結成を衷心からよろこぶものであるが、その華々しさを単に形式上のものに終わらせることがなく、内実的な執拗なたたかいが内外に続けられなければ、その堅実な発展は失われ、大世帯をかかえて一種動脈硬化的な陥穽に陥らないものでもないと思うものである。そして、その責任はほかならぬ私ども一人一人の肩にかかっていることを思って、微力ながら私は私なりに文学の本源的な力と今日わが国が当面している状勢とを結びあわせて考えてゆきたいと希っている。（以下略）（「文芸時評」〈『婦人朝日』一九四二年八月号〉、引用は前掲櫻本*『日本文学報国会　大東亜戦争下の文学者たち』九五～九七頁）

まことに高らかな日本文学報国会讃美、つまり国体讃美の文章になっている。平野謙はこの文章を戦後抹殺しようとしたらしいが、まあ平野に限らず、日本文学報国会に関わらざるを得なかった文学者たちの大多数の意識はこういうものであったろう。

因みに、「日本文学報国会要綱」の目的と事業を前掲の*『文芸年鑑二六〇三年版』から引用しておこう。

一、目的　本会は全日本文学者の総力を結集して、皇国の伝統と理想とを顕現する日本文学を確立し皇道文化の宣揚に翼賛するを以て目的とす。

二、事業

一、皇国文学者としての世界観の確立

二、文芸政府の樹立並びに遂行への協力

三、文学に依る国民精神の昂揚

四、文学に依る国民的教養の向上

五、我国の古典の尊重普及と古典作家の顕彰
六、文学を通してなす国策宣伝
七、対外文化事業への協力
八、日本語の純化並に其の対外普及に関する事業
九、優秀なる作品の推奨
十、必要なる調査研究及飜訳の斡旋助成
十一、新進文学者の育成
十二、各地域に於ける文学の育成
十三、文学各部門間の交流
十四、文化各部門との連繫
十五、諸官庁諸団体との連絡
十六、文学作品の製作及発表の規正
十七、其の他必要なる事業

（引用は、前掲書一三四頁）

事業の中で、いかにも国策的と見られるのが一から八までで、九以下は極く当たり前のものである。一から六までの事業は、文学者の良心を介在させる余地もなさそうなものばかりで、また、八のような事業を真剣に考えていたということは、日本の侵略性を証明するようなものだが、やや滑稽さを禁

じ得ないものである。

太宰はというと、日本文学報国会の大会等に参加したことは殆どないらしいが、彼が報国会に報いる仕事をしたのは、たった二つである。それは、建艦献金運動の一環として上梓された『辻小説集』（昭和一八年七月）に発表した「赤心」（初出は、『新潮』昭和一八年五月）と、日本文学報国会と内閣情報局の委嘱を受けて書いた『惜別』（朝日新聞社、昭和二〇年九月）の二作である。「赤心」は『右大臣実朝』の宣伝文と言うべき性格のものに過ぎない作品であり、実朝の皇室崇拝の「赤心」を素直に述べたものであるが、『右大臣実朝』の一部を改変して紹介したということが、自ずから作品の性格を方向付けている。『惜別』に関しては詳しく後述するが、太宰の方向性がかなりの部分、国策の方向に傾きかけた問題作である。

日本文学報国会にはあまり煩わされることのなかった太宰であるが、別の強制力が彼にストップをかけてきた。昭和一七年一〇月、『文芸』に発表した「花火」が、「出版警察報」の表現によると、「登場人物悉ク異状性格ノ所有者」とか、「一般家庭人ニ対シ悪影響」という廉により、全文削除処分を受けるというものであった。それにより、以降の作品にはかつて得意としたデカダンな主人公をもとにした作品を、私小説的なものにせよ、それ以外の作品にせよ、一切書けなくなるという、大きな路線変更を行わざるを得なくなった。この点に関しては、別章に詳しく論じているので、ここではこれ以上触れない。

また、太宰は同じ昭和一七年一一月一七日、前々日の文士徴用令で呼び出された本郷区役所での身体検査の際、「肺浸潤」という病名で軍医に即座に徴用免除と決定される（このあたりは、前掲、津島美知子『〈増補改訂版〉*回想の太宰治』並びに前掲、相馬正一『〈改訂版〉*評伝太宰治　下巻』並びに『〈初出〉*太宰治全集別巻』所収の山内祥史年譜による）。木山捷平「太宰治」（『*玉川上水』）によると、この時の太宰はうまく、軍医をだましたという証言が描写されているが（六四〜六六頁）、相馬の「堪《こら》え性のない臆病者の太宰が従軍文士として戦地に赴くことを希望するはずもなく、検査の際の多少の演技も効《き》いて、肺結核の既往症や偏平な胸などから〈肺浸潤〉と診断されたものであろう」（前掲書、二三五頁）という判断が的を射ている、と思われる。

太宰自身はこのことでほっとしたであろうが、師匠に当たる井伏鱒二や友人の小田嶽夫、中村地平、高見順といったところを送別会や駅で見送ったりしているうちに、国のお役に立つ人々対役に立てない自分、という具合に、徐々に自分の無用者意識を強めていった点は、疑えないところである。但し、この無用者意識も悪い方にだけ働くのではなく、太宰の場合は、国家に対して無用者であるからこそ、国家のお役に立たない自分は、自分なりの芸術活動に邁進せざるを得ない、というような良い方向に働いたことも、戦時下の彼の旺盛な活動から鑑みても、間違いないところと言える。

ところで、徴用された作家たちは、どういう方面に送られ、どういう活動を為したのか、少し見ておこう。前掲の『*文芸年鑑二六〇三年版』に昭和一八年八月現在、「軍報道部員として活躍せる作家氏名」として挙げられているのは、次の五三名である。

マレー方面［丁班］会田毅（北町一郎）、小出英男、神保光太郎、中村地平、寺崎浩、井伏鱒二、中島健蔵、小栗虫太郎、秋永芳郎、大林清、北川冬彦、里村欣三、海音寺潮五郎。

ビルマ方面［乙班］倉島竹二郎、山本和夫、岩崎栄、北林透馬、榊山潤、豊田三郎、高見順、小田嶽夫、清水幾太郎。

ジャワ・ボルネオ方面［丙班］大江賢次、大宅壮一、阿部知二、浅野晃、北原武夫、富沢有為男、武田麟太郎、大木惇夫、寒川光太郎、堺誠一郎。

フイリピン（比島）方面［甲班］沢村勉、石坂洋次郎、尾崎士郎、今日出海、火野葦平、上田広、三木清、寺下辰夫、柴田賢次郎。

海軍関係　石川達三、角田喜久雄、海野十三《うんのじゆうざ》、井上康文、丹羽文雄、間宮茂輔、村上元三、湊邦三、山岡荘八、浜本浩、桜田常久、北村小松。

（引用は、櫻本富雄『文化人たちの大東亜戦争　ＰＫ部隊が行く』*四六〜四七頁を利用した）


櫻本によると、この『文芸年鑑』*の記述は厳密ではなく、ジャワ・ボルネオ方面に入れられている寒川光太郎は実際は海軍関係であったらしいし、柴田賢一という時代小説家の名前が海軍関係から落ちているそうである。それはさておき、こう見てくると、太宰の師匠の井伏を初めとして、友人関係、同人関係、さらにはライバルと見なされていた作家等々、かなり雑多なメンバー構成と言ってよい。彼らは、太宰とは違って、多分に不本意ながらも、戦争体制の片棒を担がせられたのである。

「軍宣伝部隊」として活躍した作家たちの業績が、櫻本の前掲書『文化人たちの大東亜戦争　ＰＫ部隊が行く』に厖大な資料として紹介されている（同書、六八～一〇一頁）。単行本として刊行されたもので、幾つか目を引くものを挙げておくと、

浅野　晃　『ジャワ戡定余話』白水社、『醜《しこ》の御盾《みたて》』金星堂
阿部知二　『火の島』創元社
石川達三　『赤虫島日誌』東京八雲書店
（中略）
井伏鱒二　『花の町』文藝春秋
上田　広　『緑の城』新興亜社、『海燃ゆ』小山書店、『樹天』中央公論社、『沈まない軍艦』成徳書院
海野十三　『赤道南下』大日本雄弁会講談社、『ペンで征く』日本放送出版協会
小田嶽夫　『ビルマ戦陣賦』文林堂
大江賢次　『陸海協力』八雲書店
（中略）
尾崎士郎　『戦影日記』小学館、『烽煙』生活社
海音寺潮五郎　『マライ華僑記』鶴書房

（中略）
今日出海　『秋の歌』三杏書院、『比島従軍』創元社
（中略）
里村欣三　『河の民』有光社、『静かなる敵前』成徳書院
寒川光太郎『従軍風土記』興亜日本社、『薫風の島々』文松堂
（中略）
神保光太郎『風土と愛情』実業之日本社、『南方詩集』明治美術研究所、『昭南日本学園』愛之事業社、『曙光の時』弘学社、『冬の太郎』山本書店、『なかよしだいとうあ』国民図書刊行会
（中略）
高見　順　『ビルマ記』協力出版社
武田麟太郎『ジャワ更紗』筑摩書房
（中略）
富沢有為男『ジャワ文化戦』日本文林社
豊田三郎　『行軍』国民図書
中村地平　『マライの人たち』文林堂
中島健蔵　『緑のマライ』同光社

丹羽文雄　『海戦』中央公論社、『報道班員の手記』改造社、『ソロモン海戦』国民画報社
（中略）
火野葦平　『祈禱』豊国社、『ヘイタイノウタ』成徳書院、『真珠艦隊』『陸軍』朝日新聞社
（中略）
山岡荘八　『海の魂』興亜日本社
（中略）
横山隆一　『ジャカルタ記』東栄社
（引用は、櫻本前掲書、七四〜七八頁、なお、旧字体は新字体に直した。）

単行本でもかなりの量である。雑誌掲載のものまで挙げると、きりがないといった具合である。これらの中身まで確認しなくとも、タイトルを見ていると、いかに軍部主導の戦地報告に対して、文学者たちが手を貸していたかが明瞭である。こういった軍部の片棒担ぎをやらされていた文学者たちは不幸であり、やらされずに済んだ太宰は幸福であった、と言わざるを得ない。もしも太宰が報道班員でどこかに送られていたら、太宰の運命はどう変わったか、想像の範囲を出ないが、国家と一定の距離を保ち得た太宰も、違う活動をやってしまったであろうか。

因みに、井伏鱒二「花の町」という文章がどういうものか、少し見ておこう。「花の町」は昭和一七年八月一七日から一〇月七日まで『東京日日新聞』『大阪毎日新聞』に「花の街」の標題で、五〇

回にわたって連載（九月二五日、二八日を除く）、改題して『花の町』（文藝春秋社、昭和一八年一二月）に収録された（『井伏鱒二全集第10巻』松下裕の解題、六三九頁に拠る）。この作品は、昭南市（現在のシンガポール）を舞台とした、主人公木山喜代三（カセイビルで宣伝班の仕事をしている）、その仲間のマルセン（宣伝班員のこと）の旦那（その一人は、昭南日本学園園長の神田幸太郎）と河野軍曹らの日本人、彼らを取り巻くシナ人、マライ人、ユーラシアンという登場人物の間で繰り広げられる、平穏な日常生活を描いている。基本線には、驕り高ぶる日本人の姿とそれに卑屈に迎合する現地の人々（マライ人、シナ人含めて）という図式ではあり、その迎合しようとするウセンというマライ人に河野軍曹が一喝する言葉、

「こら、何を貴様、歯の浮くやうなことをいつとるか。その謀略は許さんぞ。貴様は、日本語が話せるのを悪用して、良民をたぶらかさうとしてをる。これは明白だ。こら待て、貴様は南京虫、ひねりつぶすぞ。」

（引用は、前掲『井伏鱒二全集第10巻』七六頁）

というような、日本の特権的立場の見え隠れする（河野軍曹のこの言葉自体は、ウセンがベン・リヨンの母親を騙そうとするのに対する、正義感溢れる制止の言葉ではあるのであるが）発言や表現は作品中に数個は見られる。

しかし、井伏の描きたかったものは、そういう日本の特権的立場ではなく、表面的ではあるのかも

知れないが、日本とアジアの国々との同胞意識、友好意識であったと思われる。作品はそれを主眼に、骨董屋の看板に書かれた文字の話題、ベン・リヨンの日本語を巧みに操る挿話、彼の家を訪れる迷惑者のウセンへの対処、河野軍曹と主人公木山との親交の一夜、その河野軍曹に恋慕するベン・リヨンの母の切ない感情、こういう小話を重ねつつ展開してゆく。そして、題名にも登場する「花」の最も印象的な場面は、以下の箇所である。

「おお、ブンガ・チヤパカ。その匂ひ……」
　彼女（アチヤン＝ベン・リヨンの母―佐藤注）は木山たちの方を振り向いて、むしろ楽しさうな声でいつた。
「私のうちのトミー（アチヤンの娘―佐藤注）は、この花の匂ひを好みます。私はこの花の一と枝を折りとつて帰ります。おお、何といふ屈託なささうな、あどけない感じの匂ひでございませう。」

（中略）

　すると彼女は、折りとつた花の枝を木山の鼻のさきに近づけて答へた。
「この花の匂ひ……そしてこの地面の穴は、砲弾の跡でございます。日本軍が二月十四日に、ブキテマからカセイ・ビルを撃ちました。しかし今日は、誰がこの穴にこのチヤパカの花を投げ込んだのでございませう。」

穴の中には、底の方に堪り水が見え、木の枝をどつさり投げ込んであつた。なるほど、あまい強烈な花の匂ひがする。栗の葉のやうな形の葉の附根に、白魚みたいな花弁を持つた花が咲いてゐる。それが幾つも幾つもほの白く見えてゐた。

（引用は、前掲『井伏鱒二全集第10巻』八四～八五頁）

好い場面である。日本軍の砲弾の跡である穴に、強烈な匂いを発するブンカ・チヤパカの花と、アチヤンという女性とが相乗効果で果たしている印象的場面に、主人公木山と河野軍曹はすっかり魅了されている。

参考に、横山融の解釈を紹介しておこう。

（前略）すなわち、戦争という大きな不幸、その不幸の束の間に花ひらいたシンガポールの小康状態―しかし実状はこの表面上の小康の裏側に、華僑虐殺事件などがどす黒く渦まいていたのであったが―を描くことによって、戦時の屈託を少しでも和らげたいという井伏理念が、はっきりと伝わってくるのである。もともと、あの時期には、〝ビルマ地獄に昭南極楽〟などという言葉もあった程で、シンガポールの軍政は、他の地区よりは格段に恵まれていたようではあるが、それにしても、それはすぐにも壊れかねない、あやうい、一つの幻として井伏の目には映っていたに違いない。それだからこそ、その不確かな、あやうい平和を描くことに井伏の筆は集中していったものであろう。（中略）それ故に、「さざなみ軍記」にはそれとなく示されていた日中戦争への批判といったようなものさえ、この作品には影をひそめている代わりに、戦勝の勇ましさや大言壮語は、まったく押さえこまれて、現地の祭り、卒業式、満月、七夕といった行事を背景に、骨董や花や恋といった平和な人々の姿のみを描いたのであろう。（後略）

（引用は、湧田佑『私注・井伏鱒二*』一六六〜一七〇頁）

「花の町」という作品は、「軍宣伝部隊」としての作品であるものの、書いた井伏の意識は、軍や日本の宣伝よりも、表面的ながらもアジア地域にもたらされた「平和」の意識、そして、日本とアジア地域との友好関係を伝えたいというものであった。作品全体を全文読了しても、戦時下の作品でありながらも、それをあまり意識させない、日本人のアジア地域における日常生活の寸描といった印象を覚える。

さて、「軍宣伝部隊」には入れられず、軍部に対しても抵抗の詩人として名高い、金子光晴でさえも戦時中にこんな詩を書いている。小学館発行の『日本少女』昭和一八年一〇月号に掲載されたものである。井伏の態度や文章と好対照と言ってもよい。

ビルマ独立をうたう　　　金子光晴

アジヤは一つの家族。
いたいけな妹ビルマは
永らく別れて他人の家で
つらい　悲しい日を送った。

待ち焦れた晴れの日、
独立の日がビルマにも来た。
燦たる孔雀の旗が
瑠璃の空を飛翔する日が。

ビルマの娘たちは、茴香や
睡蓮の花をつんで捧げる。
みほとけの前に、又、たよる肉親
ををしい日本の兄の胸に。

（引用は、櫻本前掲書『文化人たちの大東亜戦争　PK部隊が行く』、七八〜七九頁）

何ともはや、ひどい詩である。ビルマが日本の妹として、同じアジアの一員であるという、大東亜共栄圏の発想そのものしか歌われていない。文学性とかイロニーとかのかけらも感じられない、小学生が書いたような詩である。こういうひどいものを書かせられた（といっても、最終的には自己の意志で書いたはずである）金子の心中も察するに余りあるが、戦後、こういう作品自体の存在を語らず、口を拭っていたということは、批判されて然るべきではなかろうか。

五、戦争中期から末期にかけて―「作家の手帖」「佳日」「散華」―

「作家の手帖」（『文庫』昭和一八年一〇月）の結びの部分は、こうである。「私」の家の裏の二軒は、産業戦士の家である。


（前略）昨日の午後、片方の奥さんが、ひとりで井戸端でお洗濯をしてゐて、おんなじ歌を何べんも何べんも繰り返して歌ふのである。

ワタシノ母サン、ヤサシイ母サン。

ワタシノ母サン、ヤサシイ母サン。

やたらに続けて歌ふのである。私は奇妙に思つた。（中略）さうして、わかつた。あの奥さんは、なにも思つてやしないのだ。謂はばただ歌つてゐるのだ。夏のお洗濯は、女の仕事のうちで、一ばん楽しいものださうである。あの歌には、意味が無いのだ。ただ、無心にお洗濯をたのしんでゐるのだ。大戦争のまつさいちゆうなのに。
アメリカの女たちは、決してこんなに美しくのんきにしてはゐないと思ふ。そろそろ、ぶつぶつ不平を言ひ出してゐると思ふ。鼠を見てさへ気絶の真似をする気障《きざ》な女たちだ。女が、戦争の勝敗の鍵を握つてゐる、といふのは言ひ過ぎであらうか。私は戦争の将来に就いて楽観してゐる。

ここで、「私」は、「大戦争のまつさいちゆうなのに」「無心」で歌い続ける、「奥さん」を賞讃しているのである。戦争に関わりない、庶民の「無心」さ、これを讃えるのが「私」の主眼であった。末尾の段落は付け足しであって、「戦争の将来に就いて楽観してゐる」という表現も、松本健一の指摘通り（前掲『太宰治とその時代*』一四七頁）、福田恆存「道化の文学」（『群像』昭和二三年六月・七月、引用は『太宰治研究I*　その文学』五五頁）の言う「時流に少々のあいさつもしてみた」表現に過ぎない。本音はおそらくここにはないのであって、太宰も庶民と同じく、戦争の将来については自らかかずらうこと無く、無心に、自己のやるべきこと、太宰の場合はもちろん、文学活動であるし、庶民の場合は仕事を含めた日常生活であろうが、それをやってゆこう、というところにこそあるのだと思われる。

一九四二年（昭和一七）五月七日、東条英機首相は、「国内政治力の結集」を要請し、翼賛政治結集準備会を結成した上で、五月二〇日、翼賛政治会の創立総会が開かれた。これにより、「国家国防体制」を確立し、さらに大日本産業報国会・農業報国連盟・商業報国会・日本海運報国団・大日本婦人会・大日本青少年団の六団体を翼賛会の傘下に統合、いよいよ国家総力戦体制、すなわち、天皇制ファシズムが確立されていった。対外的には、この昭和一七年五月のミッドウェー海戦での敗退を経て、翌一八年二月のガダルカナル島からの撤退、四月の山本五十六連合艦隊司令長官の戦死（但し、新聞発表は五月二一日まで遅らされる）、五月のアッツ島守備隊全滅、一一月のマキン・タラワ両島守備隊全滅といった具合に、戦局は日本に不利であったが、新聞報道等は戦意昂揚を煽り立て、意図的な誤報や意図的でない大誤報などを交えて、国民を操作した（このあたりは、前掲木坂『*昭和の歴史7　太平洋戦争』の他に、藤原彰・今井清一編集『*十五年戦争史3　太平洋戦争』、川島高峰『*流言・投書の太平洋戦争〈講談社学術文庫〉』等を参照）。

このあたりの戦局を意識しているわけでもなく、また、煽り立てるジャーナリズムに躍らされるわけでもなく、この「奥さん」は、「無心」に歌い続けるのである。「大戦争のまつさいちゆうなのに」、その戦争には関わりなく、井戸端で洗濯しながら歌っている、こういう庶民の生活を描くことに太宰はこだわったのである。

また、末尾の段落は付け足しに過ぎないと先程述べたが、少し補足しておこう。川村湊「『鬼畜米英』論」（『*岩波講座　アジア・太平洋戦争6　日常生活の総力戦』）によると、昭和一九年頃にも「鬼畜米英」という表現は『朝日新聞』を例にとっても、それほど多出するわけではなく、山室建徳「大日本帝国の崩壊」（山室編『大日本帝国の崩壊』吉川弘文館、平成一六年発行に所収）という論文には、「このように『鬼畜』が使われるのは、抵抗力のない病院船、抑留日本人、輸送部隊、捕虜などを一方的に攻撃し殺害するという不法行為の場合に限られる」（引用は、前掲川村論文『岩波講座　アジア・太平洋戦争6』三一六頁）という指摘のあることが紹介されている。すなわち、ジャーナリズムを初め、一般国民の間にもあまり、「鬼畜米英」という表現が馴染みのあるものとして流用されていたわけではない、ということである。そういう時代背景を意識してかしないか、太宰はアメリカ自体に「鬼畜米英」的な敵意を向ける表現をするのではなく、あくまで、アメリカの女たちを揶揄の対象に使い、「女が、戦争の勝敗の鍵を握つてゐるといふのは言ひ過ぎであらうか」という具合に、女の生活観からの感想を述べるにとどめているのである。あくまで生活者の視点を失っていないことは注目しておいてよい、と思われる。なお、先に見た「十二月八日」の「主婦」の視点に、かなり国粋的で、「鬼畜米英」的な敵意の表現があったことは、改めて確認しておく。但し、これも先に述べたように、「主人」の視点から相対化されており、太宰の本音そのものという読みはしていけないものである。

柴田勝二の「『作家の手帖』論―イロニーの戦略―」（『太宰治研究8』一六八〜一六九頁）[*]ではこの作品の末尾に関して、このように解釈する。少し長いが、論旨を明確にするために引用する。

（前略）ここで太宰が見せている戦争への歩み寄りが、松本のいうように表層的なものであることは疑えないとしても、むしろ重要なのはそれが洗濯をしている婦人への「共鳴」につづけて語られていることの意味である。いうまでもなく庶民が楽しげに洗濯をすることと、戦争の行方との間に因果性はなく、それを意識して並立させているところに、この作品の趣向があるといってよい。世界大戦という国家間の争闘の空間も、微分していけばそこには一日一日の時間を過ごしていく庶民の営為があり、その次元における共感がここに浮上している。とすれば語り手が「楽観してゐる」のは「戦争の将来に就いて」ではなく、〈庶民の生活に就いて〉であることになる。状況が深刻化していくにもかかわらず、そこで過ごされる時間の一瞬一瞬が豊かになりうる可能性への信奉が、末尾に表出されているといえよう。

けれども「奥さん」に象徴される〈庶民〉の、国の帰趨を意に介さないかのような姿は、戦争の遂行者である軍部と、その統括者である天皇に対する無条件の信奉を暗示しているとも受け取ることが可能であり、そうした意識に結びつければ、末尾の一行は、その通りのシニフィエを差し出すことになる。その時に洗濯をする「奥さん」の姿も、時局の切迫性を相対化する日常のしたたかさではなく、盲目的な戦争への参加者としての像によって切り取られることになる。文句の意味も考えずに「ワタシノ母サン、ヤサシイ母サン」と繰り返しうたいつづける「奥さん」の内面を忖度して「私」は、「あの奥さんは、なにも思つてやしないのだ。謂はば、ただ唄つてゐるのだ」(「唄」の表記は、『佳日』〈肇書房、昭和一九年八月〉に所収の際、改められた―佐藤注)と結論づけるが、日本人のすべてが天皇を神とし、そこに自己の生命を捧げる〈歌〉を、無条件にうたうことを強いられていたのが、戦時下の状況であったことはいうまでもない。そしてそうした眼でこの末尾の挿話を眺めると、松本健一が考えるのとは逆に、むしろ戦争に対する庶民の無批判な受容が揶揄されているという見方が可能になるのである。

このように考えると、「作家の手帖」の末尾は二重のイロニーをはらんでいることが分かる。「私は戦争の将来に就いて楽観してゐる」という末尾の一文は、二つのシニフィエの間で反転しつつ、そのどちらにおいても庶民にとっての戦争を相対化する方向性を帯びてしまうからである。そしてこうした多重化されたイロニーの表出にこそ、戦時下における太宰の戦略があった。このイロニーは「作家の手帖」の全体にわたって施されており、それの収束する地点として、洗濯における「奥さん」への感慨が置かれている。

言わんとするところは、こういうことである。「作家の手帖」という作品は、末尾によく表れているように、イロニーを効かせた作品であり、戦争批判にも戦争の無条件賛美にも読まれうるのだが、いずれの読み方をしても、「庶民にとっての戦争を相対化する方向性」を持っている、ということである。そういう読ませ方を意図したのが「戦時下における太宰の戦略」として評価されているのである。イロニーというものを前面に出した論であるが、私の考え方と基本線は一致しているものとして紹介した。

「佳日」（『改造』昭和一九年一月）には、「これは、いま、大日本帝国の自存自衛のため、内地から遠く離れて、お働きになつてゐる人たちに対して、お留守の事は全く御安心下さい、といふ朗報にもなりはせぬかと思つて、愚かな作者が、どもりながら物語るささやかな一挿話である。」という書き出しの一文や、途中にさらっとした感じで「私は新聞に発表せられてゐる事をそのとほりに信じ、それ以上の事は知らうとも思はない極めて平凡な国民なのである」という一文を差し挾んだりしている。前の文は、国家への表面的な従順を装いつつ、後の文では、既に「新郎」で見たものと同様、太宰が自己の意志・決意を確認し、そこに確固とした自信があるからこそ、「それ以上」の国内・国際情勢など知らなくとも構わない、という強い意志表明をしているものである。

「作家の手帖」や「佳日」においてもそうであったが、磯田光一の言う、滅私奉公の庶民の姿を否定できない、という太宰の心性が最も顕著に現れたのが、「散華」(『新若人』昭和一九年三月)であった。この作品は、当時、太宰の所に戸石泰一と共に出入りしていた、文学青年三田循司の、アッツ玉砕に材を得ている。親しく自分のもとに出入りして、殆ど弟子格のような存在であった人間が死んだのである。彼に対する同情、深い慟哭に彩られた鎮魂のうた、があまりにも生の形で発露してしまったのも、致し方のないこととせねばならない。

「私」が強く感動した「三田君」からの最後の便りは、非常に簡潔で、かつ澄み切った心境を表現した文章であった。

御元気ですか。
遠い空から御伺ひします。
無事、任地に着きました。

大いなる文学のために、
死んで下さい。
自分も死にます。
この戦争のために。

これが二回目に引かれた後、「崇高な献身の覚悟である。そのやうな厳粛な決意を持つてゐる人は、ややこしい理屈などは言はぬものだ。激した言ひ方などはしないものだ。つねに、このやうに明るく、単純な言ひ方をするものだ。さうして底に、ただならぬ厳正の決意を感じさせる文章を書くものだ。」と言う。しかし、私には、死を前にした人間が、これほどあっさりとして単純で澄んだ表現ができる、というのが、なかなか信じ難く、ただただ驚嘆する。本当の三田循司の文章がこのままであったかはわからぬが、こういう文章を書ける人は、「私」も言うように、「純粋の詩人」で、「人間以上のもので、たしかに天使である」ような気がして来る。

死を前にしたら、「三田君」のように澄み切った気持ちよりも、生への執着と家族への思いが切々と現れてくる、次のような言葉となる方がごく普通だったのではないか。

お母さん、とうとう悲しい便りを出さねばならないときがきました。
親思う心にまさる親心今日のおとずれ何ときくらん、この歌がしみじみと思われます。

ほんとに私は幸福だったです。我ままばかりをとおしましたね。

けれどもあれも私の甘え心だと思って許して下さいね。

晴れて特攻隊員と選ばれて出陣するのは嬉しいですが、お母さんのことを思うと泣けて来ます。

母チャンが私をたのみと必死でそだててくれたことを思うと、何も喜ばせることが出来ずに、
安心させることもできずに死んでゆくのがつらいです。

私は至らぬものですが、私を母チャンに諦めてくれ、ということは、立派に死んだと喜んで下さいということはとてもできません。けど余りこんなことはいいますまい。

母チャンは私の気持をよくしっておられるのですから。

(中略)

私はお母さんに祈ってつっこみます。お母さんの祈りはいつも神様はみそなわして下さいますから。

この手紙、梅野にことづけて渡してもらうのですが、絶対に他人にみせないで下さいね。やっぱり恥ですからね。もうすぐ死ぬということが何だか人ごとのように感じられます。いつでもまたお母さんにあえる気がするのです。あえないなんて考えるとほんとに悲しいですから。(日本戦没学生記念会編『きけ*わだつみのこえ―日本戦没学生の手記―〈岩波文庫〉』二五五～二五九頁)

この学生(林市造)は、特攻隊員として沖縄で戦死するのだが、母親に宛てての手紙である点、友

人に託してで軍の検閲を多分受けていない点などから、生への執着、肉親への顧慮が赤裸々に、そして切々と吐露されている。このあたりが死に向かう人間の非常に素直な本音と見てよいであろう。「三田君」であっても本音はやはり、そういうところにあったのであって、師匠太宰に宛てた手紙ゆえ、先のような澄み切った文句を吐けたのかも知れぬ。

しかし、この辛い鎮魂の文章も、太宰はある操作を行うことにより、自己のエネルギーに変化させようとする。その操作とは、松本健一の言葉で言うと、「その兵士の『戦争のため』の死と、太宰の『大いなる文学のため』の死とが、等価のものとして提示され」（前掲『太宰治とその時代』一四八頁）ることであった。「三田君」は戦争で死んでしまうけれども、太宰自身は文学のためにしか死なない、そう宣言することが、「三田君」の安らかな鎮魂のために為された操作であった。

竹内清己「『散華』論―三位（文学・死・戦争）一体への唱和と回心―」（『太宰治研究12』*九頁）では、作品末尾が三度目の「三田君」の便りの引用で閉じられることに関して、「三位（文学・死・戦争）一体への唱和であったが、それは『大いなる文学』において見出された同位であって、それを作為した文学は、文学への回心というもう一つのモチーフを指標している」と論ずる。竹内論も方向性としては私と同様、太宰の文学に対する死を賭してまでの強い姿勢を、多少違う表現ながらも、確認しているのである。

大久保典男「太宰治と戦争」（『解釈と鑑賞』*昭和六二年六月、「特集　太宰治　昭和十三年〜二十年」、六三頁）には、こういう指摘がある。

（前略）太宰の場合、「自分の苦しさを訴える口説を、一転してユーモラスな笑いに変えるパロディの精神」（長部日出雄『津軽空想旅行』）─〈もどき〉の効果が生きている。このことは、『散華』（「新若人」昭一九・三）というすこぶる時局的な小説の発想についてもいえるので、ここで太宰は、アッツ島で玉砕した年少の友の三田君と、同じように太宰の許に出入りしていて肺患で夭折した三井君を相対化して描いている。

「相対化して描いている」という評価は、微妙な表現ではあるが、太宰が「三田君」の死を単なる戦争賛美として描く意図ではなく、自らの文学に対する姿勢表明のために「相対化」して、つまり距離を置いて描こうとしたという解釈であろう。太宰は、「散華」作中の「三田君」の鎮魂のため、並びに自らの弟子としての三田循司の鎮魂のために、そして、そこから自らの文学へ邁進する意志表明のためにも、この作品を書いたのであった。

このアッツ玉砕に関して、保田與重郎が興味深い文を書いている。「玉砕の精神」（『逓信協会雑誌』昭和一八年一〇月）という文章である。天誅組の伴林光平の話題から始まり、維新志士の行動思想と現在の国家体制は異なったものであると言いつつ、前者から教訓を読み取り、「もし松陰が今日あれば、決して私意の国策論を云はず、私の大陸政策論を考へず、一切の条件を大詔奉戴と、戦争への直進に於てとつて、以て尽忠の生き方を教へたことと思ふのである。こゝに於て、『露と砕けむ』の志が立つのである。（中略）この『露と砕けむ』といふことは、合理的には判断し得ない。物質観からは、うかゞひ得ない。合理主義的な責任感からは、うかがひ《ママ》得ない。今日世界を驚愕せしめてゐる皇軍の玉砕とか自爆といふ考へ方は、近代風俗の合理で判断する者には理解されぬのである。けだしそれは神州不滅が理解されぬからである。」（引用は、『保田與重郎全集第19巻』五二二頁、なお、旧字体は新字体に直した、以下同）という具合に、玉砕精神と神州不滅の思想を高らかに歌い上げてゆく。このあたりで既に太宰との違いが自ずと現れている。さらに、保田はこう続ける。*

思想は直接に戦争してゐないやうに見えるが、実は戦へる思想の威力が、ある時代には戦争を決定するのである。

アッツ島の如きは、仮りに日本の信念を思想と呼べば、これ実に思想の戦つた戦ひである。世人はこれを湊川の戦に比較した。これを湊川に比較した民族の叡智は、恐らく絶対のものと私は思ふのである。現世的意味では、湊川に比較し難いものがあるが、尽忠精神のあらはれでは、湊川に一貫するといふことを、直観したからであらう。現世的意味とは、戦争としての湊川とアッツの場合では、その条件にはちがふものがある。即ち湊川の大楠公が京都を出発する時の政略上の問題や、兵庫で義貞と相談して、自らはこゝで討死したといふ太平記の記事と、アッツの場合とでは、大体異同が多い筈だと思ふが、世人はそれらを考へず、尽忠の絶対に於て之を湊川とよんだ。
けだし我国民が、つねに湊川の戦を念とする時、皇軍の思想は不動に確立し、神州必勝不滅である。ゆゑにアッツを湊川と云うた時に、その戦争観は、必勝の国史信念に通じるのである。これをもし皇軍一般を考へて、湊川といふ精神から考へることなく、関原といふ思想で考へるやうになれば、皇軍に対する意識が、非常に低下し、危険を考へる必要がある。湊川を戦ひ、関原を戦はぬといふことが、皇軍の大精神だからである。

（引用は、前掲全集、五二三〜五二四頁）

アッツの玉砕と湊川の戦との共通点を「尽忠精神」の視点で捉え、「神州必勝不滅」にあると、高らかに誇る。この「皇軍の大精神」こそが、この戦時期の日本が目指すべきものである、という主張である。保田は、さらにこう続ける。

アッツのことに対する国民的印象は、一言にして申せぬものがあつた。それについて一喜一憂したのは、戦況発表過程の現象であつて、玉砕の後の印象は、これを一言には申せぬ。それは通常の敗れたといふ印象ではない。単なる敵愾心ではない。つまり悲劇としての印象でなく、崇高としての印象である。この印象を創造力の面から考へるなら、こゝで玉砕といふもののもつ創造性と積極性が、神のものとして了知せられるであらう。戦の勝敗としてうける印象でない。はるかに異常な霊的な印象であつた。これは敵国の有能な思想家にも判定しがたい我国民性をあらはしたのである。その国民性こそ、聖戦を直進する根柢力である。悲劇に対する落胆でもない、その落胆より反動的に起る積極的な敵愾心でもない。恐らく敵国の思想家は、いづれにしても、この二つの一つの型で、我々国民のその折の印象を説明するだらうが、我々はさういふ類の印象をあらはしたのでないといふことを自ら信じ、我々の深い聖戦奉行の情を、一段と深い根柢に収めて、改めて敵国に対したい。

（引用は、前掲全集、五二四頁、傍点は保田）

アッツ玉砕を「崇高としての印象」として捉え、「神のもの」「はるかに異常な霊的な印象」であるからこそ、「聖戦を直進する根柢力」になるものと、賞讃する。太宰が、アッツ玉砕に殉じた「三田君」に見た崇高さとは異質な、神懸かり的な、やや盲目的崇拝としての印象と言ってよい。保田の視点は、アッツ玉砕に殉じた個々人にあるのではなく、あくまでそこに聖戦の勝利を信ずる「神州不滅」としての日本精神を讃美するところにあった。保田は、この後、さらにこう続ける。

アッツ的玉砕が、敵国にないといふことは、形の上で明らかであることだが、同時に、国民思想の上でも必ずあるのである。アッツの皇軍は、つひに一兵の援兵をも求めなかつたといふことが、後に発表せられた。我々は、全ての国民は、之を聞いて泣いたのである。

（中略）

けだしアッツの人々の、玉砕の瞬間にあらはれた神意は、近代の戦争の常識を超越して、神州不滅の道を貫くものであつたにちがひないと思ふ。我々は念々この心を思ひたいのである。この玉砕の志をわが心中に生かさんと念ずるならば、必ず神となりましゝ人々は、この志を守り給ふにちがひない。さうして神はあらはに現世的懲罰を下し給ふものではないが、あらはに下し給ふもののやうに考へたいのである。

（引用は、前掲全集、五二五～五二六頁）

アッツで玉砕して神となった人々が、敵国に「現世的懲罰」を下してくださるように、という願いにも近い締めの文句である。保田は、神意は「神州不滅の道を貫くものであつたにちがひないと思ふ」と、あくまで日本の必勝不滅を信じ、そのためにアッツ玉砕の志を生かしたいと、高らかに自己の意志を語るのである。この意志は必ずしも、国策と軌を一にするものではなかったはずであるが、いつしか国策にうまく取り入れられ、国民の戦勝意識を高ぶらせるために利用されてしまうこととなったのは、日本浪曼派と戦争との関わりを振り返ってみても、確かなことである。

もう一つ、当時の国民と言うか、兵士の視点から詠まれた、アッツ玉砕に関する一首を紹介しておこう。

大君の命《みこと》かしこみ北海の孤島に消えしその心あはれ

（引用は、『大東亜戦争詩文集〈近代浪漫派文庫36〉』[*]九四頁）

これは、緒方襄という、昭和二〇年三月二一日、第一神風桜花特別攻撃隊神雷部隊として鹿児島県鹿屋基地を発進、九州南方海上にて戦死した、海軍少佐、享年二四歳の兵士の歌である。この歌は、実際に自己の命を戦場に散らせた一兵士の真率な心境の吐露として充分に心打たれるものではあるが、位相としては保田與重郎の発想と大差ないものと考えざるを得ない。なお、彼は辞世の歌としては、「すがすがし花の盛りにさきがけて玉と砕けん丈夫我れは／死するともなほ死する共吾が魂よ永久にとゞまり御国まもらせ／いざさらば我は栄ある山桜母の御もとに帰り咲かなむ／皇神孫《すめみま》のかしこみ南海の藻くづと散らむ秋《とき》はこのとき」（引用は、前掲書、九五頁）という四首を残している。これらを見ても、自らの命を神国日本のために捧げようという、壮絶で悲惨ではあるが、国家の側から見たらまことに好都合な発想を持つ一兵卒であった。

さて、戦局の方に目を向けると、一九四四年（昭和一九）三月に開始されたインパール作戦の失敗、六月のマリアナ沖海戦を経て七月にサイパン守備隊全滅、こういう状況を受けて、七月東条内閣総辞職、小磯国昭内閣が発足する。一一月、フィリピン沖海戦、レイテ島玉砕を受けて、アメリカ軍は翌昭和二〇年二月、硫黄島に上陸、三月にはB29による東京大空襲、四月沖縄上陸、凄惨な戦闘が展開され、いよいよ戦争も末期状態を呈しつつあった。太宰自身も四月二日の三鷹空襲に遭遇し、自宅で小山清、田中英光と共に罹災し、防空壕に下半身生き埋めになった。この後の甲府疎開、実家金木への疎開が始まるきっかけとなった出来事である。

ところで、この頃の国民には徐々に国家というか、戦争指導体制の内閣や軍部に対する不満も出始めていた。一例として、『特高月報』昭和一九年八月分に載る、「米喰糞太郎」の「反戦不穏投書」を挙げよう。内閣総辞職した東条に対する悪口雑言である（引用は、川島前掲『流言・投書の太平洋戦争〈講談社学術文庫〉』一七四頁）。*

こら英機の馬鹿野郎五十万人の兵隊さんを殺しておきながら其の結末をつけずに大臣をやめておめおめ生きているのか、何故軍人らしく腹を切らぬか中野正剛氏（反東条派の政治家）を切腹せしめやがっておのれ生きる法があるか　馬鹿野郎死ね。

六、『惜別』の戦争観

『惜別』（朝日新聞社、昭和二〇年九月五日）において、旅順陥落の仙台祝勝行進に「私」も「周さん」も「津田氏」も参加して、その夜「私」は考える。

戦ひにはどうしたつて、絶対に、勝たなければならぬものだとその夜つくづく思つた。勝てばいいんだ。（中略）しかし、もういいのだ。勝つたから、いいのだ。戦ひは、これだから、絶対に勝たなければならぬ。戦況ひとたび不利になれば、朋友相信じる事さへ困難になるのだ。民衆の心理といふものは元来そんなに頼りないものなのだ。小にしては国民の日常倫理の動揺を防ぎ、大にしては藤野先生の所謂「東洋本来の道義」発揚のためにも、戦ひには、どんな犠牲を払つても、必ず勝たねばならぬ、とその夜しみじみ思つた。

こういう部分を捉えて、太宰は戦争を肯定している、とか、好戦主義だとか、決めつけるのは当っていない。戦争が始まってしまったからには、負けられない、民衆の心が一つにまとまるためには、勝たねばならぬ、という考え方であるだけで、戦争を好き好んで起こそうとか、こちらは正義で向こうは悪だから倒さねばならぬ、という考え方ではない。もちろん、左翼教条主義にありがちな冷静極まる敗戦主義は、太宰に取れようはずもない。滅私奉公の民衆が自らの命を賭けて戦っている以上、その戦争がどんな名分でも、彼らを救うためには勝つしかない、という気持ちなのである。滅私奉公の民衆への同情が、最も過度な形で突出して、太宰に対して、作品の「私」を通じて、このような戦争観を語らせることとなったのである。

『惜別』において、太宰がこのような戦争観を語る原因の大元は、この作品が「大東亜五大宣言の小説化」（昭和一九年一月三〇日、山下良三宛書簡）という成立事情にあったことに求められる。

大東亜五大宣言というのは、昭和一八年一一月五、六日の両日、帝国議事堂において開催された大東亜会議で満場一致採択されたものである。会議は、「大東亜の各国家各民族をして、各々其の処を得しめ、帝国を核心とする道義に基く共存共栄の秩序を確立」（七九議会での東条英機首相の共栄圏建設方針中の言葉、引用は尾崎秀樹「戦時下の文化統制と文学報国会の動き」*〈『國文学』昭和四〇年六月、五三頁〉）するため、日本（東条英機総理大臣）、中国（汪精衛国民政府行政院院長）、タイ（ワンワイタヤコン総理大臣代理）、満州（張景恵国務総理）、フィリピン（ラウレル大統領）、ビルマ（バー・モウ総理大臣）の六カ国代表（自由印度仮政府首班チャンドラ・ボースは陪席）が集まって開かれた。その宣言の全文は、次の通りである（引用は、尾崎秀樹「大東亜共同宣言と二つの作品―『女の一生』と『惜別』」、関井光男編『*太宰治の世界』一八五～一八六頁）。

　抑〻世界各国が各其の所を得相倚り相扶けて万邦共栄の楽を偕にするは世界平和確立の根本要義なり

　然るに米英は自国の繁栄の為には他国家他民族を抑圧し特に大東亜に対しては飽くなき侵略搾取を行い大東亜隷属化の野望を逞うし遂には大東亜の安定を根柢より覆さんとせり大東亜戦争の原因茲に存す

　大東亜各国は協同して大東亜を米英の桎梏より解放して其の自存自衛を全うし左の綱領に基き大東亜を建設し以て世界平和の確立に寄与せんことを期す

一、大東亜各国は協同して大東亜の安定を確保し道義に基く共存共栄の秩序を建設す

一、大東亜各国は相互に自主独立を尊重し互助敦睦の実を挙げ大東亜の親和を確立す

一、大東亜各国は相互に其の伝統を尊重し各民族の創造性を伸暢し大東亜の文化を昂揚す

一、大東亜各国は互恵の下緊密に提携し其の経済発展を図り大東亜の繁栄を増進す

一、大東亜各国は万邦との交誼を篤うし人種的差別を撤廃し普く文化を交流し進んで資源を開放し以て世界の進運に貢献す

日本文学報国会はこの宣言に基づき、数回の協議を経て、漸く翌一九年の暮れになってから、次の作家に委嘱することを決定した。

小説

「共同宣言」全般に亙るもの　大江賢次
「共存共栄」の原則　高見順
「独立親和」の原則　太宰治
「文化昂揚」の原則　豊田三郎
「経済繁栄」の原則　北町一郎
「世界進運貢献」の原則　大下宇陀児

戯曲

商業劇・関口次郎、中野実、八木隆一郎
新劇戯曲・久保田万太郎、森本薫

（引用は、前掲尾崎論文、前掲『太宰治の世界』*一九五頁）

これらの顔ぶれは、尾崎の表現を借りると、「時局便乗的な感じはしない」し、「情報局や大東亜省の深謀遠慮」(引用は、前掲書、同頁)によって選ばれたものであろう。このうち、実際に脱稿したのは、太宰と森本薫だけであった。

太宰は、作品の梗概と意図をまとめた「『惜別』の意図」(『太宰治全集第12巻』、筑摩書房、昭和三一年九月二〇日に初収録)を一月頃執筆し、それを内閣情報局と文学報国会事務局に提出したが、審査の上、先の如く選ばれたわけであった。その文章とは、次のようなものである。

明治三十五年、当時二十二歳の周樹人(後の世界的文豪、魯迅)が、日本国に於いて医学を修め、以て疾病者の瀰漫せる彼の祖国を明るく再建せむとの理想に燃え、清国留学生として、横浜に着いた、といふところから書きはじめるつもりであります。(中略)さらにまた重大の事は、この仙台の町に、唯一人の清国留学生として下宿生活をしてゐるうちに、彼は次第に真の日本の姿を理解しはじめて来たといふ一事であります。時あたかも日露戦争の最中であります。仙台の人たちの愛国の至情に接して、外国人たる彼さへ幾度となく瞠目し感奮させられる事があつたのでした。彼も、もとより彼の祖国を愛する熱情に燃えて居る秀才ではありますが、眼前に見る日本の清潔にして溌剌たる姿に較べて、自国の老憊の姿を思ふと、ほとんど絶望に近い気持になるのであります。けれども希望を失つてはならぬ。日本のこの新鮮な生気はどこから来るのか。彼は周囲の日本人の生活を、異常の緊張を以て、観察しはじめます。(中略)しかし、彼のさまざま細かい観察の結果、日本人の生活には西洋文明と全く違つた独自の凛乎たる犯しがたい品位の存する事を肯定せざるを得なくなつたのであります。清潔感。中国に於いては全然見受けられないこの日本の清潔感は一体、どこから来てゐるのであらうか。彼は日本の家庭の奥に、その美しさの淵源がひそんでゐるのではなからうかと考へはじめます。或いはまた、彼の国に於いては全く見受けられない単純な清い信仰（理想といつてもよい）を、日本の人がすべて例外なく持つてゐるらしい事にも気がつきます。けれども、やはり、はつきりは、わかりません。次第に彼は、教育に関する御勅語、軍人に賜りたる御勅諭までさかのぼつて考へるやうになります。（中略）然して、この病患の精神を改善し、中国維新の信仰にまで高めるためには、美しく崇高なる文芸に依るのが最も捷径ではなからうかと考へ、明治三十九年の夏（六月）、医学専門学校を中途退学し、彼の恩師藤野先生をはじめ、親友、または優しかつた仙台の人たちとも別れ、文芸救国の希望に燃えて再び東京に行く、その彼の意気軒昂たる上京を以て作者は擱筆しようと思つて居ります。梗概だけを述べますと、いやに理屈つぽくなつていけませんが、周樹人の仙台に於ける日本人とのなつかしく美しい交遊に作者の主力を注ぐつもりであります。さまざまの日本の男女、または幼童（周樹人は、たいへんな子供好きでありました）、等を登場させてみたいと思つて居ります。魯迅の晩年の文学論には作者は興味を持てませんので、後年の魯迅の事には一さい触れず、ただ純情多感の若い一清国留学生としての「周さん」を描くつもりであります。中国の人をいやしめず、また、決して軽薄におだてる事もなく、所謂潔白の独立親和の態度で、若い周樹人を正しくいつくしんで書くつもりであります。現代の中国の若い智識人に読ませて、日本にわれらの理解者ありの感懐を抱かしめ、百発の弾丸以上に日支全面和平に効力あらしめんとの意図を存してゐます。

この文章には、太宰独特のイロニックな表現は影を潜め、相馬正一の表現を借りると、「ポスト獲得のためのアドバルーンとは言え、」「主催者側に少し迎合しすぎ」た「幇間的な表現」（引用は、前掲『〈改訂版〉評伝太宰治*　下巻』二八七頁）の多いものとなっている。実際の『惜別』は、この「『惜別』の意図」ほどにひどい文章とはならなかったものの、よく指摘される魯迅像の歪み、「周さん」による国体讃美といったものをはじめとし、先程見た必勝論理の戦争観が書かれることとなってしまった、と言ってよい。

しかし、この戦争観は意外なくらい、小林秀雄「戦争について」（『改造』昭和一二年一一月）の戦争観に類似している。このことは夙に、神谷忠孝「『惜別』」（東郷克美・渡辺芳紀編『作品論*　太宰治』二五三〜二五四頁）において、「太宰が『民衆の心理』を代弁している」「ここにみられる態度（小林の以下の発言にみられる態度─佐藤注）を冷厳な現実感覚とでもいうとすれば、戦争に対する小林秀雄と『惜別』を書いた時点の太宰治には共通性があるといえる。現実感覚をふまえて発言した文学者だけが、戦後になっても懺悔という醜態をまぬがれることができたのである。」と指摘されている。以下に引用するのが、日中戦争開始直後の小林の発言である。

戦争に対する文学者としての覚悟を、ある雑誌から問はれた。僕には戦争に対する文学者の覚悟という様な特別な覚悟を考へる事が出来ない。銃をとらねばならぬ時が来たら、喜んで国の為に死ぬであらう。僕にはこれ以上の覚悟が考へられないし、又必要だとも思はない。一体文学者として銃をとるなどといふ事がそもそも意味をなさない。誰だつて戦ふ時は兵の身分で戦ふのである。

文学は平和の為にあるのであつて戦争の為にあるのではない。文学者は平和に対してはどんな複雑な態度でもとる事が出来るが、戦争の渦中にあつては、たつた一つの態度しかとる事は出来ない。戦ひは勝たねばならぬ。そして戦ひは勝たねばならぬといふ様な理論が、文学理論の何処を捜しても見附からぬ事に気が附いたら、さつさと文学なぞ止めて了へばよいのである。（中略）さうすれば、戦争が始つてゐる現在、自分の掛替へのない命が既に自分のものではなくなつてゐる事に気が附く筈だ。日本の国に生を享けてゐる限り、戦争が始つた以上、自分で自分の生死を自由に取扱ふ事は出来ない、たとへ人類の名に於いても。これは烈しい事実だ。戦争といふ烈しい事実には、かういふ烈しいもう一つの事実を以つて対するより他はない。将来はいざ知らず、国民といふものが戦争の単位として動かす事が出来ぬ以上、そこに土台を置いて現在に処さうとする覚悟以外には、どんな覚悟も間違ひだと思ふ。

（『〈新訂〉小林秀雄全集第4巻』二八八～二八九頁、但し、旧字体は新字体に直した、以下同）*

日中戦争が始まって、多くの知識人が自らの態度を決めかね、動揺を隠せない中にあり、小林はかくも見事に言い切った。戦争が始まった以上、どうしても勝たねばならぬし、我々全て兵の身分で勝つために戦うのだ、と。しかも、小林はこの態度を時流に迎合して選んだわけではなく、自らの意志で選び取ったのであった。

小林は続けて、歴史の合理的解釈論や敗戦主義を批判する。そういう主義に縋り、思想を盲信して、新しい事態を回避し、古い解釈で済まそうとする態度をよしとしない。「事変と文学」(『新女苑』昭和一四年七月)でも同様なことを言うが、今度の戦争を「日本の資本主義の受ける試煉であるとともに、日本国民全体の受ける試煉である事を率直に認め、認めた以上遅疑なく試煉を身に受けるのが正しい」(前掲小林全集、二八九〜二九〇頁)とするのである。ここは痛烈なインテリゲンチャ非難でもあった。

しかし、小林の最も言いたい本音は、この文章の末尾部分であるように思われる。

戦争は人生の大きな矛盾だ。この矛盾を知らぬものはない。平和を思ひ描かずに人間にどんな戦ひも出来るものではない。文学の為の文学が意味をなさない様に戦争の為の戦争が意味をなさぬ事は誰でも知つてゐる。平和の為の戦争を声明してゐる当局が、戦争の不可避について覚悟してゐる国民を前にして平和論といふものを無暗に警戒してゐるのは、国民に対する侮辱であるばかりではない、自分自身を侮辱してゐる事だ。最も勇敢に戦ひ、一番戦争の何んたるかを知つてゐる戦場にゐる人々は、又一番平和の何んたるかも痛感してゐる筈だ。これは人間の心理的事実である。（中略）文学者たる限り文学者は徹底した平和論者である他はない。従つて戦争といふ形で政治の理論が誇示された時に矛盾を感ずるのは当り前な事だ。僕はこの矛盾を頭のなかで片附けようとは思はない。誰が人生を矛盾なしに生きようなどといふお目出度い希望を持つものか。同胞の為に死なねばならぬ時が来たら潔く死ぬだらう。僕はたゞの人間だ。聖者でもなければ預言者でもない。

（前掲『〈新訂〉小林秀雄全集第4巻』*、二九一〜二九二頁）

こういう考え方は、かなり民衆の位相に近かった、と言えるかも知れない。平和を望むことに嘘はないのだが、戦争が始まった以上、死ぬことも潔しとする気持ちに嘘はなかった。民衆の心情とは、こういうところが本音ではなかったであろうか。

戦争を好んで起こす国民はいない。しかし祖国が戦争に踏み切った以上、われわれは戦わざるを得なかった。戦争状態にある人間の心理は、平常の状態にある現在の若い人たちには到底理解できないだろう。いろいろ伝えられる残虐、破廉恥な行為も（すべてをその責任に帰すわけにはいかないが）戦争という怪物の所業だった。旧満州や内地の一部で展開された占領軍の行為もその証拠である。

だからこそ戦争はおそろしくまた愚かなのだ。戦争を二度と起こさないようにとの願いも正しい。だからといって、いたずらに過去の祖国にツバをかけ、祖国を必死で守ろうとした同胞の死を犬死に扱いする風潮には反省を求めたいのである。

（朝日新聞テーマ談話室編『＊血と涙で綴った証言―戦争（上巻）』四一頁）

すなわち、太宰が『惜別』で描いた戦争観は、戦争状態に入ってしまった以上は、戦わざるを得ない、国のためとか家族のためとかいう以上に、自分の命を守るためにも戦わざるを得ない、その気持ちまでは否定できないということである。その点では、太宰の位相は国民の位相と一致していた。しかし、太宰はこの『惜別』の中においても、自己の立場の立て直しを図っている。国民の位相と一致し、一見戦争協力と思われても仕方ない、歪んだ「周さん」像を描くだけでは終わらなかったのである。「周さん」は日露戦争の講和条約、ポーツマス条約とそれを不服とする日比谷焼き打ち事件に沸き立つ東京へと、夏休みに行き、そこで無条件な日本讃美から、東京批判＝日本批判の立場へと変化してゆく。

「東京は、もう、みんないそがしくて、電車の線路が日に日に四方に延びて行つて、まあ、あれがいまの東京のSymbolでせう、ガタガタたいへん騒がしくて、それに、戦争の講和条件が気にいらないと言つて、東京市民は殺気立つて諸方で悲憤の演説会を開いて、ひどく不穏な形勢で、いまに、帝都に戒厳令が施行せられるだろうとか何とか、そんな噂さへありました。どうも、東京の人の愛国心は無邪気すぎます。」

「周さん」は「東京の人の愛国心は無邪気すぎます」と、かなりはっきり批判的言辞を述べる。ここに、太宰が、自分なりの国家との距離の立て直しを為した痕跡が窺われる。一時的には自己を見失い、天皇と国家に近付きそうになった太宰が、すぐに自己を取り戻し、自らの距離感をパラレルなものに修正し得た、その証明としてここの言説を捉えてもよいかも知れない。

さて、『惜別』と共に大東亜宣言を作品化したもう一つ、森本薫「女の一生」（昭和二一年、文明社）を少し見ておこう。前掲尾崎論文「大東亜共同宣言と二つの作品―『女の一生』と『惜別』」に拠ると、「かなり正確である」という「森本の中国認識」（引用は、*『太宰治の世界』二一二頁）を表現した作品であるが、初演台本（昭和二〇年四月上演）の記述（世界文学社版*『森本薫全集第2巻』の戌井市郎「初演台本について」〈二三七―二五一頁〉を参照、以下の引用はこの全集に拠る。なお、旧字体は新字体に直した）に即して見ていこう。

「支那問題は結局お金だと思うんです」（二四四頁）と言う、主人公布引けいに対し、「民族と民族の問題はお互の文化と伝統を尊重することなくして解決の出来るわけはないのだ」（一九六～一九七頁）と言う伸太郎、「支那の政治のよくない所は何時でも外国の力を利用して、他の外国を牽制してばかりゐることだ」（二四七頁）と言う章介、このバラエティだけでも、先の尾崎の評価「森本の中国認識はかなり正確である」という評価は的を射ていることがわかる。しかし、よりその「正確」さを感じさせるのが、栄二の「中国はどうしても、中国自身の手に戻さなくちゃいけません。中国に関係のあるすべての外国は支那から手を引くべきですよ。」（二四七頁）という発言である。この発言はすぐ、主人公けいの、「私は、さうは思ひませんね。支那は支那と、生活の上で一番関りの深い国と手を握り合ふことでしか独り立ちは出来ませんよ。その国は日本ですよ。」（二四七頁）という、国策迎合型の意見に否定はされるものの、森本が国策の裏をかいて、ちらと本音を栄二の口を借りて語らせた、と取ってよさそうな箇所である。

『女の一生』には、「日本の生きて行く道といふものがすべて戦争だと思はなければならない、とアジア百年の大計を按ずる彼は戦捷に湧き立つ世相を歎く」（二四三頁、戎井市郎の表現）という章介の描き方に見られるような戦争肯定的な表現は少なく、同じ章介の科白としてある「世の中は悪くなつたよ。（中略）一体どういふことになつてゆくのかね、日本は。」（二〇二頁）というような国策批判的、或いはイロニカルな表現は散見される。こう見てくると、森本が杉村春子に「情報局の依嘱に便乗しながら書くのだ、その中で自分の書きたいものを書くのだ、そういう制約の中で書くなんて面白いじゃないか」（杉村春子「女を演じること」〈『芸術新潮』昭和三四年二月〉、引用は前掲尾崎論文、*『太宰治の世界』二一四頁）と語った意味も明確な姿を現す。「情報局の依嘱」により、一見国策的な体をなした戯曲を書くが、「そういう制約の中で」「自分の書きたいものを書く」、作品のところどころに森本なりの本音をちらつかせる。そういう意味で、森本は上からの要請を「自分の社会劇への踏切台として使」（前掲尾崎論文、『*太宰治の世界』二〇九頁）うべく成功した、と言ってよいであろう。森本の『女の一生』という作品は、戦時下の活動、それも大東亜会議の作品化という制約にありながら、自己の本音を巧みに散りばめたという点を見ても、もっと評価されて良い作品であると思う。

　戦局を概観してみると、昭和二〇年に入ると、四月の沖縄戦開始と日ソ中立条約不延長通告等を受けつつ、日本軍は各地で敗退逃走、七月、鈴木貫太郎海軍大将の内閣が成立し、内大臣木戸幸一ら宮中グループの意向を反映して、戦争終結への道が模索され出していた。七月の米英ソ三国首脳により出されたポツダム宣言の受け入れを、日本側が「黙殺」していたところに、八月六日、広島へ原爆が投下され、九日には長崎にも投下された。死者は広島が二四万人以上、長崎が一二万二〇〇〇人にのぼった（広島の犠牲者の一人に、友人であり俳優の丸山定夫がおり、太宰は戦後すぐの書簡で、「丸山定夫氏が広島で、れいの原子バクダンの犠牲になつたやうですね。本当に私どもの身がはりになつてくれたやうなものです。原子バクダン出現の一週間ほど前に私によこした手紙が、つい先日金木につきましたが、虫の知らせといふものでせうか。妙に遺書みたいなお手紙でした。縞の単衣があるから、あれをお前にやる、などと書いてゐました。惜しい友人を失ひました。」〈昭和二〇年月日不詳であるが、戦後すぐの井伏鱒二宛書簡〉と書いている）。八月八日、ソ連は日本に宣戦布告し、翌日から南樺太・満州・朝鮮へ進撃し、息の根を止められたかたちの日本は、八月一五日正午、天皇の「玉音放送」により、戦争終結を国民に伝えた。（以上の内容は、前掲書『*昭和の歴史7　太平洋戦争』『*日本の歴史30　十五年戦争』『十五年戦争史3　太平洋戦争』『*昭和の歴史別巻　昭和の世相』の他に、井上ひさし編『*社史に見る太平洋戦争』に拠る、以下の引用は原田前掲『*昭和の歴史別巻　昭和の世相』、一三五頁）

「朕《ちん》深ク世界ノ大勢ト帝国ノ現状トニ鑑《かんが》ミ非常ノ措置ヲ以《もっ》テ時局ヲ収拾セムト欲シ茲《ここ》ニ忠良ナル爾《なんじ》臣民ニ告ク。朕ハ帝国政府ヲシテ米英支蘇《シソ》四国ニ対シ其《そ》ノ共同宣言ヲ受諾《じゅだく》スル旨通告セシメタリ。（中略）

朕ハ帝国ト共ニ終始東亜ノ解放ニ協力スル諸盟邦ニ対シ遺憾《いかん》ノ意ヲ表セサルヲ得ス。帝国臣民ニシテ戦陣ニ死シ職域ニ殉《じゅん》シ非命ニ斃《たお》レタル者及《および》其ノ遺族ニ想《おもい》ヲ致セハ五内為ニ裂ク。且《かつ》戦傷ヲ負ヒ災禍《さいか》ヲ蒙《こうむ》リ家業ヲ失ヒタル者ノ厚生ニ至リテハ朕ノ深ク軫念《しんねん》スル所ナリ。惟《おも》フニ今後帝国ノ受クヘキ苦難ハ固ヨリ尋常《じんじょう》ニアラス。爾臣民ノ衷情《ちゅうじょう》モ朕善《よ》ク之《これ》ヲ知ル。然レトモ朕ハ時運ノ趨《おもむ》ク所堪《た》ヘ難《がた》キヲ堪ヘ忍《しの》ヒ難キヲ忍ヒ以テ万世ノ為ニ太平ヲ開カムト欲ス。朕ハ茲ニ国体ヲ護持シ得テ忠良ナル爾臣民ノ赤誠ニ信倚《しんい》シ常ニ爾臣民ト共ニ在《あ》リ。若《も》シ夫《そ》レ情ノ激スル所濫《みだり》ニ事端ヲ滋《しげ》クシ、或《あるい》ハ同胞排擠《はいさい》互ニ時局ヲ乱リ、為ニ大道ヲ誤リ信義ヲ世界ニ失フカ如キハ、朕最モ之ヲ戒《いまし》ム。宜《よろ》シク挙国一家子孫相伝ヘ確《かた》ク神州ノ不滅ヲ信シ、任重クシテ道遠キヲ念《おも》ヒ総力ヲ将来ノ建設ニ傾ケ、道義ヲ篤《あつ》クシ志操ヲ鞏《かた》クシ誓テ国体ノ精華ヲ発揚シ、世界ノ進運ニ後《おく》レサラムコトヲ期スヘシ。爾臣民其レ克《よ》ク朕カ意ヲ体セヨ。

御名御璽《ぎよめいぎよじ》
昭和二十年八月十四日」

七、戦後への連続・不連続

長野隆編『シンポジウム　太宰治　その終戦を挟む思想の転位』*という著作がある。太宰治没後五〇年を記念した、日本近代文学会東北・北海道地区合同研究集会による、シンポジウムを文字に起こしたものであるが、色々と参考になる部分と、これだけ多くの太宰研究者を中心とした論客達の討論でも、討論であるがゆえの不正確さ・不徹底さが見られたところとがあった。後者は今は置いておくとして、前者の参考となる部分から触発された、太宰治の戦後への連続性と不連続性を考えてみたい。

（1）太宰の意識の連続性

太宰が昭和二〇年の敗戦の日、八月一五日をどのように迎えたか。その日の心境を述べた発言、文章等は残ってないが、その近辺で書かれた手紙をいくつか見てみる。因みに、太宰は『お伽草紙』の稿を書き始めていた、四月に三鷹で爆撃に遭い、先に疎開させていた妻美知子の実家甲府に一時避難していたが、さらに七月二八日未明、故郷津軽へ家族と共に疎開している。よって、以下の手紙は、いずれも津軽の実家から発信されているものである。まず、八月二八日、菊田義孝宛の葉書である。

拝復　御元気で農耕の御様子、何よりです。私も今月はじめにこちらへ来て、午前読書、午後農耕といふのんきな生活をしてゐます。これから世の中はどうなるかなどあまり思ひつめず、とにかく農耕、それから昔の名文にしたしむ事、それだけ心がけてゐると必ず偉人になれると思ひます。もう死ぬ事はないのだから、気永になさい。　不乙。

次に、月日不詳であるが、おそらく終戦直後に書かれたと思われる、井伏鱒二宛の手紙（先程の丸山定夫に関するコメントを引用したのと同じ書簡）である。

謹啓　けさ畑で草むしりをしてゐたら、姪が「井伏先生から」と言つて、絵葉書を持つて来ました。畑で拝読して、すぐ鍬《くは》をかついで家へ帰り、ゲエトルをつけたままでこの手紙を書いてゐます。このごろは、一日に二、三時間、畑に出て働いてゐるやうなふりをして、神妙な帰農者みたいにしてゐるのです。ご教訓にしたがひ、努めて沈黙し、人の話をただにこにこして拝聴してゐます。心境澄むも濁るも、てんで、そんな心境なんてものは無い、といふ現状でございます。まあ一年くらゐ、ぼんやりしてゐようと思つてゐます。親戚の印刷屋に原稿用紙をたのんで置きましたが、それが出来て来たら、長編小説をゆつくり書いてみるつもりです。でもまあ、故郷があつてよかつたと思つてゐます。東京でまごついてゐたら、イヤな、末代までの不名誉の仕事など引き受けなければならないかも知れませんから。

この二通を見ても、太宰が終戦を迎えて大きな心の動揺、或いは逆に大きな解放感を感じていたわけではないことがよくわかる。彼にとっては、終戦は先取りされていたため、「これから世の中はどうなるかなどあまり思ひつめず」にいられるし、「心境澄むも濁るも、てんで、そんな心境なんてものは無い」という告白もできるのである。半農、半仕事といった自分の生活パターンを変えることなく、これから「一年くらゐ、ぼんやりしてゐようと思つてゐます」とも言えるわけなのである。このあたりから、太宰の意識の連続性を証明できる。

津島美知子『〈増補改訂版〉回想の太宰治』*（四八頁）によると、八月一五日の太宰が妻の視点によって、次のように描写されている。

終戦の詔勅《しょうちょく》のラジオ放送は常居《じょうい》（居間）の電蓄で聞いたが、よく聞き取れず、太宰はただ「ばかばかしい」を連発していた。アヤが立ったまま泣いていた。

ゆりはじめ『太宰治の生と死―外はみぞれ何を笑ふやレニン像』（二二四頁）は、このことに関して、こういう解釈をする。

終戦を告げる音声を理解していたかどうか、これだけでは分からない。しかし、もし終戦を予感するものが太宰の内部にあったならば「ばかばかしい」という感想は表出しなかったであろうし、戦が終わる何ものかを感知していたように思うのは行き過ぎだろう。

かなり手厳しい意見である。しかし、私はこう解釈したい。

（前略）太宰にとっては詔勅を聞く以前に、敗戦の事実は先取りされていて、自明のことと意識されていたのであろう。であるからこそ天皇の言葉は「ばかばかしい」以外のことには聞かれなかったのである。（拙稿「評伝太宰治　昭和二十年」〈『解釈と鑑賞』*平成五年六月、一一三頁〉）

私が、太宰の連続性並びに意識の先取りを重視したいのは、今までの論旨でもおわかり頂いているとは思うが、太宰が国家とは一定の距離を置いて、自己の創作活動を為して来られた、その態度に太宰自身が自信を抱いていた、その理由からである。

私は、同じ稿において、「太宰においては終戦もしくは敗戦というものは自身の活動や思想に与える影響は殆どなく、開戦時さえそうなのであるが、彼の内部には明確な連続性があったと言ってよい。あるいは言い換えると、常に開戦や終戦に対する意識の先取りをしていたために、その時点においての特別な意識の変更をする必要がなかったのである。」（前掲論文、一一一頁）と書いたが、この考え方は今も基本的に変わりない。

このことは、実作面で言えば、太宰の戦後に書かれた第一作となる、「パンドラの匣」（『河北新報』昭和二〇年一〇月二〇日〜昭和二一年一月七日）が、昭和一八年に書かれた、「雲雀の声」をもとにしているという、ただその一点からだけでも証明できる。

先程触れた『シンポジウム　太宰治　その終戦を挟む思想の転位』中における、東郷克美の意見を引いておくと、「つまり、太宰は、十八年秋脱稿の『雲雀の声』の基本的な骨格について、敗戦直後の心境を盛り得るものとして何等の不都合も思想的な齟齬も感じなかった、あるいはむしろそれを積極的に使いたい、生かしたい、そういうふうに考えたということになります。ここに、太宰における戦中戦後の連続性、ということを考えるうえでの一つの指標があるというふうに思います。」（四九頁）と言われている通りである。この意見に私も全面賛成で、ここに何等付け加えることもなかろう。

（2）文学者における八月一五日の認識

八月一五日の衝撃を最初に述べたものは、釈迢空の「昭和廿年八月十五日、正坐して」と題する作品で、翌一六日の朝日新聞に掲載された。次いで一七日の同紙に発表された、高村光太郎「一億の号泣」を紹介しよう（小田切進「八・一五の記録」*〈『日本近代文学の展開—近代から現代へ—〈読売選書〉』、二八二〜二八三頁〉）。

綸言一たび出でて一億号泣す
昭和二十年八月十五日正午
われ岩手花巻の鎮守
鳥谷崎神社々務所の畳に両手をつきて
天上はるかに流れ来る
玉音の低きとゞろきに五体をうたる
五体わなゝきてとゞめあへず
玉音ひゞき終りて又音なし
この時無声の号泣国土に起り
普天の一億ひとしく宸極に向つてひれ伏せるを知る
微臣恐惶ほとんど失語す
たゞ眼を凝らしてこの事実に直接し
苟も寸毫の曖昧模糊をゆるさゞらん
鋼鉄の武器を失へる時
精神の武器おのづから強からんとす
真と美と到らざるなき我等が未来の文化こそ
必ずこの号泣を母胎として其の形相を孕まん

高見順の『高見順日記』における八月一五日の叙述も引いておこう（小田切前掲書、二九四頁）。

——遂に敗けたのだ。戦いに敗れたのだ。
夏の太陽がカッカと燃えている。眼に痛い光線。
烈日の下に敗戦を知らされた。
蟬がしきりと鳴いている。音はそれだけだ。静かだ。

こういう例を二つ紹介しただけでも、太宰の反応とは大違いであることがわかる。敗戦を大きな衝撃として受け止め、そのショックを素直に感情吐露し、自らの感覚として偽らずに生きる、こういう高村光太郎や高見順の反応は、当時の大多数の日本人の反応であった。開戦時の反応が大きく三つに分類できたほどのバラエティもない。唯一と言っていい別種の反応は、永井荷風の日記くらいのものである。

（引用は、小田切前掲書、二八七頁）
（前略）S君夫婦（菅原氏）、今日正午ラヂオの放送、日米戦争突然停止せし由を公表したりと言ふ、恰も好し、日暮染物屋の婆、鶏肉葡萄酒を持来る、休戦の祝宴を張り皆ゝ酔うて寝に就きぬ、
（後略）

終戦の報を聞いて、早速祝宴を開くなどというのは、荷風ならではという印象を覚えるが、衝撃を感じないどころか、冷静沈着、国の将来など我関せずといった風まで感じる。しかし、荷風の反応は先程も述べた通り、かなり例外中の例外である。太宰が終戦の報を聞いても、さしたる衝撃も感じず、自らの生活に大きな変更をもたらすこともなく、一日一日をしっかりと生きて行こうとした態度とは、また少し違うものではあるが、独特のものではある。

荷風とは少し違うが、小田切の表現を借りると、「すこしも深刻なところや暗いところのない、のびのびした書き方で〈稲住日記〉はきわめて特色ある〈八・一五の記録〉となっている」(引用は、小田切前掲書、二九〇頁)武者小路実篤の日記(疎開先の秋田県稲住温泉で付けた、敗戦前後一ヶ月の日記)の八月一六日の記述を紹介しよう。

しかし今後いろいろ、面白くないこともあるかと思ふので、当分ここに篭城するつもり、呼び出されるまで引こんでゐる。

平和が来てもこんな来かたではなんだか力ぬけしたやうな気がする。しかし之からしつかりしなければならないと思ふ。

万事静観するより仕方がない。

真理の力がものを言ふ時でありたい。

今日は原稿かく気もしない。こんな風に終つた戦争の後始末はどうなるか、日本中は大さわぎしてゐるであらう、（略）こゝは山中だから少しもわからない。皆喜ぶわけにもゆかないので冷淡にしてゐる。ともかく安心したことは事実だ、今後うんといゝ日本が生れることも希望出来る。（略）よき日本でありたい、世界中最も善美の日本を建設し、世界中の人が教を請ひにくる日本にしたい。

日本の未来に就ては不安と希望がある、多幸をのぞまないわけにはゆかない。

（引用は、小田切前掲書、二八九〜二九〇頁）

確かに、終戦の興奮はなく、冷静ではあるが、何か「日本の未来に就ては不安と希望」という、自らの使命感を底に秘めたような感懐吐露といった、文章である。小田切の言うほどに、「のびのびした書き方」とまでは私は思わないが、荷風の冷静沈着とは異質な、特色ある反応というものとは言える。但し、この文章を荷風のものと同レベルには評価できない。やはり、全く国家とは別方向を向いている荷風と、どこか国家に使命感を感じる武者小路とは資質的違いが見られるのである。

（3）作品執筆と発行における連続性

さて、太宰に戻ろう。太宰の終戦をはさんでの連続性であるが、書簡や「パンドラの匣」におけるものと同様に、『お伽草紙』の発行も挙げてよいと思う。『お伽草紙』の執筆は、終戦以前の昭和二〇年四月の三鷹空襲（自宅で留守を預かる太宰と小山清、田中英光三人が防空壕で半身埋まるくらいの危機を体験した、小山清「『お伽草紙』の頃」〈小山書店版、「*太宰治全集付録第5号」〉に拠る）の際にも続けられており、最終的な脱稿は六月末と考えられる（津島美知子、『*太宰治全集第11巻〈近代文庫版〉』「後記」に拠る）。しかし、筑摩書房から発行されたのは、終戦後の一〇月二五日であり、この際には何等の字句訂正、削除等はなされていない。つまり、防空壕の中で子供をなだめる手段として語る昔話、それをもとにした「物語を創作するといふまことに奇異なる術を体得してゐる男」による「別個の物語が醞醸せられてゐる」という宣言をした、『お伽草紙』の有名なはしがき部分もそのまま、終戦後の読者に提供されたのである。太宰の意識の中において、この部分等を改変・削除する必要は全く感じなかった、という太宰の意識の連続性を証明する一つの証拠になる。

「パンドラの匣」にある、「あの日以来、僕は何だか、新造の大きい船にでも乗せられてゐるやうな気持だ。この船はいつたいどこへ行くのか。それは僕にもわからない。未だ、まるで夢見心地だ。船は、するする岸を離れる。この航路は、世界の誰も経験した事のない全く新しい処女航路らしい、といふ事だけは、おぼろげながら予感できるが、しかし、いまのところ、ただ新しい大きな船の出迎へを受けて、天の潮路のまにまに素直に進んでゐるといふ具合ひなのだ。」という、敗戦の瞬間を体験した主人公の状況は、元になった木村庄助の日記では、おそらく開戦の感想であったであろうことは、塚越和夫、浅田高明、東郷克美等の指摘にある通り、間違いないところと思われる。こういう部分は明らかに、「雲雀の声」にはなかった部分で、終戦後の「パンドラの匣」に初めて書き加えられた部分ゆえ、太宰の意識の不連続性を証明することにもなるかも知れない。しかし、私はそうは捉えない。開戦時の心境をそのまま、終戦時の心境にスライドして事足りる、と思っているくらい、太宰は開戦時にも終戦時にも、自らの中に興奮なり、意識変更の必要なり、そういうものを感じていなかった。つまり、開戦も終戦もさしたる大事件と感じないくらい、太宰の中には意識の連続性があった、と捉えたいのである。

(4) 急激な反動主義的発言――太宰は「天皇主義者」か

太宰の意識の中で大きな方針変更がなされたのは、終戦直後ではなく、「パンドラの匣」を書いている途中の一一月一九日（または一四日）、日本共産党青森県再組織準備委員会に出席して幻滅を感じたりした後に、急激に発言が天皇擁護に傾いてゆく時期である。もう一つの原因に、一二月九日、GHQによる農地解放令の指令により、津島家の大地主としての基盤が完全に崩壊し、戦後政治への不信感を高めたことも挙げられる。いずれにせよ、太宰にとって戦後政治は、かつて待ち望んでいたものとは大きく異なる相貌を以て現前して来たのである。

「パンドラの匣」に書かれた、「天皇陛下万歳」の発言部分を引用しよう。登場人物の一人、「越後獅子」の発言として現れる。

「天皇陛下万歳！　この叫びだ。昨日までは古かつた。しかし、今日に於いては最も新しい自由思想だ。十年前の自由と、今日の真の自由思想家は、この叫びのもとに死すべきだ。アメリカは自由の国だと聞いてゐる。必ずや、日本のこの自由の叫びを認めてくれるに違ひない。わしがいま病気で無かつたらなあ、いまこそ二重橋の前に立つて、天皇陛下万歳！　を叫びたい。」

この部分（「固パン（5）」）が『河北新報』に発表されたのは、二〇年一二月一〇日である（『〈初出〉太宰治全集第7巻』山内祥史解題〈四六四頁〉による）。書簡においても「保守派をおすすめします。いまの日本で、保守の態度が一ばん美しく思はれます。／日本人は皆、戦争に協力したのです。」（昭和二一年一月一五日、井伏鱒二宛）とか、「私はいつそ保守党に加盟し、第一ばんにギロチンにかかつてやらうかと考へてゐます、（後略）」（昭和二一年一月一九日、河盛好蔵宛）とかもあるが、最も典型的な太宰の「天皇宣言」とも言える、同年一月二五日、堤重久宛の書簡を引用しよう。

天皇が京都へ行くと言つたら、私も行きます、（中略）

このごろの日本、あほらしい感じ、馬の背中に狐の乗つてゐる姿で、ただウロウロ、たまに血相かへたり、赤旗をふりまはしたり、ばかばかしい、

次に明確な指針を与へますから、それを信じてしばらくゐる事、

一、十年一日の如き不変の政治思想などは迷夢にすぎない、二十年目にシヤバに出て、この新現実に号令しようたつて、そりや無理だ、顧問にお願ひしませう、名誉会員は如何、
　君、いまさら赤い旗振つて、「われら若き兵士プロレタリアの」といふ歌、うたへますか、無理ですよ、自身の感覚に無理な（白々しさを感ぜしむる）行動は一さいさける事、必ず大きい破たんを生ずる、
一、いまのジャーナリズム、大醜態なり、新型便乗といふものなり、文化立国もへつたくれもありやしない、戦時の新聞雑誌と同じぢやないか、古いよ、とにかくみんな古い、
一、戦時の苦労を全部否定するな、
一、いま叫ばれてゐる何々主義、何々主義は、すべて一時の間に合せものなるゆゑを以て、次にまつたく新しい思潮の擡頭を待望せよ、
一、教養の無いところに幸福無し、教養とは、まづ、ハニカミを知る事也、
一、保守派になれ、保守は反動に非ず、現実派なり、チエホフを思へ、「桜の園」を思ひ出せ、
一、若し文献があつたら、アナキズムの研究をはじめよ、倫理を原子《アトム》にせしアナキズム的思潮、あるひは新日本の活力になるかも知れず、（クロポトキンでも何でも、君が読んだあと、僕に貸してくれ、金木のはうへ送つて下さい、）
一、天皇は倫理の儀表として之を支持せよ、恋ひしたふ対象なければ、倫理は宙に迷ふおそれあり、

まだいろいろあり、まあ徐々に教へてあげる、とにかく早まつてはいかん、

（後略）

この手紙にある「アナキズム的思潮」や「天皇は倫理の儀表として之を支持せよ」等は、色々な解釈があり、ここで簡単な結論を出すことは控えておこう。但し、この発言が太宰の真意かというと、私は少し疑わしいと思う。たとえ、同様の発言が「苦悩の年鑑」（『新文芸』昭和二一年六月）にも登場しているにしてもである。ここで太宰が一番言いたいことは、戦時中沈黙していた左翼主義者（勿論、その中には転向して左翼的発言を封印していた者や、海外に逃亡したり獄中にいながら表面上は非転向を貫いた者等の全てを含む）・ジャーナリズムをはじめとした便乗主義を批判し、戦後になって発言や思想を大転換させるのではなく、戦時中の自己の態度を貫いてゆこうとするものであった、ということを確認しておきたい。確かに発言がかなり、一見天皇擁護の右翼主義者のように受け取られかねない過激なものであることは間違いないが、その表面的な過激さにだまされてはいけない。太宰は、あくまで自己の一貫性に確信があるからこそ、敗戦を境に大きく自己の態度を変換させ、それを恰も戦争中は自己の真意ではない活動をさせられていたため、戦後になって漸く自己の本意を果たすべき時代が訪れた、これこそが自由で民主主義だと声高に厚顔無恥に叫ぶ連中に対して、我慢がならなかったのである。

太宰が本当の意味での「天皇主義者」ではなかったことの証明として、戦時中に天皇に関する発言

をあまりしていなかったことを確認しておきたい。

まず、『右大臣実朝』（錦城出版社、昭和一八年九月）においては、「太上天皇御書下預時歌」を紹介した直後に、「大君への純乎たる絶対の恭順」「大君への忠義の赤心」「大君の御鴻恩に感泣し」「忠義の赤誠を披瀝し奉らん純真無垢のお心」「御皇室の洪大の御恩徳」とかの、実朝の天皇に対する表現が続けて出て来るが、最も典型的な部分を引用しておこう。

（前略）その将軍家を御一枚の御親書によつて百の霹靂に逢ひし時よりも強く震撼せしめ恐懼せしめ感泣せしめるお方の御威徳の高さのほどは、私ども虫けらの者には推しはかり奉る事も何も出来ず、ただ、そのやうに雲表はるかに高く巍然燦然と聳えて居られる至尊の方のおはしますこの日本国に生れた事の有難さに、自づから涙が湧いて出るばかりの事でございます。ただもう幕府大事であくせくしてゐるあの相州さまなど、少しは将軍家を見習ひ、この御皇室の洪大の御恩徳の端にでも浴するやうに心掛けてゐたならば、（後略）

この他に出て来る表現を拾うと、「御朝廷に対し奉る御忠誠」「恭順の御態度」「忠君の御赤心」「一途に素直な忠誠の念」等であり、いずれも畏れ多い天皇に対する絶対忠誠を誓う、という態度が貫かれている。しかし、こういう叙述も実朝の史実にかなり基づいたものであり、太宰の意識の中には、実朝の存在自体をイロニーであると語ったという菊田義孝の証言「『実朝』の鞄」（「太宰治全集月報*

6」）等を傍証として類推してゆくと、実朝の存在のイロニー→実朝の天皇崇拝のイロニー→太宰自身の天皇崇拝のイロニーという図式が成立してくる。すなわち、太宰の『右大臣実朝』における、天皇讃美の叙述は、かなりの部分イロニックなものと考えざるを得ない、ということである

また、戦争末期に、太宰の国家への態度に揺らぎが見られた際の作、『惜別』には、主人公「周さん」の発言と思想の変化として、次のような場面が描かれる。

「日本には国体の実力といふものがある。」と周さんは溜息をついて言つてゐた。（中略）彼は、明治の御維新は決して蘭学者たちに依つて推進せられたのでは無い、と言ひはじめた。維新の思想の源流は、やはり国学である。（中略）遠い祖先の思想の研究家たちは、一斉に立つて、救国の大道を示した。曰く、国体の自覚、天皇親政である。天祖はじめて基をひらき、神代を経て、神武天皇その統を伝え、万世一系の皇室が儼乎として日本を治め給ふ神国の真の姿の自覚こそ、明治維新の原動力になつたのである。この天地の公道に拠らざれば救国の法また無しと観じて将軍慶喜公、まづすすんで恭順の意を表し、徳川幕府二百数十年、封建の諸大名も、先を争つて己の領地を天皇に奉還した。ここに日本国の強さがある。如何に踏み迷つても、ひとたび国難到来すれば、雛の親鳥の周囲に馳せ集ふが如く、一切を捨てて皇室に帰一し奉る。まさに、国体の精華である。御民の神聖な本能である。これの発露した時には、蘭学も何も、大暴風に遭った木の葉の如く、たわいなく吹き飛ばされてしまふのである。まことに、日本の国体の実力は、おそる

べきものである、といふ周さんの述懐を聞いて、（後略）

「国体の実力」「国体の精華」を讃美し、「天皇親政」への「恭順」の姿勢を示し、そこにこそ、「日本国の強さ」を見ようとする、まさに、この時期の太宰が、批判精神が弱体化し、「天皇の前に跪いた」（浦田義和「太宰治『惜別』試論」〈『無頼の文学』昭和五三年一一月、*『太宰治　制度・自由・悲劇』に収録〉引用は後者、一二四頁）証拠となる叙述である。しかし、この姿勢も一時的なものに過ぎず、太宰はこの後、『惜別』作品中で「周さん」に日本讃美から、東京批判＝日本批判の思想的転向をなさせることで、自己の立て直しを図り、それに成功してゆくのであるが、こういうところまで辿ると、太宰の天皇讃美が先程の叙述ほどには過激でもなく、また真摯なものとして受け取らざるを得ないもの、とも思えない。

太宰の戦時中における天皇に関する叙述は、この二作品を除くと、「作家の手帖」にある、「大君ニ、マコトササゲテ、ツカヘマス」という幼女の七夕の色紙に「はつとした」というものくらいである。この叙述も、太宰に天皇讃美の意識がないからこそ、幼女のこの真剣な祈りに「はつと」させられるわけである。

もう一つ、戦時中の太宰の天皇に対する意識を知る上での、傍証と言えるものを紹介しておこう。堤重久の*『太宰治との七年間』（一八七頁）に戦後の発言としてではあるが、戦中から急速に天皇主義者となる亀井勝一郎に対しての感想が語られている。

「なんだ？『陛下に捧げる書簡』だって？　笑わせるよ。頭が、どうかなったんじゃないのかね」

　そんなことをいって、中はろくに見ずに、机の向こうに押しやってしまってから、「亀井はね、天皇とか王朝とかに、やたらに憧れるがね、おれたちが、王朝時代に生きていたら、みんなどん百姓さ。貴族なんて、千人に一人もいなかったんだからね。お互い、泥んこになって、田植えなんかしていちゃあ、文学も芸術もありゃしねえよ」


　こういう幾つかの状況証拠を基にしてみても、太宰が戦時中においても、「天皇主義者」であったことは有り得ない。太宰において絶対的なものに対する憧れの心情が、キリスト・聖書に向かったように、偶々、戦時中はそのベクトルが天皇へと向けられていたようにも見ることはできる。しかし、太宰の視点はそれをそのまま信奉することに留まらず、天皇を一人の人間として見つめ直したり、天皇制や国体の讃美を本気ではしないことによって、国策や国民一般の視点とはかなり違う、天皇を相対化する冷静な視点を保持することにつながったのである。

　戦後になって、急激な、アナクロニズムとも言えるくらいの発言をし始めたのは、やはり前に見たように、戦後への失望、戦後の指導者層への幻滅、戦後の理想に託した自己の夢の崩壊、こういった一定の時代的状況を背景にした言説であることが証明された。太宰は「天皇主義者」等ではなく、また、吉本隆明の論証の一切無い直感「天皇制というものに対しては肯定的なリズムということはいえる」（吉本隆明・橋川文三「対話太宰治とその時代」〈『ユリイカ』*昭和五〇年四月、一一五頁〉というものも否定してよいと思われる。つまり、太宰は戦前・戦中・戦後を通じて、「天皇主義者」ではなかったということである。

(5) 戦後作品中の戦争観

太宰の戦争に関する戦後の発言を幾つか見てみよう。まず、「十五年間」(『文化展望』昭和二一年四月)の中にあるもので、かなり太宰の本音に近いと思ってよさそうなものである。

> (前略)つづいて満洲事変。五・一五だの二・二六だの、何の面白くもないやうな事ばかり起って、いよいよ支那事変になり、私たちの年頃の者は皆戦争に行かなければならなくなつた。事変はいつまでも愚図々々つづいて、蔣介石を相手にするのしないのと騒ぎ、結局どうにも形がつかず、こんどは敵は米英といふ事になり、日本の老若男女すべてが死ぬ覚悟を極《き》めた。
>
> 実に悪い時代であつた。その期間に、愛情の問題だの、信仰だの、芸術だのと言つて、自分の旗を守りとほすのは、実に至難の事業であつた。(中略)戦争時代がまだよかつたなんて事になると、みじめなものだ。うつかりすると、さうなりますよ。どさくさまぎれに一まうけなんて事は、もうこれからは、よすんだね。なんにもならんぢやないか。
>
> 昭和十七年、昭和十八年、昭和十九年、昭和二十年、いやもう私たちにとつては、ひどい時代

であつた。私は三度も点呼を受けさせられ、そのたんびに竹槍突撃の猛訓練などがあり、仰天動員だの何だの、そのひまひまに小説を書いて発表すると、それが情報局に、にらまれてゐるとかいふデマが飛んで、昭和十八年に「右大臣実朝」といふ三百枚の小説を発表したら、「ユダヤ人実朝」といふふざけ切つた読み方をして、太宰は実朝をユダヤ人として取扱つてゐる、などと何が何やら、ただ意地悪く私を非国民あつかひにして弾劾《だんがい》しようとしてゐる卑劣な「忠臣」もあつた。私の或る四十枚の小説は発表直後、はじめから終りまで全文削除を命じられた。また或る二百枚以上の新作の小説は出版不許可になつた事もあつた。しかし、私は小説を書く事は、やめなかつた。もうかうなつたら、最後までねばつて小説を書いて行かなければ、ウソだと思つた。それはもう理屈でなかつた。百姓の糞意地である。しかし、私は何もここで、誰かのやうに、「余はもともと戦争を欲せざりき。余は日本軍閥の敵なりき。余は自由主義者なり。」などと、戦争がすんだら急に、東条の悪口を言ひ、戦争責任云々と騒ぎまはるやうな新型の便乗主義を発揮するつもりはない。いまではもう、社会主義者さへ、サロン思想に堕落してゐる。私はこの時流にもまたついて行けない。

私は戦争中に、東条に呆れ、ヒトラアを軽蔑し、それを皆に言ひふらしてゐた。けれどもまた私はこの戦争に於いて、大いに日本に××（昭和二二年八月、三島書房刊『狂言の神』所収の際、「味方」と入れられる—佐藤注）しようと思つた。私の協力など、まるでちつともお役にも立たなかつたかと思ふが、しかし、日本のために××（同、「味方する」と入れられる—佐藤注）つもりでゐた。この点を明確にして置きたい。この戦争には、もちろんはじめから何の希望も持てなかったが、しかし、日本は、やつちやつたのだ。

太宰の本音は戦争を否定しているのでもなく、かといって戦争を讃美し、それに便乗していこうというものでもなかった。日本が「やっちやっ」て、戦争体制に驀進して行くのならそれは仕方ない、日本人である以上、自分も味方はせざるを得ないが、「東条に呆れ、ヒトラアを軽蔑し」ている自分は、本気で戦争体制に組み込まれる気はない。自分はこんな「悪い時代」であっても、小説家として「最後までねばって小説を書いて行かなければ」ならない、「百姓の糞意地」で最後まで自己の意志と行動を貫き通すしかないのだ、このあたりが太宰の本音であった。

「苦悩の年鑑」(『新文芸』昭和二一年六月)からも引用しておこう。

満洲事変が起つた。爆弾三勇士。私はその美談に少しも感心しなかつた。

(中略)

×

関東地方一帯に珍らしい大雪が降つた。その日に、二・二六事件といふものが起つた。私は、ムツとした。どうしようと言ふんだ。何をしようと言ふんだ。

実に不愉快であつた。馬鹿野郎だと思つた。激怒に似た気持であつた。

プランがあるのか。組織があるのか。何も無かつた。

狂人の発作に近かつた。

組織の無いテロリズムは、最も悪質の犯罪である。馬鹿とも何とも言ひやうがない。

このいい気な愚行のにほひが、所謂大東亜戦争の終りまでただよつてゐた。

東条の背後に、何かあるのかと思つたら、格別のものもなかつた。からつぽであつた。怪談に似てゐる。

その二・二六事件の反面に於いて、日本では、同じ頃に、オサダ事件（所謂阿部定事件のこと――佐藤注）といふものがあつた。オサダは眼帯をして変装した。更衣の季節で、オサダは逃げながら袷をセルに着換へた。

×

（中略）

×

中国との戦争はいつまでも長びく。たいていの人は、この戦争は無意味だと考へるやうになつた。転換。敵は米英といふ事になつた。

×

ジリ貧《ヒン》といふ言葉を、大本営の将軍たちは、大まじめで教へてゐた。ユウモアのつもりでもないらしい。しかし私はその言葉を、笑ひを伴はずに言ふ事は出来なかつた。この一戦なにがなんでもやり抜くぞ、といふ歌を将軍たちは奨励したが、少しもはやらなかつた。さすがに民衆も、はづかしくて歌へなかつたやうである。（中略）

指導者は全部、無学であつた。常識のレベルにさへ達してゐなかつた。

ここには、戦争体制や戦争を推し進める将軍たちへの嫌悪感がかなり素直に語られている。戦争やテロというものは、「馬鹿野郎」の「愚行」、「全部、無学」な「指導者」たちによる「狂人の発作」に過ぎないものであった。その馬鹿者たちに、太宰は「ムツとした」のであった。ここに引用した後には、先程引用した、堤重久宛書簡と同様の天皇擁護発言が出て来るのであるが、これはやはり、前も述べたように、戦後便乗主義への強烈な反感が為した、やや本音を外れた過激な内容になってしまっているだけである。太宰の本音はここまでの引用でほぼ語り尽くされている、と言ってよかろう。

もう一つ、発表時期が若干前後するが、貴司山治「太宰治君への手紙」に対する返信として執筆された、「返事の手紙」（『東西』昭和二一年五月）も見ておこう。

私たちは程度の差はあつても、この戦争に於いて日本に味方をしました。馬鹿な親でも、とにかく血みどろになつて喧嘩をして敗色が濃くていまにも死にさうになつてゐるのを、黙つて見てゐる息子も異質的《エクセントリック》ではないでせうか。「見ちや居られねえ」といふのが、私の実感でした。

実際あの頃の政府は、馬鹿な悪い親で、大ばくちの尻ぬぐひに女房子供の着物を持ち出し、箪笥はからつぽ、それでもまだ、ばくちをよさずにヤケ酒なんか飲んで女房子供は飢ゑと寒さにひいひい泣けば、うるさい！　亭主を何と心得てゐる、馬鹿にするな！　いまに大金持になるのに、わからんか！　この親不孝者どもが！　など叫喚して手がつけられず、私なども、雑誌の小説が全文削除になつたり、長編の出版が不許可になつたり、情報局の注意人物なのださうで、本屋からの注文がぱつたり無くなり、そのうちに二度も罹災して、いやもう、ひどいめにばかり遭ひましたが、しかし、私はその馬鹿親に孝行を尽さうと思ひました。他の人も、たいていそんな気持で、日本のために力を尽したのだと思ひます。

はつきり言つたつていいんぢやないかしら。私たちはこの大戦争に於いて、日本に味方した。私たちは、日本を愛してゐる、と。

さうして、日本は大敗北を喫しました。まつたく、あんな有様でしかもなほ日本が勝つたら、日本は神の国ではなくて、魔の国でせう。あれでもし勝つたら、私は今ほど日本を愛する事が出来なかつたかも知れません。

私はいまこの負けた日本の国を愛してゐます。曾つて無かつたほど愛してゐます。早くあの「ポツダム宣言」の約束を全部果して、さうして小さくても美しい平和の独立国になるやうに、ああ、私は命でも何でもみんな捨てて祈つてゐます。

ここでの叙述は、「十五年間」のものに近い。大馬鹿な日本が勝手な戦争を始め、結局は「大敗北を喫し」てしまうのは殆ど必然であったが、そういう馬鹿な日本に味方をしたのだ、しかし、日本が負けたからこそ、この日本をより愛することができるし、「小さくても美しい平和の独立国になるやうに」祈っている、太宰の複雑な心境が本音を込めて語られている。この後の叙述は、戦後のジャーナリズム批判、便乗主義批判が展開され、「私は無頼派《リベルタン》です。束縛に反抗します。時を得顔のものを嘲笑します。／私はいまは保守党に加盟しようと思つてゐます。こんな事を思ひつくのは私の宿命です。私はいささかでも便乗みたいな事はてれくさくて、とても、ダメなのです。」と、かなり過激な反動主義者めいた発言になっている。但しこれは前にも見たように、戦後世相への幻滅から来た、太宰の本音をやや超えてしまった過剰な言説と判断するのが正しかろう。

太宰はやはり、戦中から戦後において、天皇観に関しても、戦争観や国家との距離の取り方にしても、連続性を保っており、敗戦の衝撃等における、大きな意識変革は為していなかった。国家との一定の距離を保ち得た上で、自己の作家活動を進めていたということは、間違いないことであった。太宰の不連続が現れるのは、あくまで戦後便乗主義への反撥、無知で厚顔な左翼指導者層への幻滅、この意識が鮮明に現れる時期においてであった。

八、結　論

安藤宏「太宰治・戦中から戦後へ」（『国語と国文学』平成元年五月、引用は安藤宏編『日本文学研究論*

文集成41　太宰治』一八八頁）は、「新郎」末尾の叙述に対して、こう言う。

（前略）家紋の鶴の丸の礼服を着て練り歩きたいという〈新郎《はなむこ》の心〉――「新郎」一編の結末のこの一節こそは、現実の血縁共同体に代わる、いわば擬制としての新たな観念共同体の中へからめとられてゆく、一個のイニシエーションとしての意味を持つものでもあったはずなのだ。

安藤は『太宰治　弱さを演じるということ〈ちくま新書〉』*（二九六頁）においても、「戦時体制が色濃くなるに従い、二つの文体（「男語り」と「女語り」――佐藤注）が家族国家論的なヒエラルキーに意外にあっさりと回収されていくことになるのも、おそらくはこういう限界（創作に苦しむ太宰の自意識が、対照的な「女性」の告白体を選ばせていること――佐藤注）に深く由来している。」という発言をしている。すなわち、安藤は、太宰が戦時中は、家族を中心と考える観念的な国家共同体に収束されていた、と捉えているのである。もっとも、現実の国家共同体ではなく、観念上の国家共同体というのが、彼の主眼なのであろうが、戦時中のこの二つは明確に区分けされるものではなく、どちらかというと一体化していることにより、国民全てを巧みに支配してきたものである、と言ってよい。

私は今までの論旨において、太宰が国家に収束されることはなく、彼の独特な「転向」の特異性により、国家とはある程度の距離を保ち得た、多少の揺れ動きの時期こそはあれ、全般的には国家に巻き込まれることはなく、一定の距離感を保って自己の創作活動を続けられたからこそ、戦時中の太宰文学の豊饒が生まれた、こういうことを紙数を費やしながら証明してきた。太宰は家父長権には屈服する「転向」を為したため、その背後にある大きな敵、天皇制ヒエラルキー・国家共同体をはっきりと見据え、それとは一定の距離を保ち得たのである。安藤の言うように、太宰が観念的な国家共同体に収束されることなどは無かった、このことは今までの論旨でおわかり頂けたことと思う。

四章 「花火」論
——全文削除とその影響——

ここでは、太宰治の戦時中の活動を見る際に一つの問題点となる、「花火」(『文芸』昭和一七年一〇月)の全文削除とその影響を見てゆこう。

まず、「花火」の削除理由を内務省の文書から明らかにし、その処分が妥当なものかどうか、作品論を試みながら確認してゆく。次に、この処分を受けた太宰が、以降の作品執筆において、どのような態度の変化を見せてゆくか、影響の度合いを考察する。

「花火」の掲載された『文芸』第一〇巻第一〇号(改造社、一〇月一日発行)は発行直後の一〇月八日、次のような理由で全文削除処分を受けたのである。「出版警察報第一四五号」(昭和一七年一〇・一一・一二月合併号、内務省警保局編『出版警察報四〇』[*])から引用する。

「花火」ト題スル小説ハ登場人物悉ク異状性格ノ所有者ニシテ就中主人公タル「勝治」ト称スル一青年ハ親、兄弟ノ忠言ニ反抗シ、マルキスト□(印刷上の欠字—ヲと思われる—佐藤注)友トシ、其他不良青年ヲ仲間ニ持チ、放縦、頽廃的ナ生活ヲ続ケ、為メニ家庭ヲ乱脈ニ導キ、遂ニ其青年ハ不慮ノ死ヲ遂ゲルト謂フ経緯ノ創作ナルガ全般的ニ考察シテ一般家庭人ニ対シ悪影響アルノミナラズ、不快極マルモノト認メラルルニ因リ第一一〇頁ヨリ第一二五頁迄削除。

さて、このようなお上からの裁断を受けたこの作品であるが、本当に「登場人物悉ク異状性格ノ所有者」とか、「一般家庭人ニ対シ悪影響」ある作品なのであろうか、実際の作品に基づいて見てゆきたい。

「花火」は削除処分後、昭和二一年一一月に「日の出前」と改題され、新紀元社『薄明』に収録されて、漸く日の目を見ることになるのであるが、小山清「『日の出前』によせて」によると、「花火」の成立状況がこう述べてある。

この作品は昭和のはじめ、「日大生殺し」として世上に取沙汰された、一家庭の父母と長女が不良の青年を謀殺して保険金詐欺をたくらんだ事件に取材したもので、作品の末尾にある少女の言葉は新聞紙上に掲載された妹の告白の言葉をそのまま写したものである。
（「太宰治全集月報5」三頁）*

その素材となった、「日大生殺し」事件というのは、私も修士論文作成時点の昭和六二年に『東京朝日新聞』により調査済みであるが、『〈初出〉太宰治全集第5巻』*山内祥史解題（四九九頁〜五一一頁）に詳しく紹介されているので、ここでは割愛する。つまり、まとめて言うと、強盗殺人に見せかけた家族の保険金目当ての謀殺であったということである。事件の共謀をした妹の手記は、昭和一一年一月一五日の紙面に紹介されたが、その一部の「憎き不良の兄」の全文を紹介する。

検事さんは兄を指して強ひていふほどの不良でもないぢやないか、こんな青年は社会に沢山ゐる、といはれますが果して左様でせうか？　兄は家にゐて勉強一つした事はなく私と一緒に暮してゐる間にも酒を飲み遊んで歩き怪しい女から手紙がやつて来る、私の品物まで質に入れ母に訴へてやると母は時々上京して質屋等に滞つてゐる借金の尻拭ひをし、母と暮すやうになつても同じ事、樺太の父からは「お前が側にゐてこの様は何だ」と詰られ父から便りが来るごとに母は何時も泣いてゐました

先程の小山清の「作品の末尾にある少女の言葉は新聞紙上に掲載された妹の告白の言葉をそのまま写したものである」という証言であるが、『東京朝日新聞』ではそれは確認できなかった。津島美知子『〈増補改訂版〉回想の太宰治』*（五九頁）によると、「新聞は、朝日新聞だけを購読していた」そうであるから、あるいは小山と、同様の発言をしている山岸外史の「この小説の一行は、新聞紙上にのつたその事件の少女の告白の言葉そのまゝをとつてゐる」（「解説として」『近代文庫一二七　正義と微笑

太宰治全集第8巻』創芸社、昭和三〇年、引用は前記山内解題、前掲全集、四九九頁）というものは、彼らの思い違いかもしれない。奥村淳「太宰治とフランツ・カフカ—新視点からの『花火』と『猿ヶ島』」*（『太宰治第5号』一五頁）にも、「文字通りの管見であるけれども、新聞紙上では見つからないのである」と述べられており、私の調査も完璧を期したものではないので、はっきりしないところもあるが、推測で言わせてもらうと、実際はかなり太宰の創作が入っているのであるが、小山と山岸が直接、太宰の口から「新聞のままを採用したんだよ」という発言を信じ込んだ、という可能性も高いと思われる。

太宰の「花火」において、この事件はどう扱われ、どう改変されてゆくか。まずは、登場人物はどう構成されるかを先に見よう。

父親は「鶴見仙之助といふやや高名の画家」で、「小柄で、上品な紳士」「無口で」「家族の者とも、日常ほとんど話をしない。用事のある時だけ、低い声で、静かに言ふ。むだ口は、言ふのも聞くのも、きらひなやうである。（中略）とにかく世間一般は、仙之助氏を相当に尊敬してゐた」というような男として描かれる。

対する長男の勝治は「父に似ず、からだも大きく、容貌も鈍重な感じで、さうしてやたらに怒りつぽく、芸術家の天分とでもいふやうなものは、それこそ爪の垢ほども無く、幼い頃から、ひどく犬が好きで、中学生の頃には、闘犬を二匹も養つてゐたことがあつた。（中略）中学で二度も落第して、やつと卒業した春に、父と乱暴な衝突をした」というような「あぶれ者」「やくざの見本みたいなタイプの青年」（相馬正一『〈改訂版〉*評伝太宰治　下巻』二四八頁、傍点は相馬）にされている。つまり、太宰は、息子の不良性をデフォルメし、太宰の作品によく登場する（例えば、「ヴィヨンの妻」〈『展望』昭和二二年三月〉の夫）、極力憎むべき存在に仕立て上げている。

妹の節子は、兄から自分の小遣いをまきあげられ、自分の着物を質に入れられても兄を庇い、「あくまでも、兄を信じようと思つた」というような、悪く言うと、世間知らずの気の弱い、良く言うと、純粋な聖女のような（例えば、『お伽草紙』筑摩書房、昭和二〇年一〇月、「浦島さん」の乙姫）性格である。こちらは、妹の良性をデフォルメしたわけである。

勝治には「わるい仲間」が三人いる。風間七郎は「三十歳に近い」「T大学の予科の謂はば主で」「いかにも精力的な顔をし」た、「勅撰議員の甥」という触れ込みの、「ほとんど職業的な悪漢で」「言ふ事がうま」く、節子を目当てに勝治の家庭に乗り込んでくると「頗る礼儀正しい」という男。杉浦透馬は「勝治にとつて、最も苦手の友人」で、「T大学の夜間部にかよ」う「苦学生であ」り、さらに「マルキシスト」なのだが、勝治が「拒否する事は、どうしても出来な」い人物。「三十歳を少し超えてゐた」「新進作家」の有原修作は、まわりから「先生」と呼ばれているが、実は、「勝治に圧倒的な命令を下して、仙之助氏の画を盗み出させた」張本人の悪の黒幕のような男である。

勝治の非行はどんどんエスカレートし、女中をだまし、節子を「滅茶苦茶にぶん殴」って八つ当たりし、家の物を抵当に入れて借金を重ね、「このままでこの家庭が、平静に帰するわけはなかつた。何か事件が起らざるを得なくなつていた」。

真夏のある朝、事件は起こった。勝治からの金を無心する電話を受けた節子は、母がくれた百円を持って、指定の料亭に向かう。「ランニングシヤツにパンツといふ姿」の勝治は、既に酩酊状態、節子の渡した百円はすぐに支払いに廻され、「何か、わかつたやうな気がした」節子が帰ろうとするので、勝治と同席の有原も送りがてら散歩に出る。そこへ「老杉の陰から白い浴衣を着た小さい人」、父と出くわす。勝治が照れ隠しに乗ろうとしたボートに、「僕も乗らう」と、「ひらりと父が飛び乗つた」。しかし、帰って来た「舟には父がひとり」、勝治は橋のところで酔い覚ましのために、上陸したというのである。「翌朝、勝治の死体は、橋の杙の間から発見せられた」。

事件は非常にあっさりと、少し物足らぬくらいに仕上げられた。太宰には実際の事件のような残虐さは描けないのである。殺人なのか、事故なのかわからぬような、曖昧で淡泊な扱いをしたのである。一応の取り調べで、事件は片が付きそうになったところへ、保険会社からの横槍で、再調査が行われ、「事件は、意外にも複雑におそろしくなつて来たのである」。このあたりは、太宰が実際の事件の経過を意識して、単なる付け足しをしたに過ぎなかった。太宰にとっては、事件そのものは主眼ではないからである。そして、太宰流の見事な落ちをつけるのである。

けれども、この不愉快な事件の顚末を語るのが、作者の本意ではなかつたのである。作者はただ、次のやうな一少女の不思議な言葉を、読者にお伝へしたかつたのである。

節子は、誰よりも先に、まづ保釈せられた。検事は、おわかれに際して、しんみりした口調で言つた。

「それではお大事に。悪い兄さんでも、あんな死に方をしたとなると、やつぱり肉親の情だ、君も悲しいだらうが、元気を出して。」

少女は眼を挙げて答へた。その言葉は、エホバをさへ沈黙させたにちがひない。もちろん世界の文学にも、未だかつて出現したことがなかつた程の新しい言葉であつた。

「いいえ、」少女は眼を挙げて答へた。「兄さんが死んだので、私たちは幸福になりました。」


兄に一言も反抗せず、殴られてもひたすら耐え続ける、純情可憐で聖女のような節子に結末の一句を吐かせることで、この作品はより衝撃的になり、よりドラマティックに仕上がった。

しかし、相馬正一の言う、「作中の聖女のような節子の言動から結末の一句を導き出すことには不自然さを伴わないわけではないが、それだけに、純情可憐な装いをしている処女の内奥には愚かな男性どもには測り知れぬ残忍な非情性がたゆたっているものだということを述べたかったのであろう」（前掲『〈改訂版〉評伝太宰治下巻』、二五一〜二五二頁）という評価はやや違うのである。節子の一句は、耐え続けていた感情の禁忌を取り去り、心のうちに秘め続けていた本音を、実に素直にありのままに吐露したものなのである。人間性の本質的な発露であったからこそ、新しく、読む側を驚かすのである。「非情性」という表現は、『お伽草紙』「カチカチ山」のウサギになら当てはまるが、節子には少し無理なところがある。

だから、相馬の「人間性の裏側を鋭く剔抉《てっけつ》して見せた出色の佳作」（前掲書、二四八頁）という評価や、奥野健男の評価「人間の真実とは、善とは何かをぎりぎりまで追求したあげく、覗いてはならぬ人間の底知れぬ悪の深淵を見てしまったような、肌の粟立つ辛い小説である。文章もドライで非情である。」（『*きりぎりす〈新潮文庫〉』解説、二九六頁）というのも少し誉め過ぎの感がある。確かに佳作ではあるが、「人間性の裏側」とか「人間の底知れぬ悪の深淵」というのは言い過ぎであり、せいぜい言って、人間性の本質、本性といった程度が適当であろう。

筋は一通り辿ったから、次にタイトルについて考察してみよう。作品中に花火は登場しないから、象徴的な意味合いで付けられているのである。それは何か。一番単純な意味合いは、花火→危険なもの→不良という発想で、悪の花火が華々しく上がった後、沼の水中へと消えてゆく、滅びてゆくというものであろう。しかし、それだけか。

太宰の高校時代の習作に、筆名は小菅銀吉というのを使っているが、同タイトルの「花火」（『弘高新聞』昭和四年九月二五日）という小品がある。これは、翌年の「地主一代」（『座標』昭和五年一月・三月・五月、筆名は大藤熊太）に構想的にもつながるプロレタリア小説系の作品で、本物の花火も登場する。

主人公の「僕」は、メーデー集会の合図にする花火のことで、兄にまつわる花火の思い出を語る。脳梅毒で狂人となった兄が、病気を移して死なせた小間使いの供養として、花火を上げさせるのだが、「僕」はそれを見ていて不愉快になる。「僕」は花火を「有閑階級の人々の遊戯的なナンセンス」と思いながら、それを「しみじみとした気で眺めてゐた、その僕自身のプチブル的なロマンチシズムに気附いて、堪らなく不愉快にな」ってしまうのである。つまり、花火がプチブル的なナンセンスを象徴しており、それに酔うのはやはり、プチブルのロマンチシズムだと不愉快になったのである。

　ところが、そういう象徴である花火が、プロレタリアの祭典であるメーデーの合図に使われるのも皮肉であるが（松村まき「『花火』論」〈*『太宰治研究10』一一九頁〉には、「〈兄〉が花火を揚げさせたのは、〈竹や〉〔兄が死なせた小間使いの名―佐藤注〕のたった一人の身内である弟が、安来節の太夫だったからである」という指摘がなされており、本文中の「君、花火は兄貴が上げらせたんだぜ。花火屋に頼んでね。なぜつて、おい、竹やのたった一人の弟は安来節の太夫なんだもの。」という叙述と対応している）、その花火が鳴り出すと、「僕」は「おいツ。鳴つてるぞ花火が！／ほらツ。ほらツ。すばらしく活気のある音だな。ほらツ。又鳴つたぞ！」とか「僕達も早く行かう」と興奮の態で叫ぶのもかなりイロニックである。「僕」も結局、プチブルを脱し切れないのである。

　この習作から昭和一七年までは、時期はだいぶ降っているが、この花火の象徴性を太宰が多少なりとも引き摺っていないとは言えない。そうすると、やや深読みかも知れないが、昭和一七年の「花火」に対して、次のような解釈も成り立つかも知れない。つまり、この花火は主人公勝治を供養するもので、この作品は、鶴見家という一種のプチブルが、一見華やかだった生活から一転して、親が子を殺すという事件により崩壊の道を辿る、プチブルの崩壊過程を描いたものである、という具合に。さらに、戦後「日の出前」と改題したのは、崩壊から再生への願いを込めてのことではなかったか。

　この論のもとに当たるものを私が書いたのは、平成三年の『中央大学　大学院研究年報』においてであったが、九頭見和夫*『太宰治と外国文学　翻案小説の「原典」へのアプローチ』に収録された「太宰治のカフカ受容―『花火』を中心として」(『東北ドイツ文学研究』第三二号、昭和六二年一二月)によると、この「花火」という作品と、カフカの『変身』という作品の類似が、(1)妹の最後の発言、(2)勝治と『変身』のグレゴールが、自分の意志で死を受け入れていた(勝治は川に突き落とされたにせよ、泳いで助かるだけの体力はあったはずで、最終的に死を選択したのは自分の意志と思われる)点、(3)お手伝いさんが被害者として登場、(4)一家を苦しめる悪友に当たる三人が登場、といった形で現れており、太宰が英語訳を読んだ可能性か、もしくは「日本浪曼派」関係のドイツ文学者(例えば、芳賀檀、高橋幸雄)あたりから、『変身』に関する知識を得た可能性を言及している(前掲書、一五三〜一七二頁)。以前はこの論文を参照していなかったが、色々と示唆されるところの多い論考である。

　さて、こういう作品に対して、最初に見たようなお上の断罪がなされたわけだが、確かにお役人という人種は、一面的で恣意的な解釈が好きだということが立証される。本当に「異状性格ノ所有者」と言えるのは勝治だけであり、三人の友人たちをその中に加えるのは無理ではないが、不良の息子を思いあまって殺したことだけで父を「異状性格」と決めつけたり、最後の一句をもとに節子を「異状性格」と片付けるのは、文学の鑑賞力が欠如していると言わねばなるまい。決して「登場人物悉ク異状性格ノ所有者」とは言えないのである。こういう役所の輩に裁断された太宰も不幸であった。

　また、主人公の勝治がマルキストを友にしているという点も咎めの一因となっている。転向の嵐は既に吹き去ったが、この昭和一七年という時期においても官憲は、マルクスとか社会主義という言葉にまだ神経を尖らせている。マルキストを作品に登場させただけで、官憲に目を付けられたのである。

ゆりはじめ『太宰治の生と死―外はみぞれ何を笑ふやレニン像』*（二〇六頁）には、「『勝治二十三歳、節子十九歳』の事件で殺された勝治は、当時の法律でいえば徴兵年齢であって、この小説は重要な戦力の源泉を抹殺した事件の片棒を担いでいるというのが為政者の見方であろう」という指摘がある。つまり、徴兵年齢である主人公を殺してしまうことが、官憲に目を付けられた別の一因とも考えられるということである。

そして、「一般家庭人ニ対シ悪影響」という表現は、実際の「日大生殺し」事件が念頭にあってのことであろう。しかし、その後に言う「不快極マルモノト認メラル」という主観的な判断は、いかがなものであろう。とにかく官憲は、この作品が、新聞紙法第二三条の規定（「内務大臣ハ新聞紙掲載ノ事項ニシテ安寧秩序ヲ紊シ又ハ風俗ヲ害スルモノト認ムルトキハ其ノ発売及頒布ヲ禁止シ必要ノ場合ニ於テハ之ヲ差押フルコトヲ得／前項ノ場合ニ於テ内務大臣ハ同一主旨ノ事項ノ掲載ヲ差止ムルコトヲ得」、奥平康弘『治安維持法小史』*〈二六一頁〉にある、「安寧秩序ヲ紊シ」たり、「風俗ヲ害スル」ものと、判断したものであった。由井正臣・北河賢三・赤沢史朗・豊沢肇『出版警察関係資料　解説・総目次』*（一七～二〇頁）に『出版警察概観』から紹介されているのは、直接は昭和五年の検閲の基準であるが、その少し後の昭和八年当時の基準として推察したものを考え、仮にそこに「花火」の処分基準を求めるとしたら、「残忍なる事項」とか「其の他善良なる風俗を害する事項」とかに該当する。もっとも、こういう基準は、時代が降るにつれて変遷してゆき、太平洋戦争開始以降は、基準が拡大したと言うよりも、基準が崩壊したと言ってよい状況になっている。

昭和一七年の新聞紙雑誌出版法による、出版物の風俗禁止処分は一四件、つまり、「花火」はその一四件の一つに当たるわけであるが、この一四分の一が、太宰にとってはただならぬ影響を及ぼすのである。

さて、前掲、小山清「『日の出前』によせて」によると、

長男の勝治がよく描けてゐると、私が云つたことに対して、太宰は即座に応へた。

「あれは僕だよ。僕の身内のものは僕のことを死んでくれたらいゝと思つてゐたに違ひないんだ。」

（「太宰治全集月報5」三頁）*


これが事実だとすると、非常に重大な発言だと見なければならない。官憲に勝治が不良として否定されたということは、太宰にとって自身が否定されたと同じことになるわけである。作家活動の中期に入って、傍目には安定した、庶民的な家庭生活を送っていた太宰であるが、やはりお前はデカダンだ、と不良の烙印を押されてしまったのである。

全文削除処分を受けたことだけでも、島田昭男「右大臣実朝論―その成立事情を中心に―」（文学批評の会編『批評と研究　太宰治』二四四頁）* が言うように、「つぎの段階では、執筆禁止、身柄拘束などをふくむさらに強力な処置に変るであろうという恐れから、作家自身の内部的規制を誘発し、その後

の活動に一定の制約ないし圧力を加えずにはおかぬであったろうことは、残念ながら明らかである」というような影響力である。太宰自身は、高梨一男宛書簡（昭和一七年一〇月一七日付）では、

「花火」は、戦時下に不良の事を書いたものを発表するのはどうか、といふので削除になつたのださうです。もちろんあの一作に限られた事で、作家の今後の活動は一向さしつかへないといふ事ださうで、まあ、私も悠然と仕事をつづけて行きます。

「花火」こんどいつか、お目にかけませう。すぐには、創作集にも、いれられないでせうが、まあ、時節を待ちます。

と言っているが、それほど内心穏やかではあるまい。どうしても作家としての内からの規制が働くのは否めない。

それに加えて、間接的かも知れぬが、自分自身の否定である。太宰にとっては直接的否定と同じことであった。明らかに、彼の執筆態度に変化がもたらされた。

「花火」の全文削除処分以降、敗戦までの太宰の作品（随想の類は除く）を分類してみよう。

① 古典、説話、史実に題材を取ったもの

『右大臣実朝』（錦城出版社、昭和一八年九月）「赤心」（『新潮』昭和一八年五月）「新釈諸国噺」

（生活社、昭和二〇年一月）『惜別』（朝日新聞社、昭和二〇年九月）「竹青」（『文芸』昭和二〇年四月）『お伽草紙』（筑摩書房、昭和二〇年一〇月）

②「私」が紹介役の黄村先生シリーズ物
「黄村先生言行録」（『文学界』昭和一八年一月）「花吹雪」（肇書房『佳日』昭和一九年八月に所収）「不審庵」（『文芸世紀』昭和一八年一〇月）

③「私」が登場するが、「私」は主人公というより、観察者・傍観者の立場のもの
「佳日」（『改造』昭和一九年一月）「作家の手帖」（『文庫』昭和一八年一〇月）「散華」（『新若人』昭和一九年三月）「雪の夜の話」（『少女の友』昭和一九年五月）「東京だより」（『文学報国』昭和一九年八月）

④「私」が主人公の帰郷物
「帰去来」（『八雲』昭和一八年六月）「故郷」（『新潮』昭和一八年一月）『津軽』（小山書店、昭和一九年一一月）

⑤「私」が主人公であるもの
「禁酒の心」（『現代文学』昭和一七年一二月）「鉄面皮」（『文学界』昭和一八年四月）

①のような傾向の作品は、「駆け込み訴え」「走れメロス」『新ハムレット』等で既に見られていたが、やや数が増えている。また、③のような傾向も皆無だったわけではないが（「満願」「美少女」

等)、この時期急に増えている。なお、③に分類した「雪の夜の話」は、女性の一人称告白体であり、私小説的作品ではないのだが、美しい景色が人間の眼に焼き付くというエピソードを観察し、紹介する「私」(この場合は女性の語り手)であるという意味で、ここに入れている。

そして、結局、「私」(語り手≒太宰)が主人公である作品は、帰郷物以外には⑤の二作品しかないことになる。しかし、この二作に登場する「私」も「禁酒の心」では、

私は禁酒をしようと思つてゐる。このごろの酒は、ひどく人間を卑屈にするやうである。昔は、これに依つて所謂浩然之気を養つたものださうであるが、今は、ただ精神をあさはかにするばかりである。近来私は酒を憎むこと極度である。いやしくも、なすあるところの人物は、今日此際、断じて酒杯を粉砕すべきである。

というような、自戒した卑屈な姿である。『右大臣実朝』の宣伝文である「鉄面皮」の中に登場する「私」は、在郷軍人の分会査閲に、召集がなかったのに参加して誉められたという、少国民としての姿を卑屈にアピールしたものである。

また、帰郷物に登場する「私」は、作品の性格上、実際の太宰の姿をかなり忠実に反映しているが、故郷に帰る「私」は、畏まり萎縮している。

そうすると、太宰がかつて得意とした、デカダンな「私」を主人公とした私小説的作品は一切なく、

またそういう傾向を投影した登場人物も殆ど登場しなくなっていると言えそうである。時代的な状況もあるが、やはり処分以降、太宰は自己を忠実に投影した人物を書けなくなっているのである。

太宰はこの時期、韜晦の姿勢を強め、観察者・傍観者の立場まで自己を後退させ、松本健一の表現を借りると、「語り部」(『太宰治とその時代』*、第七章のタイトルが「語り部の時代的意味」とあるものから)としての役割に、作家的資質の殆ど全てを注ぎ込むことになるわけである。このことが、『お伽草紙』をはじめとした傑作を生んだわけで、結果全て凶と出たわけではないが、太宰にとってはかなり大きな路線変更であった。

太宰は戦後、「十五年間」(『文化展望』昭和二一年四月)で次のように書く。

　昭和十七年、昭和十八年、昭和十九年、昭和二十年、いやもう私たちにとつては、ひどい時代であつた。(中略)私の或る四十枚の小説は発表直後、はじめから終りまで全文削除を命じられた。また或る二百枚以上の新作の小説は出版不許可になつた事もあつた(「雲雀の声」という小説は、昭和一八年一〇月、検閲不許可のおそれあるため、出版を見合わせ、その後許可され、翌年出版の運びだったものの、一二月、印刷工場が戦災に遭い全焼した。『〈初出〉太宰治全集第七巻』*山内祥史解題〈四六八頁〉による。なお、この作品は手を入れられて、「パンドラの匣」〈『河北新報』昭和二〇年一〇月二二日〜二一年一月七日〉につながる—佐藤注)。しかし、私は小説を書く事は、やめなかつた。もうかうなつたら、最後までねばつて小説を書いて行かなければ、ウソだと思つた。それはもう理屈でなかつた。百姓の糞意地である。

この気持ちは、太宰の本音にかなり近いと見てよいであろう。つまり、一見消極的に見えるが、戦時下での自己のあり方を、自分なりの論理の中で、軌道修正して行き、作家としての誇りを失わないようにした。とにもかくにも作品を書き続けることで、作家としての良心を保とうとした。これは、太宰にとっては、実に積極的な姿勢であったのである。

「花火」の全文削除処分は、いかにもお役所的な発想の成したわざであった。文学作品を鑑賞する側から言えば、甚だ笑止な一面的断罪であった。しかし、そこには、風俗を乱すとか、社会主義に対する、異常に神経質な官憲の眼が存在したのであった。時代状況を明確に反映する処分なのであった。けれども、このことにより、太宰は、処分した側が予想の付かぬぐらいの、ひどい痛手を被ったのである。作家活動に対する規制だけではなく、殆ど自己の存在自体を否定されたのであった。そこから、彼は、否応なしの方向転換を迫られる。観察者・傍観者の立場まで後退した太宰は、その立場を頑なに守りながら、精力的に戦時下の活動を続けて行くのである。これは、太宰なりの精一杯の抵抗であった。

五章　「富嶽百景」論

——陽・母性・草花vs陰・父性・通俗——

平岡敏夫「富嶽百景」（『國文学』*昭和四一年一一月、四六頁）には、「全篇には女性のイメージが一貫して流れている」という指摘がある。また、神谷忠孝「『富嶽百景』覚え書」（『太宰治　第六号』*四二頁）には、「柳田国男のいう『妹《いも》の力』」に近いイメージが富士に託されていると考えることによって、富士は大自然の象徴ばかりでなく母性原理のようなものにまで拡大解釈することができるのではないだろうか」とも言う。これをヒントにして、「富嶽百景」（『文体』昭和一四年二月、三月）作品中に現れる、陽のイメージの富士と、陰のイメージの富士とに託された象徴の二面性を見て、それが一体どういう関わりで現れて来ているのかを実証的に追究してゆくのが、本章の目的である。

　まず、陽のイメージの富士から見てゆこう。陽のイメージの富士は作品中に六、七箇所出て来るが、うち四箇所ほどは、女性との関わりで出て来る。まず、三ッ峠の茶店で、濃い霧で実際の富士が見えないため、老婆が写真を持って来て説明してくれる場面である。

（前略）茶店の老婆は気の毒がり、ほんたうに生憎《あいにく》の霧で、もう少し経つたら霧もはれると思ひますが、富士は、ほんのすぐそこに、くつきり見えます、と言ひ、茶店の奥から富士の大きい写真を持ち出し、崖の端に立つてその写真を両手で高く掲示して、ちやうどこの辺に、このとほりに、こんなに大きく、こんなにはつきり、このとほりに見えます、と懸命に注釈するのである。私たちは、番茶をすすりながら、その富士を眺めて、笑つた。いい富士を見た。霧の深いのを、残念にも思はなかつた。

老婆の親切さに感動しての陽イメージである。また、すぐ引き続いての甲府での見合いの場面では、

（前略）ふと、井伏氏が、
「おや、富士。」と呟いて、私の背後の長押《なげし》を見あげた。私も、からだを捻《ね》ぢ曲げて、うしろの長押《なげし》を見上げた。富士山頂大噴火口の鳥瞰写真が、額縁にいれられて、かけられてゐた。まつしろい水蓮の花に似てゐた。私は、それを見とどけ、また、ゆつくりからだを捻《ね》ぢ戻すとき、娘さんを、ちらと見た。きめた。多少の困難があつても、このひとと結婚したいものだと思つた。あの富士は、ありがたかつた。

と、ここでも実物でない写真の富士だが、見合い相手の娘さんとの関わりで出て来る。

次の場面では、実物の富士である。

「お客さん！　起きて見よ！」かん高い声で或る朝、茶店の外で、娘さんが絶叫したので、私は、しぶしぶ起きて、廊下へ出て見た。

　娘さんは、興奮して頬をまつかにしてゐて、だまつて空を指さした。見ると、雪。はつと思つた。富士に雪が降つたのだ。山頂が、まつしろに、光りかがやいてゐた。御坂の富士も、ばかにできないぞと思つた。

「いいね。」

とほめてやると、娘さんは得意さうに、

「すばらしいでせう？」といい言葉使つて、「御坂の富士は、これでも、だめ？」としやがんで言つた。私が、かねがね、こんな富士は俗でだめだ、と教へてゐたので、娘さんは、内心しよげてゐたのかも知れない。

「やはり、富士は、雪が降らなければ、だめなものだ。」もつともらしい顔をして、私は、さう教へなほした。

　私は、どてら着て山を歩きまはつて、月見草の種を両の手のひらに一ぱいとつて来て、それを茶店の背戸に播《ま》いてやつて、

「いいかい、これは僕の月見草だからね、来年また来て見るのだからね、ここへお洗濯の水なん

か捨てちやいけないよ。」娘さんは、うなづいた。

茶店の娘さんの明るい、そして興奮した言葉に始まる場面で、終わりには月見草も登場している。なかなか絵画的な、そして美しく印象的な場面である。

また、ふもとから遊女の一団が遊びに来て、「暗く、わびしく、見ちや居《を》れない風景であつた」と感じた直後、

富士にたのまう。突然それを思いついた。おい、こいつらを、よろしく頼むぜ、そんな気持で振り仰げば、寒空のなか、のつそり突つ立つてゐる富士山、そのときの富士はまるで、どてら姿に、ふところ手して傲然とかまへてゐる大親分のやうにさへ見えたのであるが、私は、さう富士に頼んで、大いに安心し、気軽くなつて茶店の六歳の男の子と、ハチといふむく犬を連れ、その遊女の一団を見捨てて、峠のちかくのトンネルの方へ遊びに出掛けた。トンネルの入口のところで、三十歳くらゐの痩せた遊女が、ひとり、何かしらつまらぬ草花を、だまつて摘み集めてゐた。私たちが傍を通つても、ふりむきもせず熱心に草花をつんでゐる。この女のひとのことも、ついでに頼みます、とまた振り仰いで富士にお願ひして置いて、私は子供の手をひき、とつとと、トンネルの中にはひつて行つた。トンネルの冷い地下水を、頰に、首筋に、滴滴と受けながら、おれの知つたことぢやない、とわざと大股に歩いてみた。

こう見てくると、陽イメージの富士は、女性と草花の絡んでいる場面に多く出て来ていることに気付く。さらに、有名な場面である、老婆と月見草の登場した場面、

老婆も何かしら、私に安心してゐたところがあつたのだらう、ぼんやりひとこと、

「おや、月見草。」

さう言つて、細い指でもつて、路傍の一箇所をゆびさした。さつと、バスは過ぎてゆき、私の目には、いま、ちらとひとめ見た黄金色の月見草の花ひとつ、花弁もあざやかに消えずに残つた。

三七七八米の富士の山と、立派に相対峙し、みぢんもゆるがず、なんと言ふのか、金剛力草とでも言ひたいくらゐ、けなげにすつくと立つてゐたあの月見草は、よかつた。富士には、月見草がよく似合ふ。


この場面では、従来よく月見草のことばかりが取り沙汰されるが、「金剛力草」の月見草の似合う富士山も陽のイメージで捉えられているはずである。そうすると、ここも女性と草花との絡みにおける陽イメージの富士と言えそうである。

最後の場面、赤い外套を着た二人の娘さんに写真を頼まれるところも付け加えてよさそうである。


（前略）まんなかに大きい富士、その下に小さい、罌粟《けし》の花ふたつ。ふたり揃ひの赤い外套を着

てゐるのである。ふたりは、ひしと抱き合ふやうにして寄り添ひ、屹《き》つとまじめな顔になつた。私は、をかしくてならない。カメラ持つ手がふるへて、どうにもならぬ。笑ひをこらへて、レンズをのぞけば、罌粟の花、いよいよ澄まして、固くなつてゐる。どうにも狙ひがつけにくく、私は、ふたりの姿をレンズから追放して、ただ富士山だけを、レンズいつぱいにキヤツチして、富士山、さやうなら、お世話になりました、パチリ。

直接の花ではなく、また登場する二人の娘も最終的には「私」に無視される存在であるが、女性と「罌粟の花」のイメージがあってこそ、「私」は笑いが止まらないのであり、さらに「私」がお礼を言う、陽イメージの富士が存在し得た、と言っても構わなさそうである。

またこう見てくると、ある時茶店にやって来た「花嫁」が、富士をゆっくり眺め、「脚をX形に組んで立つて」、さらに「富士に向つて、大きな欠伸《あくび》をした」場面も、花嫁が陽イメージの富士を見て安心し切ってのことであったと解釈してもよさそうである。後の場面でこの「花嫁」は、「私」と茶店の「娘さん」に散々にけなされるが、決してこの時の富士のイメージは陰イメージではないのである。「花嫁」という女性が富士と共同して陽イメージを形成した場面の一つと、捉えてもよさそうである。

さて、それではなぜ、富士の陽イメージには女性と草花が関わって来るのであろうか。まず、草花との関わりを考えてみよう。引用した場面に登場する草花は、水蓮と月見草と罌粟と「何かしらつまらぬ草花」であるが、水蓮は「まつしろい」色、月見草は「黄金色」、罌粟は「赤い」色である。「まつしろい」水蓮は、直接は、富士山頂大噴火口の写真について言われた比喩であるが、それを見た後で振り返って見た「娘さん」の純粋・無垢のイメージにつながるものであろう。山頂に雪をいただいた富士の姿が、白い水蓮の花に似ているのは確かに言えることであるが、それだけのイメージではなさそうである。水蓮の花は、エジプトでは聖なる花で、「神聖な行事に欠かせぬ特別な意味をもっていたようである」とか、「太陽の象徴として崇められていたらしい」（『園芸大百科事典6*　夏の花II』七〇頁）とも言われている。そうすると、多少深読みを覚悟で言わせてもらうと、この富士は聖なるイメージを持って描写され、そのイメージが「娘さん」の純粋さ・清潔さと共に、「娘さん」の聖なるイメージにまでつながっているのではなかろうか。

「月見草」の「黄金色」は、富士と「立派に相対峙」する力強さ、「金剛力草」としての必然的イメージの色合いである。月見草は白い花、まつよいぐさは黄色い花であるから、「金剛力草」になるためには、本来この花はまつよいぐさでなければならないことは、法橋和彦「富嶽百景論」（文学批評の会編『批評と研究*　太宰治』一八四〜二二八頁）に指摘されている。しかし、「富嶽百景」作中ではまつよいぐさではなく、なぜ、「月見草」でなければならなかったのか。これはまず第一に、相馬正一も指摘しているように、太宰が月見草を好きであり、「幼少時から見馴れてきた故郷の草花に自分の鬱屈した思いを託したかったからであろう」（『〈改訂版〉評伝太宰治*　下巻』一三四頁）という原因が考えられる。相馬も引用しているが、「思ひ出」（『海豹』昭和八年四月・六月・七月）の中の、「大きい庭下駄をはいて、団扇をもつて、月見草を眺めてゐる少女は、いかにも弟と似つかはしく思はれた」という描写や、「古典風」（『知性』昭和一五年六月）の中の「十八歳の花嫁の姿は、月見草のように可憐であつた」という一文を取り上げてみると、そのことは証明されそうである。

もう一つの原因として、法橋が「富嶽百景論」で述べている、太宰の「月」という言葉へのこだわりも挙げてよいであろう。但し、法橋のように、「かれが自殺衝動にかられるみちゆきには、かならず、夜が語られ、その有無にかかわらず、またかならず月の一語がそえられていることに注目しなければならない」（前掲『批評と研究太宰治』*、一九八頁）という具合に、必ずしも自殺衝動と月を強い結びつきであると、限定せずとも構わない。太宰の作品にかなりの頻度で「月」が登場するわけであるから、「月」にかなりの思い入れ、こだわりがあったとだけ、解釈するのでよかろう。現に「富嶽百景」作中にも月の夜が、「おそろしく、明るい月夜だつた。富士が、よかつた。月光を受けて、青く透きとほるやうで、私は、狐に化かされてゐるやうな気がした」とか、「月の在る夜は富士が青白く、水の精みたいな姿で立つてゐる」という具合に描写されている。こういう「月」にこだわる心情がもととなって、「月」の冠された「月見草」を選ばせるのである。その「月見草」と「胸に深い憂悶」を抱いた「老婆」が相俟って、富士と「立派に相対峙」できたのである。

赤い罌粟はどういうイメージであろうか。ここで描写されている赤い罌粟とは、おそらく色から言って、ひなげしであろう。別名、虞美人草、項羽の愛妾虞が倒れた後に咲いたという、あの伝説を持つ花である。美人の女性をイメージさせ、さらに「赤い」色が、強い生命力を象徴しているわけである。その生命力をカメラのレンズを覗きながら、「私」は徐々に富士に投影していっているのである。

こう見てくると、草花は登場する女性とセットになりながら、女性のイメージを増幅させる働きをしていることがわかる。

次に、女性との関わりを考えよう。茶店の老婆、結婚しようと思った「娘さん」、茶店の娘、バスの老婆、遊女たち。彼女たちに共通するものはないか。バスの老婆は「私の母とよく似た老婆」と描写されている。茶店の老婆もおそらく年格好などは「母」と同じくらいで、「母」のイメージを起こさせる女性と見てよいであろう。それから、昔の遊女たちというと、一面として母性的なイメージを持ち合わせているのは、今さら太宰と小山初代との関係を持ち出さずとも明らかであろう。結婚する「娘さん」のイメージはやや稀薄であるが、見合いの時も「私」が事情説明に訪れた時も、「母堂」とセットになって「娘さん」は捉えられているし、結婚する相手の女性に、「私」が母性的イメージを多少なりとも意識しているであろうことは、説明せずともよいであろう。茶店の娘は、年齢設定は若いが、いつも「私」に「人間の生き抜く努力に対しての、純粋な声援」を送ってくれる存在であるから、自分を見守り、救いの手を差し伸べてくれる母のイメージを持っている。

つまり、こうして見てくると、富士の陽イメージに関わる女性たちは、全て母性的な要素を持っているわけである。太宰の作品中に登場する女性が、後記作品になると多少別要素を持っても来るものの、大なり小なり、母性的イメージを持つということは前からよく言われていることであるが、「富嶽百景」中においてもそれが当てはまり、さらに、そういう母性的イメージに関わって、陽イメージの富士が形象されているのである。

ここで、太宰の他の作品から、母性と草花が登場する印象的場面を引いてみよう。まずは、有名な『津軽』（小山書店、昭和一九年一一月）の「私」と「たけ」が再会したクライマックスシーンである。

（前略）まるで、もう、安心してしまつてゐる。足を投げ出して、ぼんやり運動会を見て、胸中に一つも思ふ事が無かつた。もう、何がどうなつてもいいんだ、といふやうな全く無憂無風の情態である。平和とは、こんな気持の事を言ふのであらうか。もし、さうなら、私はこの時、生れてはじめて心の平和を体験したと言つてもよい。先年なくなつた私の生みの母は、気品高くおだやかな立派な母であつたが、このやうな不思議な安堵感を私に与へてはくれなかつた。世の中の母といふものは、皆、その子にこのやうな甘い放心の憩ひを与へてやつてゐるものなのだらうか。さうだつたら、これは、何を置いても親孝行をしたくなるにきまつてゐる。そんな有難い母といふものがありながら、病気になつたり、なまけたりしてゐるやつの気が知れない。親孝行は自然の情だ。倫理ではなかつた。（中略）

私は、たけの後について掛け小屋のうしろの砂山に登つた。砂山には、スミレが咲いてゐた。背の低い藤の蔓も、這ひ拡がつてゐる。たけは黙つてのぼつて行く。私も何も言はず、ぶらぶら歩いてついて行つた。砂山を登り切つて、だらだら降りると竜神様の森があつて、その森の小路のところどころに八重桜が咲いてゐる。たけは、突然、ぐいと片手をのばして八重桜の小枝を折り取つて、歩きながらその枝の花をむしつて地べたに投げ捨て、それから立ちどまつて、勢ひよく私のはうに向き直り、にはかに、堰を切つたみたいに能弁になつた。
（中略）と一語、一語、言ふたびごとに、手にしてゐる桜の小枝の花を夢中で、むしり取つては捨て、むしり取つては捨ててゐる。

作中の「私」が母性を「たけ」に感じて、親孝行をしたいと思った直後に、二人の再会のシーンをさらに際立たせるように、「スミレ」「八重桜」が登場し、それが「たけ」の能弁を引き出す役目まで果たしているかの如くである。明らかに、母性と草花とがあることにより、そしてそれが相乗効果を果たして、クライマックス場面が現出されているのである。

また、次の『お伽草紙』（筑摩書房、昭和二〇年一〇月）「浦島さん」で、乙姫が登場する場面も印象的である。

桜桃の坂の尽きるところに、青い薄布を身にまとつた小柄の女性が幽かに笑ひながら立つてゐる。薄布をとほして真白い肌が見える。浦島はあわてて眼をそらし、
「乙姫か。」と亀に囁く。浦島の顔は真赤である。
「きまつてゐるぢやありませんか。何をへどもどしてゐるのです。さあ、早くご挨拶をなさい。」

（中略）

乙姫は身にまとつてゐる薄布をなびかせ裸足で歩いてゐるが、よく見ると、あの青白い小さい足は、下の小粒の珠を踏んではゐない。足の裏と珠との間がほんのわづか隙《す》いてゐる。（中略）竜宮に来てみてよかつた、次第にこのたびの冒険に感謝したいやうな気持が起つて来て、うつとり乙姫のあとについて歩いてゐると、

「どうです、悪くないでせう。」と亀は、低く浦島の耳元に囁き、鰭でもつて浦島の横腹をちよこちよことくすぐつた。

「ああ、なに、」と浦島は狼狽して、「この花は、この紫の花は綺麗だね。」と別の事を言つた。

「これですか。」と亀はつまらなさうに、「これは海の桜桃の花です。ちよつと菫に似てゐますね。この花びらを食べると、それは気持よく酔ひますよ。竜宮のお酒です。（中略）竜宮ではこの藻を食べて、花びらで酔ひ、のどが乾けば桜桃を含み、乙姫さまの琴の音に聞き惚れ、生きてゐる花吹雪のやうな小魚たちの舞ひを眺めて暮してゐるのです。どうですか、竜宮は歌と舞ひと、美食と酒の国だと私はお誘ひする時にあなたに申し上げた筈ですが、どうですか、ご想像と違ひましたか？」

まず、桜桃が登場し、乙姫の神秘的な登場につながり、その余韻を確かめるかのように、桜桃の花が最後に出て来る。この「桜桃の花」は、竜宮の夢心地を美しく演出している。そしてその竜宮で、

浦島は「無限に許されて」いる存在で、その竜宮の中心人物の「乙姫」には「たけ」とも共通する母性的イメージが付与されている。母性と草花の共演により演出する、「浦島さん」のクライマックスシーンがこの引用部である。

こう見てくると、太宰の作品の、特に中期の作品に限ってもよいが、母性的イメージと草花が関わってくる場面に、クライマックスシーンが演出されていると言えそうである。演出されているというのが言い過ぎだとすれば、太宰の無意識下にも作品中のクライマックスシーンに母性と草花とが不可欠である、と言い換えようか。その一環として、「富嶽百景」の陽イメージにも母性と草花は不可欠であった、と結論付けてよさそうである。

今まで挙げてきた場面以外で、陽イメージの富士というと、「十国峠からみた富士だけは、高かつた。あれは、よかつた。（中略）やつてゐやがる、と思つた」という部分と、他には次の二つのシーンくらいである。「新田といふ二十五歳の温厚な青年」が、二、三人の文学青年を連れて、「私」を訪ねて来た最初の時である。

私は、部屋の硝子戸越しに、富士を見てゐた。富士は、のつそり黙つて立つてゐた。偉いなあ、と思つた。
「いいねえ、富士は、やつぱり、いいとこあるねえ。よくやつてるなあ。」富士には、かなはないと思つた。念々と動く自分の愛憎が恥づかしく、富士は、やつぱり偉い、と思つた。よくやつてる、と思つた。
「よくやつてゐますか。」新田には、私の言葉がをかしかつたらしく、聡明に笑つてゐた。

そして、何回目か会った夜、

そこで飲んで、その夜の富士がよかつた。夜の十時ごろ、青年たちは、私ひとりを宿に残して、おのおの家へ帰つていつた。私は、眠れず、どてら姿で、外へ出てみた。おそろしく、明るい月夜だつた。富士が、よかつた。月光を受けて、青く透きとほるやうで、私は狐に化かされてゐるやうな気がした。富士が、したたるやうに青いのだ。燐が燃えてゐるやうな感じだつた。鬼火。狐火。ほたる。すすき。葛《くず》の葉。私は、足のないやうな気持で、夜道を、まつすぐに歩いた。下駄の音だけが、自分のものでないやうに、他の生きもののやうに、からんころんからんころん、とても澄んで響く。そつと、振りむくと、富士がある。青く燃えて空に浮かんでゐる。

この二回の陽イメージの富士は、新田をはじめとして「皆、静かなひとである」と描写されるような、やや女性的な優しい性格の青年達によってもたらされたわけである。また、夜の場面の直前には、令嬢と貴公子、安珍と清姫の話を青年達と語っていることにも注目してよいだろう。

ここで、富士と立派に相対峙している「金剛力草」としての「月見草」、そしてその直前に、茶店の「娘さん」との会話で言う、「僕の月見草」とは何か、という問題を少し考えてみよう。老婆が、「おや、月見草」と呟く直前の場面には、次のような描写がある。

（前略）けれども、私のとなりの御隠居は、胸に深い憂悶でもあるのか、他の遊覧客とちがつて、富士には一瞥も与へず、かへつて富士と反対側の、山路に沿つた断崖をじつと見つめて、私にはその様《さま》が、からだがしびれるほど快く感ぜられ、私もまた、富士なんか、あんな俗な山、見度くもないといふ、高尚な虚無の心を、その老婆に見せてやりたく思つて、あなたのお苦しみ、わびしさ、みなよくわかる、と頼まれもせぬのに、共鳴の素振りを見せてあげたく、老婆に甘えかかるやうに、そつとすり寄つて、老婆とおなじ姿勢で、ぼんやり崖の方を、眺めてやつた。

ここでは、「月見草」が老婆の胸の「深い憂悶」を象徴しているのである。そしてそれが、「娘さん」との場面には、「僕の月見草」と表現されているから、これは「僕の憂悶」と読み替えることができる。つまり、「月見草」は憂悶、苦悩の象徴なのである。「新田」をはじめとする吉田の町の青年達に「私」がただ一つ誇りうる、「苦悩」を拠り所とする「藁一すぢの自負」なのである。「私」をすぐさま、太宰と置き換えるのは危険であり、早計かも知れぬが、太宰自身が「富嶽百景」に描きたかったモチーフの一つは、「苦悩」なり、「自負」なりであったことは、次の文章でも窺われる。「『富嶽百景』序」(昭和名作選集28『富嶽百景』新潮社、昭和一八年一月)の全文である。

明治四十二年の初夏に、本州の北端で生れた気の弱い男の子が、それでも、人の手本にならなければならぬと気取つて、さうして躓いて、躓いて、けれども、生きて在る限りは、一すぢの誇を持つてゐようと馬鹿な苦労をしてゐるその事を、いちいち書きしたためて残して置かうといふのが、私の仕事の全部のテエマであります。戦地から帰つて来た人と先夜もおそくまで語り合ひましたが、人間は、どこにゐても、また何をするにしても、ただひとつ、「正しさ」といふ事ひとつだけを心掛けて居ればいいのだと二人が、ほとんど同時におんなじ事を言つて、いい気持がいたしました。私の文学が、でたらめとか、誇張とか、ばかな解釈をなさらず、私が窮極の正確を念じていつも苦しく生きてゐるといふ事をご存じの読者は幾人あつたらうか。けれども作者が、自分の文学に就いて一言半句でも押しつけがましい事をいふべきではない。ただ読者の素直な心情を待つばかりであります。

昭和十七年冬

さて、次に富士の陰イメージを見てゆくことにしよう。まず、冒頭の富士の形状を説明した後、

（前略）けれども、実際の富士は、鈍角も鈍角、のろくさと拡がり、（中略）決して、秀抜の、すらと高い山ではない。（中略）低い。裾のひろがつてゐる割に、低い。あれくらゐの裾を持つてゐる山ならば、少くとも、もう一・五倍、高くなければいけない。

という具合に、北斎や広重の絵の富士に比べて、実際の富士が今一つであることを否定的に捉えるのである。「実際の富士」は、つまり、次の場面で言う、あまりにも俗的に成り下がった富士の姿である。

（前略）この峠（御坂峠―佐藤注）は、甲府から東海道に出る鎌倉往還の衝に当つてゐて、北面富士の代表観望台であると言はれ、ここから見た富士は、むかしから富士三景の一つにかぞへられてゐるのださうであるが、私は、あまり好かなかつた。好かないばかりか、軽蔑さへした。あまりに、おあつらひむきの富士である。まんなかに富士があつて、その下に河口湖が白く寒々とひろがり、近景の山々がその両袖にひつそり蹲《うずくま》つて湖を抱きかかへるやうにしてゐる。私は、ひとめ見て、狼狽し、顔を赤らめた。これは、まるで、風呂屋のペンキ画だ。芝居の書割《かきわり》だ。どうにも註文どほりの景色で、私は、恥づかしくてならなかつた。

この部分は、「富士に就いて」（『国民新聞』昭和一三年一〇月六日）の中でも同じように叙述されている。

私は、この風景を、拒否してゐる。近景の秋の山々が両袖《りやうそで》からせまつて、その奥に湖水、さうして、蒼空に富士の秀峰、この風景の切りかたには、何か仕様のない恥かしさがありはしないか。これでは、まるで、風呂屋のペンキ画である。芝居の書きわりである。あまりにも註文とほりである。富士があつて、その下に白く湖、なにが天下第一だ、と言ひたくなる。巧《たくみ》すぎた落ちがある。完成され切つたいやらしさ。さう感ずるのも、これも、私の若さのせゐであらうか。

さらに、こう言う。

所謂「天下第一」の風景にはつねに驚きが伴はなければならぬ。私は、その意味で、華厳《けごん》の滝《たき》を推《お》す。（中略）人間に無関心な自然の精神、自然の宗教、そのやうなものが、美しい風景にもやはり絶対に必要である、と思つてゐるだけである。

富士は、白扇さかしまなど形容して、まるでお座敷芸にまるめてしまつてゐるのが、不服なのである。富士は、熔岩《ようがん》の山である。あかつきの富士を見るがいゝ。こぶだらけの山肌が朝日を受けて、あかがね色に光つてゐる。私は、かへつて、そのやうな富士の姿に、崇高を覚え、天下第一を感ずる。茶店で羊羹《やうかん》食ひながら、白扇さかしまなど、気の毒に思ふのである。（傍点は、原文

のまま、太宰に拠る)

ここでの主張を読み取ると、結局、太宰が拒否しているのは、人間があまりにもよく見慣れ過ぎて、自然としての感動を失った富士、ということになる。素朴で、神々しい印象の富士は決して拒否していないのである。人間の手垢にまみれ過ぎ、通俗に堕した風景の富士がいやなのである。

また、先程の「富嶽百景」の「おあつらひむきの富士」を嫌悪する叙述の直前に、「井伏氏」が登場している点も補足しておこう。「富嶽百景」の中に登場する「井伏氏」は、「おとな」つまり、「世間」の代表者である。その「井伏氏」が陰イメージの富士が登場する露払い的役目を果たしているのである。

そのほかの富士の陰イメージの場面を挙げると、まず、第三段落にある。

東京の、アパートの窓から見る富士は、くるしい。冬には、はつきり、よく見える。小さい、真白い三角《さんかく》が、地平線にちよこんと出てゐて、それが富士だ。なんのことはない、クリスマスの飾り菓子である。しかも左のはうに、肩が傾《かたむ》いて心細く、船尾のはうからだんだん沈没しかけてゆく軍艦の姿に似てゐる。三年まへの冬、私は或る人から、意外の事実を打ち明けられ、途方《とはう》に暮れた。その夜、アパートの一室で、ひとりで、がぶがぶ酒のんだ。一睡もせず、酒のんだ。あかつき、小用に立つて、アパートの便所の金網《かなあみ》張られた四角い窓から、富士が見えた。小さく、真白で、左のはうにちよつと傾いて、あの富士を忘れない。窓の下のアスファルト路を、さかなやの自転車が疾駆し、おう、けさは、やけに富士がはつきり見えるぢやねえか、めつぽふ寒いや、など呟きのこして、私は、暗い便所の中に立ちつくし、窓の金網《かなあみ》撫でながら、じめじめ泣いて、あんな思ひは、二度と繰りかへしたくない。

ここにも、「東京の、アパート」での辛い生活感が明らかで、その世俗的な原因があるがゆえに、「くるしい」富士になってしまうのである。

続いて、「井伏氏」が帰郷された後、「浪漫派の一友人」と富士を見ていた場面、

「どうも俗だねえ。お富士さん、といふ感じぢやないか。」
「見てゐるはうで、かへつて、てれるね。」
（中略）富士も俗なら、法師も俗だ。といふことになつて、いま思ひ出しても、ばかばかしい。

という具合で、富士の俗っぽさへの拒否の姿勢である。

もう一つ、自分の文学への苦悩から、「単一表現」に拘泥している場面、

（前略）と少し富士に妥協しかけて、けれどもやはりどこかこの富士の、あまりにも棒状の素朴

には閉口して居るところもあり、これがいいなら、ほていさまの置物《おきもの》だつていい筈だ、ほていさまの置物は、どうにも我慢《がまん》できない、あんなもの、とても、いい表現とは思へない、この富士の姿も、やはりどこか間違つてゐる、これは違ふ、と再び思ひまどふのである。

「棒状の素朴」「ほていさまの置物」という言い方には、どうしても俗物というイメージが拭えない。これでは、「間違つてゐる」「違ふ」と、結局拒否されざるを得ないはずである。

鳥居邦朗は、「決して富士そのものに反撥しているのではなく、人間の富士を見る俗な目に反撥しているのだという結論を引き出して良いだろう」(「太宰治の文学」〈『國文学』昭和四〇年一二月、一七五頁〉)と言うが、もう少し突っ込んだ言い方をしてもいいのではないか。「富嶽百景」の中で「私」の拒否する富士は、人間が作り出した富士の俗性、つまり、自分を締め付けてくる世俗、自分にとっては敵としての存在である「世間」、もっと強い言い方をすると、常に自分を監視している権威的なもの、太宰について言えば、それは家父長権ではないか。「思ひ出」(『海豹』昭和八年四月・六月・七月)の中に描写されている、次のような恐怖と嫌悪の対象ではないか。*

(前略)私は此の父を恐れてゐた。(中略)私と弟とが米俵のぎつしり積まれたひろい米蔵に入つて面白く遊んでゐると、父が入口に立ちはだかつて、坊主、出ろ、出ろ、と叱つた。光を背から受けてゐるので父の大きい姿がまつくろに見えた。私は、あの時の恐怖を惟ふと今でもいやな気がする。

「富嶽百景」作品中に描かれた、陽イメージは母性的なものへ、陰イメージは父性的なものへと、つながるものであった。太宰の中で常に錯綜して存在する、母性的なものへ自分を預けたい欲求と、家父長権を盾にして迫る父性的なものを拒否・反発する心情と、その両面を一つの富士の中に見据えて描き込もうとしたのが、この作品であった。母性と父性という、普通なら対になって捉えられるものが、太宰にとってはなかなか相容れない両極のものと感じられ、その両極を統一しようとか、うまくどちらかに融合させてごまかそうとはせずに、両極を両極のままに描いたのがこの作品であった。最後に、よく問題にされる末尾の「酸漿富士」の解釈をして、この章を締め括ろう。「罌粟の花」の「娘さん」二人を画面から追放して、レンズ一杯に富士を大きく写して暇乞いの挨拶をした直後の場面である。

その翌る日に、山を下りた。まづ、甲府の安宿に一泊して、そのあくる朝、安宿の廊下の汚い欄干によりかかり、富士を見ると、甲府の富士は、山々のうしろから、三分の一ほど顔を出してゐる。酸漿《ほほづき》に似てゐた。

竹内清己「『富嶽百景』論―作品の様態と生の位相―」(無頼文学研究会編『太宰治2 仮面の辻音楽師』*

五五頁）は、この部分に詳細な分析をして、「『トンネルの冷たい地下水』に浸って行く下降と、月見草富士の『みじんもよるが（ママ）』ない上昇とのあわいに生じた虚空のようなもの」と、富士の明るいイメージと暗いイメージとの揺れ動きが見られると、結論付ける。私はその解釈を全否定するのではないが、その揺れ動きの中でも陽イメージの要素が強いのではないか、と言いたい。「酸漿」はここでは勿論、赤い実の方を比喩として使っているのは間違いないが、やはり草花の実の比喩を使った点に注目したい。ここでも草花と赤い色のイメージが、陽イメージへとつながっているのではなかろうか。朝焼けの富士の姿を「酸漿」に喩えたのはかなり意識的なはずで、それを重視すると、富士の陽イメージの時に殆ど現れる、草花の比喩が使われたと見るべきであろう。そして、直前の「娘さん」と「罌粟の花」の印象が、まだここには残って影響しているのではないか。そう考えると、この「酸漿富士」は、陽イメージの強いものとして捉えてもよさそうである。

岩見照代「〈深淵〉の排除―『富嶽百景』の方法」（前掲、『*太宰治　第6号』八五頁）にも、やや論拠は弱いが、酸漿の言葉が喚起するものとして、「幼年時代の郷愁《ノスタルジー》であり、ここではいうまでもなく〈津軽富士〉へと回帰する母の胎内の温かみであった」という発言がある。この発言も私の論拠の傍証くらいにはしてもよかろうか。

紅野謙介「『富嶽百景』における数の思考」（『*太宰治研究4』二四頁）には、次のような解釈が述べられている。

（前略）「酸漿」は表記的には鬼灯でもあり、実体的には蕁片であるとともに果実であり、民族的シンボルであり、ふくらましてならす遊びの道具でもあった。そうした「酸漿」に見えるということは、見る主体の位置や場所、文脈によってさまざまな差異にあふれた意味を生成する「一」への変換であったといえよう。

かなりわかりづらい論旨であるが、言わんとするところは、竹内論と大差なかろうと思われる。つまり、「酸漿」は、富士の複合的イメージに関わった隠喩と読み取りたいのであろう。少し物足りない見解である。私は、前記のようにそれをもう少し富士の陽イメージへの揺らぎとして解釈した。草花と女性との関連を重視しての見解である。

六章　『津軽』論
――太宰治の父性と母性の問題――

太宰は「思ひ出」（『海豹』昭和八年四月・六月・七月）の中で、次のように記している。

私の父は非常に忙しい人で、うちにゐることがあまりなかつた。うちにゐても子供らと一緒には居らなかつた。私は此の父を恐れてゐた。（中略）私と弟とが米俵のぎつしり積まれたひろい米蔵に入つて面白く遊んでゐると、父が入口に立ちはだかつて、坊主、出ろ、出ろ、と叱つた。光を背から受けてゐるので父の大きい姿がまつくろに見えた。私は、あの時の恐怖を惟ふと今でもいやな気がする。

母に対しても私は親しめなかつた。乳母の乳で育つて叔母の懐で大きくなつた私は、小学校の二三年のときまで母を知らなかつたのである。（中略）母への追憶はわびしいものが多い。（中略）私の泣いてゐるのを見つけた母は、どうした訳か、その洋服をはぎ取つて了つて私の尻をぴしやぴしやとぶつたのである。私は身を切られるやうな恥辱を感じた。

この記述だけでなく、初期習作群などからも明らかなように、太宰は幼少期から父への恐怖感と母の不在感といったものを抱いている。これは夙に研究者の間でも指摘されて来たことである。この感覚が、太宰の自伝的作品の中でどういう具合に受け継がれ、『津軽』（小山書店、昭和一九年一一月）において、どういう発展を見せるのか、それを追究することが本章の目的である。

まず、母の不在感から見てゆこう。このことは普通、「母系の欠落」（大久保典男「『津軽』論ノオト」、東郷克美・渡部芳紀編『作品論太宰治』*、二四二頁）という表現で指摘されている。

饗庭孝男は『太宰治論』*の中で、「帰去来」（『八雲』昭和一八年六月）と「故郷」（『新潮』昭和一八年一月）の両作品には、「思いの外に母に対する彼の心情が仄みえて私の関心をそそるのである。」（同書、二五九頁）と言うが、「故郷」での危篤の母に付き添っている場面を引いてみよう。因みに、この両作品は発表順序が前後しているが、昭和一六年八月の一〇年振りの単独帰郷と、翌一七年一〇月の妻美知子を連れて重態の母夕子《たね》を見舞うために帰郷した出来事を、それぞれ素材としている。

突然、親戚のおばあさんが私の手をとつて母の手と握り合はさせた。私は片手ばかりでなく、両方の手で母の冷い手を包んであたためてやつた。親戚のおばあさんは、母の掛蒲団に顔を押しつけて泣いた。叔母も、タカさん（次兄の嫂の名）も泣き出した。私は口を曲げて、こらへた。しばらく、さうしてゐたが、どうにも我慢出来ず、そつと母の傍から離れて廊下に出た。

このあと、「私」は洋室をぐるぐる歩き回り、泣いたらウソだ、泣くまい泣くまいと、自分で自分に言い聞かせ、必死で涙をこらえている場面が続く。

確かに、母に対する思いやりと、太宰らしい細やかな情感の溢れた部分と言ってよいであろう。ところが、こういう場面にさえ、母の手を握り涙をこらえる「私」の姿が前面に現れ、母そのものの存在は意外に稀薄である。

「帰去来」においても母の姿の描写というと、「背後にスッスッと足音が聞える。私は緊張した。母だ。母は、私からよほど離れて坐つた。私は、黙つてお辞儀をした。顔を挙げて見たら、母は涙を拭いてゐた。小さいお婆さんになつてゐた。」という部分くらいで、母が登場しても、母の実態というか実像というか、姿そのものは不鮮明である。

この稀薄さ、不鮮明さはやはり、どうしても太宰の母に対する意識に由来する、と見るのが妥当であり、結局母の死（昭和一七年一二月一〇日）により、この欠落部分を補うことは、実の母で為すことはできなくなった。

そして、書かれたのが『津軽』の有名なクライマックスシーンである。

「修治だ。」私は笑つて帽子をとつた。

「あらあ。」それだけだつた。笑ひもしない。まじめな表情である。でも、すぐにその硬直の姿勢を崩して、さりげないやうな、へんに、あきらめたやうな弱い口調で、「さ、はひつて運動会を。」と言つて、たけの小屋に連れて行き、「ここさお坐りになりせえ。」とたけの傍に坐らせ、たけはそれきり何も言はず、きちんと正座してそのモンペの丸い膝にちやんと両手を置き、子供たちの走るのを熱心に見てゐる。けれども、私には何の不満もない。まるで、もう、安心してしまつてゐる。足を投げ出して、ぼんやり運動会を見て、胸中に一つも思ふ事が無かつた。もう、何がどうなつてもいいんだ、といふやうな全く無憂無風の情態である。平和とは、こんな気持の事を言ふのであらうか。もし、さうなら、私はこの時、生れてはじめて心の平和を体験したと言つてもよい。先年なくなつた私の生みの母は、気品高くおだやかな立派な母であつたが、このやうな不思議な安堵感を私に与へてはくれなかつた。世の中の母といふものは、皆、その子にこのやうな甘い放心の憩ひを与へてやつてゐるものなのだらうか。さうだつたら、これは、何を置いても親孝行をしたくなるにきまつてゐる。そんな有難い母といふものがありながら、病気になつたり、なまけたりしてゐるやつの気が知れない。親孝行は自然の情だ。倫理ではなかつた。

この感動的な再会の場面が、相馬正一の調査により、殆どフィクションであることがわかった。つまり、作品中の「私」はたけとの再会により、心の平和を実体験したのであるが、実際上の太宰はそれを果たし得なかったのである。

クライマックス部分で長い引用をしたのは、後半の部分にも注目して欲しかったからである。「たけ」は「不思議な安堵感」を与える、実の母の代用として、太宰が本当の「親孝行」を果たすべく持ち出された存在である。実の母に求めて得られなかった「甘い放心の憩ひ」を、この『津軽』の中の「たけ」に求めたわけである。「たけ」が現実の越野たけと叔母のきゑの複合されたイメージで形象化された（相馬正一『〈改訂版〉評伝太宰治　下巻』二七三〜二七四頁）のも、実の母に求めて得られなかったイメージを、幼少期から最も親しんだたけときゑにより、代償しようとしたのである。「たけ」はたけでもきゑでもなく、太宰の中に理想化された母であったわけである。そんなことはくどくど言わんでもわかっている、とお叱りを受けそうであるが、『津軽』において母系の欠落というということを指摘して済ませるのではなく、その欠落を埋めようと試みたのが『津軽』という作品である、ということを強調したいのである。

もっとも、この試みが作品中だけで成功し、実際上の太宰の中では成し遂げ得なかったために、彼はその欠落を補う代償を次は山崎富栄に求め、そして心中という最期に向かって行った、などと言うと、少し言い過ぎであろうか。太宰の一生のテーマは、母性への回帰であった、と言うと、格好良すぎるまとめ方かも知れない。

さて、重要課題の父への恐怖感という点に移ってゆこう。父、父性という問題は、戦前の家族制においては、家父長権という実に厄介な問題と絡み合ってくるがゆえに、論じにくいものである。「思ひ出」の中の父への恐怖も、実存在としての父への恐ろしさなのか、家長という武装をした存在への恐ろしさなのか、判別するのは難しかろう。

しかし、太宰の中では常に、父と、父の死後家督を相続した長兄とは、家というものを背負った存在であった。いつでも自分を締め付け、監視している、恐ろしい存在が、父であり、長兄であった。だから、少なくとも『津軽』までは、父、父性はイコール家父長権と置きかえてよいものであった。

太宰の独特の「転向」の引き金となった、昭和六年に取り交わした「覚書」を突きつけてきたのも、長兄文治というより、津島家の家父長権であった。それにまず屈服した特異なコースを辿ったのが、太宰の「転向」であった。これは別章に詳しく論じているので、ここではこれ以上深入りしない。

その頃から、いや、それ以前から、太宰は決して家に許されることの無い存在だ、と自分を決めつけ、その意識を持ち続ける。

その意識に若干の変化が訪れるのが「故郷」でである。

私が兄たちに許されてゐるのか、ゐないのか、もうそんな事は考へまいと思つた。私は一生許される筈はないのだし、また、許してもらはうなんて、虫のいい甘つたれた考へかたは捨てる事だ。結局は私が、兄たちを愛してゐるか愛してゐないか、問題はそこだ。愛する者は、さいはひなる哉。私が兄たちを愛して居ればいいのだ。みれんがましい欲の深い考へかたは捨てる事だ、などと私は独酌で大いに飲みながら、たわいない自問自答をつづけてゐた。

赤木孝之「衣錦還郷の旅—『津軽』序論」(『太宰治*　第3号』五四頁)は、この部分を評して、「ある種の諦観」と言う。その通りであろう。しかし、その後の「このような境地は既に〈許されてゐる〉という実感が伴って表現可能となるものであろう」とまで言い切ってよいのか。許されようが、許されまいが、もうそんなことは構わねえや、という気持ちが諦観なのではなかろうか。確かに、やや穿って読めば、この部分が、「兄たちに許して欲しいなあ」という媚びと受け取れないことはない。

しかし、それを赤木のように理解するのではなく、この「故郷」と「帰去来」の両作品が、「〈蕩児還郷〉」（相馬前掲『〈改訂版〉*評伝太宰治下巻』、二二八頁）の作品であるとか、「津島家の秩序への推参」（内田道雄「故郷・家・私――私小説の方法に触れて」〈『國文学』昭和五一年五月、一〇六頁、傍点は内田〉）を成就した、と理解するのが正しかろう。

「故郷」においては、内田の言うように、「私」の中の生活人としての津島修治の部分が、津島家へ推参の姿勢を取れば取るほど、「私」の中の作家としての太宰治の部分は、どんどん疎外され、独立した思念を結ぶようになる。

> ここは本州の北端だ。廊下のガラス戸越しに、空を眺めても、星一つ無かつた。ただ、ものものしく暗い。私は無性に仕事をしたくなつた。なんのわけだかわからない。よし、やらう。一途に、そんな気持だつた。

つまり、「私」の中の作家太宰治が解放の道を辿り、その姿勢を継続していって、次の『津軽』の旅に至る、と見るのが自然な見方であろう。そうすると、『津軽』が一見、紀行文風な装いを見せながら、実はすぐれてフィクショナルで構成的である、という評価も、その作家太宰治の眼が働いているから、と考えることができる。

もっと言わせてもらうと、『津軽』の旅は、作家太宰治が故郷を客観視しようと試みたものであり、作品自体もそういう構成になっているのである。だから、日沼倫太郎「津軽」(『國文学』*昭和四二年一一月)が、『津軽』の旅を「衣錦還郷」の旅と呼ぶのも、全面的にその要素がない、とは言わないが、その意識は薄く(既に、「衣錦還郷」を試みようとして、太宰は「善蔵を思ふ」〈『文芸』昭和一五年四月〉の旅で、その野望を見事に打ち砕かれていることを思い出して欲しい)、今さら、赤木の前掲論文「衣錦還郷の旅―『津軽』序論」(『太宰治第3号』*)のようなものが、新たに『津軽』論に付け加えられる必要もないのである。

さて、先程、「故郷」で家長である長兄への意識に若干の変化が見られる、と言ったが、もう少し詳しく見てみよう。

「故郷」の初めの部分では、「僕の家」と言いかけて、こだわって、「兄さんの家だ」と言ってしまったり、長兄への対面の場面も、「兄が出て来た、すつと部屋を素通りして、次の間に行つた。顔色も悪く、ぎよつとするほど痩せて、けはしい容貌になつてゐた。」とか、「お辞儀がすむと、兄はさつさと二階へ行つた。」という具合に、恐怖感とまでは言えないかも知れないが、実によそよそしく、冷たい緊張関係を思わせる。

自分たちと長兄たちとの引き合わせ役を買ってくれた「北さん」を見送った直後にも、「もうこれからは北さんにたよらず、私が直接、兄たちと話合はなければならぬのだ、と思つたら、うれしさよりも恐怖を感じた。きつとまた、へまな不作法などを演じて、兄たちを怒らせるのではあるまいかといふ卑屈な不安で一ぱいだつた。」と書く。「私」の「兄たち」への反応は、相変わらずのように思われる。

ところが、前述の、兄たちに対する一種の開き直りと、作家太宰治の解放が、徐々にではあるが浸透していった結果、「故郷」の最結末部分のような長兄の描写が現れて来るのである。

そこへ突然、長兄がはひつて来た。少しまごついて、あちこち歩きまはつて、押入れをあけたりしめたりして、それから、どかと次兄の傍にあぐらをかいた。

「困つた、こんどは、困つた。」さう言つて顔を伏せ、眼鏡を額《ひたひ》に押し上げ、片手で両眼をおさへた。

短い描写ではあるが、太宰がこれほどまでに、あっさりと、父や長兄の姿を客観描写したことはなかった。やはり、ここに私は、作家太宰治の眼の発展を見たい。非常に微々たる程度の、歩みにすればほんの半歩かも知れないが、太宰の作家としての成長を捉えてみたいのである。太宰の中において、父性＝家父長権＝恐ろしく嫌なもの、という構図が、わずかながら変化を見せ始めた契機である、とこの短い描写を評価したい。

さらに『津軽』の中での長兄の描写はどうなるか。よそよそしい無沙汰の挨拶と会話を少し経て、家族一行でのピクニックにおいての一場面である。

（前略）どつと笑つたら、兄は振りかへつて、
「え？　何？」と聞いた。みんな笑ふのをやめた。兄が変な顔をしてゐるので、説明してあげようかな、とも思つたが、あまり馬鹿々々しい話なので、あらたまつて「高山帰り」の由来を説き起す勇気は私にも無かつた。兄は黙つて歩き出した。兄は、いつでも孤独である。

ここには既に、家父長という固い鎧を着けた長兄の姿はなく、兄の孤独・寂しさといった、長兄の内面が描写されている。これを太宰の進歩と言わずして、なんと言おうか。普通の感覚から見ると、この程度の描写に過大評価過ぎないかと、反論も出そうであるが、太宰の中において、父性への意識は、確実に発展を見せているのである。

このあと『津軽』では、西海岸の父の生まれ故郷、木造の家を訪ねることになる。兄の孤独を見た描写から、この木造への旅が、連続していることにも注意を払わねばならない。

「私はこの父の『人間』に就いては、ほとんど知らないと言はざるを得ない」状態であったのが、「父に関する関心は最近非常に強くなつて来たのは事実である」という気持ちになり、父の生まれた

家に初めてやって来たのである。

この家の間取りは、金木の家の間取りとたいへん似てゐる。金木のいまの家は、私の父が金木へ養子に来て間もなく自身の設計で大改築したものだといふ話を聞いてゐるが、何の事は無い、父は金木へ来て自分の木造の生家と同じ間取りに作り直しただけの事なのだ。私には養子の父の心理が何かわかるやうな気がして、微笑ましかつた。さう思つて見ると、お庭の木石の配置なども、どこやら似てゐる。わたしはそんなつまらぬ一事を発見しただけでも、死んだ父の「人間」に触れたやうな気がして、このMさんのお家へ立寄つた甲斐があつたと思つた。

金木の家は実際には、ここに書かれてあるような大改築ではなく、実は新築で、旧家とは少し離れたところに新たに造られたものであったという指摘（相馬正一『〈改訂版〉評伝太宰治*　上巻』三八〜四〇頁）など為されており、若干の虚飾が織り交ぜられた箇所ではあるが、後半の部分の叙述は信用してよいものであろう。

父の養子としての立場がわかり、父の人間性の一面に触れることができたような気がする、と言う。冒頭に引いた「思ひ出」の父の描写と如何に違って来ていることか。あの、まっくろな威圧感と恐ろしさしか与えなかった父が、実は、津島家の中では、養子としての弱さ、窮屈さを少しでも改善するために、旧家を自分の家と同じようにしつらえていた。父もやはり人には見せない弱さを隠し持っていたのか。父の内面の一端に触れて、「父とのアイデンティティを確認し」（大久保前掲論文、東郷克美・渡部芳紀編*『作品論　太宰治』二四一頁）たわけである。

ここにも、父性への意識の変化が確認できる。父性＝家父長権であったものが変化してゆき、父性の中の個人としての内面という部分が、太宰の中にクローズ・アップされてきた、と言えそうである。ところで、ここで問題が生じて来る。大久保論文や鳥居邦朗「『津軽』津軽の津島のオズカス」（*『太宰治論　作品からのアプローチ』一三一～一四八頁）などをはじめとして、多々言われていることであるが、『津軽』は結びの「見よ、私の忘れ得ぬ人は、青森に於けるT君であり、五所川原に於ける中畑さんであり、金木に於けるアヤであり、さうして小泊に於けるたけである。アヤは現在も私の家に仕へてゐるが、他の人たちも、そのむかし一度は、私の家にゐた事がある人だ。私は、これらの人と友である。」という宣言に見て取れるように、「奴婢系を軸とした」（大久保前掲論文、*『作品論　太宰治』二四七頁）作品であり、また、津島のオズカスとして人に対処しようと試みながら、結局、「津島のオズカス」の「津島」が強調された形でしか、人と対し得なかった作品なのである。

ということは、太宰の中において未だに「津島」という冠は拭い去られていないわけである。鳥居や佐藤泰正「太宰治『津軽』―故郷への回帰―」（*『國文学』昭和四八年七月）等の指摘するように、太宰は、津島家の支配領域外の「他者」「社会」「世間」といったものには対峙しきれなかったのである。

しかし、この態度は、太宰が津島家の支配する使用人たちに対した時だけなのである。彼らを懐かしみ、彼らの懐に入ってゆこうとするのだが、T君のように、彼らはいつでも太宰を「あなたは御主人です」という意識で対するがゆえに、太宰の方も自然と、津島家の主人としての対応を余儀なくされる。ついつい構えてしまうのである。

太宰が津島家の家族と対する時には、この構えが徐々にではあるが、弛んでいるのである。そこにはもう「津島」の意識も「オズカス」の意識もかなり弱まっている。

こう考えてくると、太宰は『津軽』の中で、多分に不完全な状態ながら、家父長権という枠を少し乗り越えかけている、完全に乗り越えはできないが、半分くらいは身体を枠の外に押し出すことに成功した、というように言えないであろうか。

津島家の家父長権から半歩独立して、作家太宰治の地歩を固めつつある、父性へ恐怖と負い目を抱き続けてきた太宰が、父性に父と兄の個人的内面という新しい要素を見出した、その記念碑的作品であると、私は『津軽』を理解したいのである。

太宰の「転向」の話を少しさせてもらうと、「転向」の段階では、太宰は家父長制には組み込まれていたのである。幸いなることに、太宰は、家父長制の背後に構えている、天皇制ヒエラルキーという強敵を自覚してしまったがために、そこに組み込まれる危険は避け得た。それが、太宰の戦時下の態度を決定したわけであるが、いずれにせよ、太宰は津島家という「イエ」の中に収束したことは収束したのである。

家父長制へ収束したままで、作家活動を続けていた太宰が、「故郷」において、生活人津島修治と作家太宰治との分離を果たし、生活人の方は完全に津島家の秩序へ自ら推参して行き、作家の部分は解放されていった、という点は先に見てきた通りである。

その解放された作家の眼が、津軽地方の故郷をある程度まで客観的に観察し、そして、父と兄も客観視することができるようになった結果、家父長権の呪縛をほどき始めたのであった。『津軽』という作品が、母性においては、その欠落を埋めようと試み、父性においては、家父長権の枠を壊し始める出発点であった。その二つのものは元々、太宰治が自己の出自を確認しようとした、根源復帰の志向から生まれたものであった。すなわち、自己の中に稀薄な存在でしかなかった、母性を回復させ、父性を家父長権とは別のものとして把握し、そうすることによって、自己の存在の根源を確認しようとした、そのために書かれた作品がこの『津軽』であったのである。

七章 『新釈諸国噺』論

――「粋人」を中心に――

一、総論

『新釈諸国噺』（生活社、昭和二〇年一月、但し、「裸川」〈原題、「新釈諸国噺」〉は『新潮』昭和一九年一月、「義理」〈原題、「武家義理物語」〉は『文芸』昭和一九年五月、「貧の意地」は『文芸世紀』昭和一九年九月、「人魚の海」は『新潮』昭和一九年一〇月、「女賊」〈原題、「仙台伝奇／髭候の大尽」〉は『月刊東北』昭和一九年一一月に既発表）の西鶴作品からの典拠を一覧にして示すと、以下のようになる。なお、この一覧表は、寺西朋子「太宰治『新釈諸国噺』出典考」（『近代文学試論』*昭和四八年六月）、檜谷昭彦「新釈諸国噺」（『國文学』*昭和四二年一一月）、山田晃「西鶴と現代作家―治―」（『解釈と鑑賞』*昭和三二年六月）の諸論文と、山内祥史の『〈初出〉太宰治全集第6巻』*の解題をもとに、原典の西鶴作品と比較検討して作成した。西鶴作品のタイトルは、明治書院『対訳西鶴全集』*の表記に統一した。以下の西鶴作品からの引用もこれに拠る。また、「人魚の海」に橘南谿『諸国奇談　東遊記』から、「裸川」に『太平記』からの翻案・借用があるが、本稿ではそれに関しては触れない。

作品名	主たる出典	従たる出典（趣向の借用含む）
貧の意地	『西鶴諸国ばなし』巻一の三 「大晦日はあはぬ算用」	『世間胸算用』巻二の四 「門柱も皆かりの世」 同　巻一の二 「長刀はむかしの鞘」 『好色一代女』巻三の一 「町人腰元」
大力	『本朝二十不孝』巻五の三 「無用の力自慢」	『西鶴諸国ばなし』巻四の六 「力無しの大仏」 『西鶴織留』　巻三の二 「芸者は人をそしりの種」 『万の文反古』巻一の二 「永花の引込所」
猿塚	『懐硯』巻四の四 「人真似は猿の行水」	『西鶴置土産』巻三の三 「算用して見れば一年弐百貫目づかひ」
人魚の海	『武道伝来記』巻二の第四 「命とらるゝ人魚の海」	『武道伝来記』巻三の第三 「大蛇も世に有人が見た様」 『本朝二十不孝』巻二の三 「人はしれぬ国の土仏」

破産	『日本永代蔵』巻五の五 「三匁五分曙のかね」	『日本永代蔵』巻二の一 「世界の借屋大将」 同　巻二の二 「怪俄の冬神鳴」 同　巻四の三 「仕合の種を蒔銭」 『世間胸算用』巻五の三 「平太郎殿」 同　巻二の三 「尤も始末の異見」 『好色五人女』巻一の一 「恋は闇夜を昼の国」 『万の文反古』巻五の一 「広き江戸にて才覚男」 『俗つれづれ』巻一の一 「過て克きは親の異見悪敷は酒」 『西鶴織留』巻五の二 「一日暮しの中宿」 『西鶴置土産』巻一の三 「偽もいひすこして」
裸川	『武家義理物語』巻一の一	

	「我物ゆへに裸川」	
義理	『武家義理物語』巻一の五 「死ば同じ浪枕とや」	
女賊	『新可笑記』巻五の四 「腹からの女追剝」	
赤い太鼓	『本朝桜陰比事』巻一の四 「太皷の中はしらぬが因果」	
粋人	『世間胸算用』巻二の二 「訛言も只はきかぬ宿」	
遊興戒	『西鶴置土産』巻二の二 「人には棒振むし同前におもはれ」	
吉野山	『万の文反古』巻五の四 「桜よし野山難儀の冬」	『万の文反古』巻四の三 「人の知らぬ祖母の埋み金」 同　巻二の三 「京にも思ふやう成事なし」 『日本永代蔵』巻四の二 「心を畳込古筆屏風」

結論から先に言わせてもらうと、この『新釈諸国噺』においては、太宰は西鶴の原典にかなり忠実

である。ストーリーやモチーフにおいては殆ど改変していないと、言ってもよいと思う。但し、大筋に関わらないところ、例えば、登場人物の造型や会話の中身等には、かなり太宰的な特徴を出している。

「貧の意地」における主人公原田内助を、極力、駄目男にしてその描写を繰り返したり（田中伸『新釈諸国噺』における誤算と成果——西鶴を足場として」〈関井光男編『*太宰治の世界』一五四頁〉では、この改変は「この結末に何の意味も加えてはいないし、その性格に対して、皮肉な結果を持つ結末にもなっていないのである」とマイナス評価されているが、それがまた一首の太宰的「津軽ゴタク」でもあるのであり、これは「太宰にあって手段であって、目的ではなかった」〈小泉浩一郎、「『新釈諸国噺』論—「大力」「裸川」「義理」をめぐり」〔『日本文学』昭和五一年一月、*『日本文学研究資料叢書　太宰治II』所収〕引用はこの書、一九九頁〉以上、そこに誤算や成果を見ようとしなくてもよいと私には思われる）、「裸川」では、人足に浅田小五郎という名前と役割の重要性を付与したり、逆に西鶴の原典では重きをなしている千場孫九郎の名前を奪い、役割を極度に縮小したり（鳥居邦朗も「太宰治と西鶴—『裸川』を中心に」〈『東京女子大学比較文化』昭和四五年三月〉、*『太宰治論　作品からのアプローチ』一一九頁で指摘している）、と挙げていけばきりがないであろうが、私は同じ「裸川」でも、浅田の姑息な悪知恵に怒りをぶちまける「小さい男」（この男が原典では千場孫九郎である）の言葉の以下の部分に、太宰らしさを強く感じる。

「(前略) おれは、これから親孝行をするんだ。笑つちやいけねえ。おれは、こんな世の中のあさましい実相を見ると、なぜだか、ふつと親孝行をしたくなつて来るのだ。これまでも、ちよいちよいそんな事はあつたが、もうもう、けふといふけふは、あいそが尽きた。さつぱりと足を洗つて、親孝行をするんだ。人間は、親に孝行しなければ、犬畜生と同じわけのものになるんだ。笑つちやいけねえ。父上、母上、けふまでの不孝の罪はゆるして下さい。」

この部分は、原典では、「我老母《われらうぼ》をはごくむたよりに、この銭嬉《うれ》しかりしに、(中略) 其上《そのうへ》、母此事聞《きか》ば、まことをもつて養《やしなふ》とも、中ゝ常《つね》も満足《まんぞく》する事あらじ」という程度で、確かに親への孝心を述べていることには変わりないが、太宰の方が言い方が極端且つしつこくなっているし、この言葉だけ見ていると、ほぼ同時期に書かれた『津軽』(小山書店、昭和一九年一一月) の「たけ」に会ったクライマックス部分を思い出させるくらい、太宰的である。以下に引用する。

(前略) 世の中の母といふものは、皆、その子にこのやうな甘い放心の憩ひを与へてやつてゐるものなのだらうか。さうだつたら、これは、何を置いても親孝行をしたくなるにきまつてゐる。そんな有難い母といふものがありながら、病気になつたり、なまけたりしてゐるやつの気が知れない。親孝行は自然の情だ。倫理ではなかつた。

また、「義理」のモチーフに殆ど関わってこない初めの部分の、蛸というあだ名の丹三郎の言葉、全集で一頁近くもある長科白、

「何がそれにしても、だ。お前たちは、おれを馬鹿にしてゐるんだ。ゆうべも、その事を考へて、くやしくて眠れなかつたんだ。おれも親爺と一緒に来ればよかつた。親から離れて旅に出ると、どんなに皆に気がねをしなけりやならぬものか、お前にはわかるまい。おれは国元を出発してこのかた、肩身のせまい思ひばかりしてゐる。人間つて薄情なものだ。親の眼のとどかないところでは、どんなにでもその子を邪険に扱ふんだからな。いや、お前たちの事を言つてゐるんぢやない。お前たち親子は立派なものさ。立派すぎて、おつりが来らあ。（中略）おれには、なんでもわかつてゐるんだ。（中略）ヘン、おれにはちやんとわかつてゐるんだ。（中略）ゆうべは、つくづく考へた。ごめんかうむつて、おれはもう少し寝るよ。」

ここは原典には一切ない描写で、この脇役の丹三郎までが、こんな太宰的な科白を吐くのである。いかにも太宰が興にまかせて書いたと思われる部分であるが、しかし、結果としては、こんなだらしない自己弁護をする者のために、我が子を「義理」の名目で犠牲にせねばならぬ神崎式部の苦しい胸中が、より印象的になっているのである。そうすると、田中伸の次のような評価、「丹三郎という若い武士をふしだらで、横暴なへつらい武士に仕立てても、それを百万遍語ることも、『義理』のため

に一人息子を死なせ、その守りぬかねばならぬモラルの空しさに、出家を志す主人公神崎式部の、深い悲しみを揚言することはなく、かえってへつらい武士丹三郎の死のために、一人息子に自決を命ずることに必然性を失わせてしまうだけである」（前掲『太宰治の世界』*一五七頁）と私の評価は大分趣を異にするのである。ふしだらな丹三郎のために一人息子を死なせるということになると、確かに、武士道としての義理の重みは薄れるのかも知れないが、太宰の主眼は武士道の高揚にはなく、武士道の「義理」に名を借りた人間としての辛さや悲哀であるので、それをより強めるのには効果を果たしていると、考えられるのである。

また、「吉野山」における、次の描写などは完全に太宰的登場人物を彷彿させる、太宰の創作に拠る部分である。

（前略）まことに山中のひとり暮しは、不自由とも何とも話にならぬもので、ごはんの煮たきは気持ちもまぎれて、まだ我慢も出来ますが、下着の破れを大あぐら掻いて繕ひ、また井戸端にしやがんでふんどしの洗濯などは、ご不浄の仕末以上にもの悲しく、殊勝らしくお経をあげてみても、このお経といふものも、聞いてゐる人がゐないとさつぱり張合ひの無いもので、すぐ馬鹿らしくなつて、ひとりで噴き出したりして、やめてしまひます。

この部分に対応する「桜よし野山難儀の冬」の箇所はというと、「是（食物のこと――佐藤注）は堪忍《かんにん》いたし候へども、いかにしても寝覚淋《ねざめさび》しく候。近比中兼候《かね》へども、年比は十五六、七までの小者《こもの》壱人、御かゝへなされ、御越頼《こしたの》み申候。」と男色の相手の無心をしている。田中伸「太宰治と井原西鶴――『吉野山』を中心に」（『解釈と鑑賞』昭和四七年一〇月）に指摘してある通り、太宰は「男色の狙いをもつ内容のほとんどを切り捨てたのであった」（七九頁）。そして、その代りに自らが得意とする、道化的な登場人物のおどけた描写を見事にはめ込んだのである。

さて、太宰はなぜ、西鶴を題材にしてその翻案を意図したのであろうか。その理由を幾つか考えてゆこう。併せて、太宰が西鶴を選んだことが、この時期においてどういう意義を持ち得たのか、ということも考察してゆこう。

まず一つめの理由は、「『新釈諸国噺』凡例（昭和二〇年一月の生活社から単行本化された際に付された――佐藤注）」で太宰自身が言っている言葉、「私は西鶴の全著作の中から、私の気にいりの小品を二十篇ほど選んで、それにまつはる私の空想を自由に書き綴り、（中略）。原文は、四百字詰の原稿用紙で二、三枚くらゐの小品であるが、私が書くとその十倍の、二、三十枚になるのである。」から推定できる。つまり、西鶴の俳諧的簡潔さが、饒舌体の作家太宰にとっては、自己の空想を飛翔させるための格好の素材である、ということである。また、鳥居邦朗の「西鶴は一元的思索によって、一方的観察によって描いた。したがって西鶴の描く人物は青砥藤綱にしても、小賢しい人足にしても、固定した人間である。しかし太宰は彼らを相対的な惑乱した人物として描いた。（中略）太宰は登場人物を戯画化することによって、ようやく自身の惑乱を彼らに移し入れることが可能だったのであろう。」

（前掲、『太宰治論*　作品からのアプローチ』一二九頁）という発言も補足しておこう。つまり、西鶴の登場人物は一元的であるからこそ、太宰的な多面性を付与する可能性が多く与えられていた、ということである。そして、太宰は西鶴の教訓的部分を多く活用するというより、俳諧的ユーモアを多く利用し、さらにそれに、既に見てきたような太宰的ユーモアを付与していったわけである。戦争下における、このたゆまない笑いをモチーフにして作品を仕上げていったことは、稀有のことであると同時に、大いに評価されるべき業績であろう。

次の理由は、太宰が西鶴を、同じ「凡例」で言っている、「日本の作家精神の伝統」を典型的に表している作家として評価しているらしいことが、挙げられる。「西鶴は、世界で一ばん偉い作家である。メリメ、モオパツサンの諸秀才も遠く及ばぬ」という発言は戦争下での発言であり、この時期以外に太宰が西鶴にそれほど傾倒した形跡もない（山田晃も前掲論文「西鶴と現代作家—治—」で指摘している）ことから、字句通りそのまま受け入れることはできないが、少なくともこの『新釈諸国噺』を書いた時期においては（そしてこの戦争下で西鶴を初めとする近世文学が排除されつつあった時期に）、太宰は西鶴を大きく評価して、日本の古典的伝統として受け継がれるべきものと意識していた、とくらいは言ってもいいであろう。

結果、この西鶴評価の態度が、山田晃の言葉を借りると、「一つには時流に対する抵抗」でもあり、かつ「一つにはぎりぎりの順応」（前掲「西鶴と現代作家—治—」、『解釈と鑑賞』、七四頁）でもあったわけである。当時、万葉集や記紀といった王朝・天皇・国家へとつながる文学が、日本浪曼派並びにその周辺作家である保田與重郎や浅野晃によって讃美・謳歌され、国民の大多数にも受け入れられていた時代に、太宰は同じ古典に回帰する際にも、人々にもてはやされていたものを嫌い、自分なりの論理で古典回帰をしていったのである（太宰の古典回帰と故郷回帰が、同時代の公約数的なものとは歩を同じくしていないことは、色々の点で証明できるが、ここではこれ以上深入りしない）。そして、庶民の視点を持っている西鶴を選んだことでさらに、この悪時期、戦争体制への順応と全体主義的滅私奉公を押し付けられ、理性的な眼を眩ませられている日本の庶民に強烈なアンチ・テーゼを突き付けることになったのである。その結果として、日本国民が忘れてはならない大切な庶民的知恵、武士の義理とも相通ずる人間同志の信頼感や心の交流、また、人間は強大な力だけで生きてゆけるのではなく挫折や衰亡を繰り返してゆくものだという真理（「大力」「破産」「遊興戒」等の作品から、このようなモチーフも引き出せる）、等々を思い出すことのできる方向に働いたわけである。なお、小泉浩一郎前掲論文「『新釈諸国噺』論―「大力」「裸川」「義理」をめぐり」＊には、戦時下における『新釈諸国噺』における「私かな時代への抵抗・批判のモチーフ」（前掲『日本文学研究資料叢書　太宰治Ⅱ』二〇九頁）を指摘しているが、戦時下における古典を、西鶴を隠れ蓑的に利用したというもので、私のここでの評価とは必ずしも論旨的には一致していない。

西鶴を選んだ理由もそのことの時代的意義も挙げてゆけばまだ幾つかあろうが、いずれにせよ、太宰がこの『新釈諸国噺』を「昭和聖代の日本の作家に与へられた義務と信じ、むきになつて」「警戒警報の日にも書きつづけた」（「『新釈諸国噺』凡例」）という自負と誇りは、かなり本心に近いものであったろうし、その態度は同時代の人々からも後世の我々からも評価されるべきものであろう。太宰のストーリー・テラーとしての才能は、次の『お伽草紙』（筑摩書房、昭和二〇年一〇月）において大きく開花したことは間違いないのであるが、この『新釈諸国噺』においてもその一端は充分窺えるし、時代的な位置づけをしても、またそうでなく現代の我々の前に提出されても、この作品が評価に充分値するものであることは言うまでもない。

二、「粋人」論――「いき」へのアンチ・テーゼ――

「新釈諸国噺」中の「粋人」の原典は、西鶴「世間胸算用」巻二ノ二「訛言《うそ》も只はきかぬ宿」である。太宰は翻案に当たり、この原典の基本的な筋とか趣向はあまり改変していないと言ってよい。主人公の男が大晦日の日、掛取りがやってくる前に家を出、茶屋に逃げ込んだ際、自分は女房の出産の邪魔になるから出て来たとの嘘を付き、茶屋女の年齢等の嘘に気付いていながら、なけなしの金を与え、最後には若衆に金の残りと着ていた物まで剝ぎ取られるように取り上げられる。この大筋の話には変更を加えていない。但し、細部の話の展開とか、科白とか、ちょっとしたところに改変を加えているので、そのあたりを見てゆき、太宰の改変の意図、そこに見られる時代的な意味等を探ってゆきたい。

まず、男が出掛けた直後の段落の描写、

「婆はゐるか。」と大きく出た。もともとこの男の人品骨柄は、いやしくない。立派な顔をしてゐる男ほど、借金を多くつくつてゐるものである。

この描写にあたるような表現は原典にはない。いかにも太宰的な人物造形と言ってよかろう。太宰の後期の作品によく登場する、家庭を顧みず、外では羽振りのよさそうな態度を取ろうとするが大体は失敗に終わる、情けない男、太宰自身をデフォルメした人物像である。この見た目だけは「粋人」気取りで、実は「いき」のかけらもない人物像を、改変部分からもう少し拾ってゆこう。

茶屋の婆に自己の事情を紹介している科白の最後、

「(前略)気の毒なものだ。いつたいどんな気持だらう。酒を飲んでも酔へないでせうね。いやもう、人さまざま、あははははは。」と力の無い笑声を発し、(後略)

この後の科白中の鯛の大きいのを買いなさいという部分は、原典では鰤であるが、このあたりの改変はあまり重視しなくてもよかろう。しかし、上記引用の「酒を飲んでも酔へない」という発言は、「いき」な旦那どころか、「野暮」の骨頂という主人公の姿である。この男は自分でも茶屋に来た行動を「言ふも野暮だが、もちろん大晦日の現金払ひで、子供の生れるまで、ここで一日あそばせてくれませんか。(後略)」という科白を喋って、「野暮」を自覚している。

茶屋の婆のお世辞の最後の部分、

「(前略) いやですよ、こんな汚い台所などにお坐りになつていらしては。洒落すぎますよ。あんまり恐縮で冷汗が出るぢやありませんか。なんぼ何でも、お人柄にかかはりますよ。どうも、長者のお旦那に限つて、台所口がお好きで、困つてしまひます。貧乏所帯の台所が、よつぽどもの珍らしいと見える。さ、粋《すい》にも程度がございます。どうぞ、奥へ。」

これでは全く婆が言う通り、「洒落すぎます」「粋にも程度がございます」どころか、「洒落」でも「いき」でもない、「野暮」な旦那である。この部分は正確に言うと、完全な太宰の改変というより、原典の茶屋女の科白「さて台所はあまりしやれ過《すぎ》ました、ちと奥《おく》へ」(『対訳西鶴全集13 世間胸算用』四八頁。引用の仮名遣いは原典のまま、旧仮名遣いである。但し、旧字体は新字体に直してある。) とある描写を少し長めにしたに過ぎないが、主人公の男の「しやれ過」=「野暮さ」を強調したところとして拾っておきたい。

この後の男と婆のやり取り、

「何しろたべものには、わがままな男ですから、そこは油断なく、たのむ。」と、どうにもきざな事を言つた。婆は内心いよいよ呆れて、たべものの味がわかる顔かよ。借金で首がまはらず青息吐息で、火を吹く力もないやうな情ない顔つきをしてゐる癖に、たべものにわがままは大笑ひだ。

（中略）

「この辺は卵の産地か。何か由緒があらば、聞きたい。」

婆は噴き出したいのを怺へて、

「いいえ、卵に由緒も何も。これは、お産に縁があるかと思つて、婆の志。それにまた、おいしい料理の食べあきたお旦那は、よく、うで卵など、酔狂に召し上りますので、おほほ。」

「それで、わかつた。いや、結構。卵の形は、いつ見てもよい。いつその事、これに目鼻をつけてもらひませうか。」と極めてまづい洒落を言つた。


ここは全く原典にはない、太宰によって作り上げられた場面であるが、男は一所懸命気障で粋なふりをしようとするが、婆にはすっかりお見通しで、「まづい洒落」を言う程度の「酔狂」のかけらもない大馬鹿者であることが次第に露見して来ている。この引用の直後にも「婆は察して、売れ残りの芸者ひとりを呼んで、あれは素性の悪い大馬鹿の客だけれども（中略）せいぜいおだててやるんだね、と小声で言ひふくめて、（後略）」という描写があり、明らかに周りから「大馬鹿の客」であることを悟られている。

この後の遊女とのやり取りや、婆の占いによって「どうしても、御男子ときまりました」という科白とかは、原典をそのまま生かしている。木村小夜の指摘するように（『太宰治　翻案作品論』＊一九二頁）、占いの場面が原典と太宰の「新釈」では、遊女とのやり取りの前であったのが後ろの位置に移動させられているという、ちょっとした改変はあるが、このあたりには特に、男が「いき」を演じつつも、それが傍目には「野暮」の極みであるといったシーンは、殆ど出てこない。

婆の「ここを先途と必死のお世辞」が述べられた後にまた注目の場面がある。

あまりと言へば、あまりの歯の浮くやうな見え透いたお世辞ゆゑ、客はたすからぬ気持で、「わかつた、わかつた。めでたいよ。ところで何か食ふものはないか。」と、にがにがしげに言ひ放つた。

（中略）

「数の子か。」客は悲痛な顔をした。

「あら、だつて、お産にちなんで数の子ですよ。ねえ、つぼみさん。縁起ものですものねえ。ちよつと洒落た趣向ぢやありませんか。お旦那は、そんな酔狂なお料理が、いちばん好きだつてさ。」と言ひ捨てて、素早く立ち去る。

旦那は、いよいよ、むづかしい顔をして、（後略）

ここでも「洒落」や「酔狂」を解する（それも皮肉たっぷりに）のは茶屋の婆のほうで、男は相変わらずそれを解するどころか、「たすからぬ気持」を持ち「にがにがしげに言ひ放つた」り、「悲痛な顔」や「むづかしい顔」をしたりしている。

遊女の蕾が金を無心するように、「あなた、たいへんなお金持だつていふぢやありませんか」と言って、頬をひきつらせて笑った後の場面、

粋人には、その笑ひがこたへた。

「いや、そんなでもないが、少しなら、あるよ。」とうろたへ気味で、財布から、最後の一分金を投げ出し、ああ、いまごろは、わが家の女房、借金取りに背を向けて寝て、死んだ振りをしてゐるであらう、この一分金一つでもあれば、せめて三、四人の借金取りの笑顔を見る事は出来るのに、思へば、馬鹿な事をした、と後悔やら恐怖やら焦燥やらで、胸がわくわくして、生きて居られぬ気持になり、

（中略）

客はひとり残されて、暗澹、憂愁、やるかたなく、つい、苦しまぎれのおならなど出て、それもつまらない思ひで、立ち上つて障子をあけて匂ひを放散させ、

「あれわいさのさ。」と、つきもない小唄を口ずさんで見たが一向に気持が浮き立たず、（後略）

この落ち着きのなさは「粋人」のしぐさではあるまい。「うろたへ」「後悔やら」で「胸がわくわくし」、放屁した後には「つまらない思ひで」、わけのわからぬ小唄をうなり、すっかり馬鹿者の面目躍

如といった次第になっている。

この後も男は、

客は眼をつぶつても眠られず、わが身がぐるぐる大渦巻の底にまき込まれるやうな気持で、ばたんばたんと寝返りを打ち、南無阿弥陀、と思はずお念仏が出た時、（後略）

というような、相変わらず「粋人」のかけらも見られない行動を続けている。この描写も原典には全くない創作部分である。

以上見てきた部分が、「粋人」の「いき」でない、殆ど「野暮」に近い描写（それも殆どが太宰の改変または創作部分である）の全てと言ってよい。

ところで、ここで「いき」というのはどういうものなのか、これはやはり、名著、九鬼周造『「いき」の構造〈岩波文庫〉』*から見ておこう。九鬼はまず言う、

まず内包的見地にあって、「いき」の第一の徴表は異性に対する「媚態」である。異性との関係が「いき」の原本的存在を形成していることは、「いきごと」が「いろごと」を意味するのでもわかる。「いきな話」といえば、異性との交渉に関する話を意味している。なお「いきな話」とか「いきな事」とかいううちには、その異性との交渉が尋常の交渉でないことを含んでいる。

この第一の要素はこの「粋人」の作品中にあるか。無い。主人公の男は茶屋に現れ、遊女を相手にしながら、女の年齢詐称（これは原典にある趣向）により、すっかり「媚態」を示すこともなく、またその女との交渉もしない。「いき」でないことが証明された。

次に、九鬼は言う。

「いき」の第二の徴表は「意気」すなわち「意気地」である。意識現象としての存在様態である「いき」のうちには、江戸文化の道徳的理想が鮮やかに反映されている。江戸児《えどっこ》の気概が契機として含まれている。野暮と化物とは箱根より東に住まぬことを「生粋」の江戸児は誇りとした。

（同書、二一一頁）

（前掲書、二一三頁）

この第二の要素は「粋人」の主人公は持っていたか。持っていない。「意気地」のある男は、茶屋で「たべものには、わがままな男ですから」などと発言はしないし、さらに出てきたうで卵を残らず食べてげっぷを繰り返したり、卵がなくなるとまた、「ところで何か食ふものはないか」と所望したりはしない。酒もがぶがぶ飲むわりには酔えもせず、ごろごろ寝返りを打つだけの、「野暮」な駄々っ子のような男である。

九鬼は三つ目の要素としてこう言う。

「いき」の第三の徴表は「諦め」である。運命に対する知見に基づいて執着《しゅうじゃく》を離脱した無関心である。「いき」は垢抜がしていなくてはならぬ。あっさり、すっきり、瀟洒たる心持でなくてはならぬ。

（前掲書、二五頁）

今まで見てきておわかりと思うが、「粋人」の男にはこの「諦め」の気持、「あっさり、すっきり、瀟洒たる心持」もないし、垢抜けもしていない。第三の要素から見ても、この男、「いき」を持った「粋人」としては失格どころか、正反対の要素ばかりを持った「野暮」の骨頂たる存在であることはわかってきた。

さて、それでは太宰は「粋人」の主人公造形をなぜ、このように行ったのであろうか。「粋人」というからには、本当に「いき」で「気障」なくらいの男を持ってきてもよかろうが、わざわざそれと正反対の「野暮」で「大馬鹿者」という男を、主人公にする必然性があったのか。木村小夜はこう言う。

このような男がここで何故「粋人」と呼ばれるのかも、もはや明らかだろう。嘘と知りながら自分を「たいへんなお金持」だと言ってみせる女に敢えて本当のことも言えず、ましてや、お前も婆と同じように俺の嘘など見抜いているではないか、などと言うこともなく、心ならずも偽りの金持ちを演じ通してしまうこの男は、嘘を嘘と承知の上でその中での戯れとして振舞う、〈古き良き時代〉の廓の人情に精通した本来の粋人と、皮肉にもその形ばかりが酷似する。「粋人」なる言葉はその符合を言い当てることによって、逆説的にその決定的な違いを浮き上がらせるのである。いかにも廓でありがちな女の年齢の嘘、それをすっぱ抜くという、まさに粋人とは正反対の「野暮」な振舞い一つのために、男はその後にわたってそうした別の意味での「粋人」たることを強いられていくことになった。

（前掲、『太宰治　翻案作品論』*一九七頁）

木村は原典と太宰の「新釈」の両方にある、遊女の年齢詐称とそれに対して金持ちを装う男とが、双方の嘘に気付きつつも、廓という場所柄ゆえすっぱ抜くことなく、それゆえ、形だけは「粋人」ぶった「野暮」な男の造形がなされた、という解釈をするのである。しかし、その解釈は一部だけ正しく、あとはやや違う。原典にはこの男が「粋人」であるという叙述は一切ないからである。原典の最後はこう締めくくられる。

「たはけといふは、すこし脈《みやく》がある人の事」と、笑《わら》ふて果《はた》しける。

（前掲、『対訳西鶴全集13　世間胸算用』*五〇頁）

つまり、「たはけ」にもならぬ、何の取り柄もなく話にもならない、「野暮」な男としてのまとめだけで、「粋人」「いき」といった類の言葉は全くない。太宰はこの部分を生かして、こう締めくくる。

台所では、婆と蕾が、「馬鹿といふのは、まだ少し脈のある人の事。」と話合つて大笑ひである。とかく昔の浪花あたり、このやうな粋人とおそろしい茶屋が多かつたと、その昔にはやはり浪花の粋人のひとりであつた古老の述懐。

科白の後に付け加えられた部分は、もちろん太宰の創作である。太宰は「馬鹿」にもならない「粋人」というベクトル、原典とは逆の評価体系に持っていってまとめている。ということは、ここにも太宰がこの作品自体に「粋人」というタイトルを付け、主人公の男に「粋人」を気取るものの、本質は「野暮」な「馬鹿者」を持ってきたのも、かなり、太宰なりの創意工夫が見られると言えるわけである。それを見落としてはならない。

そうすると、この太宰なりのタイトルの意味付けと、原典にかなり拠ってはいるものの、原典の男よりももっと「いき」でなく、「野暮」を演じさせた意図を探らねばなるまい。ここには太宰の「道化」とか「パロディ」といった問題が絡んできそうである。

太宰の「道化」の問題は、普通前期の「道化の華」とか、後期の「人間失格」とかを基にしてはよく論じられているが、この「新釈諸国噺」をはじめとする中期の作品ではあまり論じられない。中期の作品は、太宰が戦争に向かう時期のなか、安定した生活と作品における韜晦の姿勢を強めていったと、よく解される。その韜晦の姿勢から、古典作品等を基にした翻案とパロディに向かった中期の姿勢は論点としてよく取り上げられるが、「道化」という論点にはあまり結び付けられてない。この「粋人」という作品における、太宰の「道化」の問題を今から少し追及することで、「いき」の問題を捉え直してみよう。

　太宰の「道化」は、一般的には次のように解釈される。傳馬義澄の表現を借りよう。

「人間に対して、いつも恐怖に震ひをののき」「人間としての自分の言動に、みぢんも自信を持て」ぬ「人間失格」（昭23・10《ママ》）の大庭葉蔵は、「道化」によって他者との違和・恐怖を埋めようと図る。それは「自分の、人間に対する最後の求愛」「油汗流してのサーヴイス」である。もとより、虚と実、遊びと真面目、卑俗と高貴、自尊心と羞恥心などあらゆる両義性に身をおき、引き裂かれるふりをする、この演戯こそ「道化」の基本的特性であり、それは一見自己をfool《フール》にするものの如くでありながら、本来的には「自己優越を感じてゐる者だけが、真の道化をやれるんだ」（「乞食学生」昭15・7～12）という確たる自己主張となる。そして、この自己主張の底を一貫して流れる自意識の様相が、太宰治の文学の特質を形成する。

*（『國文学』平成三年四月号「いま太宰治を読み直す」一三二頁）

すなわち、「撰ばれしもの」という優越感を持つが、それを他者に対して素直に出せぬゆえに、逆に自分を馬鹿者に演じてゆくことで人間関係を保とうとする手立て、これが太宰の「道化」なのである。

そうすると、「粋人」中の主人公が「もともとこの男の人品骨柄は、いやしくない」と語られるように、「撰ばれしもの」としてのプライドは持ちつつ、本当のところは「いき」を演じようとしながらも（彼の行動は空振りに終わっているが、大体は「いき」を気取ろうとして茶屋に現れている。本文には「家を出ると、急にむづかしき顔して衣紋をつくろひ、そり身になつてそろりそろりと歩いて、物持の大旦那がしもじもの景気、世のうつりかはりなど見て廻つてゐるみたいな余裕ありげな様子である。」という描写がなされている）、そのプライドや「いき」を素直に出し切れずに、結果は「野暮」な大馬鹿者になってゆく、という在り方は、太宰の「道化」をこの主人公もが見事に体現している、と言ったら言い過ぎになろうか。この男が意識的であろうと、無意識であろうと、結局、太宰の一生のモチーフであった「道化」を立ち回る存在としての人物造型としては、まんまと成功しおおせたということになろうか。そして、この「道化」を演ずる主人公こそは、「いき」をアンチ・テーゼとして体現する人物であった。

次に、太宰のパロディの問題を少し探ろう。前期から後期にかけて、太宰が原典を基にしつつ、パロディの手法を駆使して作品化していったものは、ここで全部を挙げきれないほどたくさんある。よってそこに焦点を当てるのではなく、太宰がなぜパロディの手法によって原典を改変したり、翻案物に仕立てたりしたのか、ということを少し考察してみよう。服部康喜は、「基本的にパロディの方法とは、テクスト（原典）が通常その中で理解される意味体系としてのコンテキストを排除して、異なったコンテキストの中へ、変換してテクストを再生産する方法を言う」（前掲、『國文学』*平成三年四月、一二七頁）と述べている。ということは、意図的に原典とは違う解釈を当てて、それによって原典を基にした、別の作品を仕立て上げることが、パロディと言えるであろう。

ところで、なぜ、意図的に原典を翻案して別の物語を作るのか。それはもちろん、作者なりの意図を新しい物語に反映させるためであろう。この『新釈諸国噺』では、西鶴そのままの物語ではなく、太宰の言葉をそのまま使うと、「わたくしのさいかく」（『新釈諸国噺』凡例」）を作ろうとする意図であったのである。

太宰がなぜ、西鶴を翻案しようとしたのかは、総論で考察したのでここでは深入りしない。簡単にその時の考察を以下に確認しておくにとどめる。戦時中という色々な制約のある中で、時代的な主流は万葉や記紀への回帰を声高に叫んでいたが、太宰は、庶民的な眼と俳諧的簡潔さ、一元的な思索を持つ西鶴こそが自分の饒舌体からなる、自分なりのおしゃべりを付け加えてゆける翻案にふさわしいと、自分なりの方法論を取った結果であろうということである。

そして、原典では短い作品が太宰の手にかかると、その数倍以上の長さに翻案されていったのである。この「粋人」も千八、九百字くらいの分量を九千字くらいにまで広げている。この増やしていった部分の大半は今まで見てきたとおり、主人公の「いき」を装いつつも、傍目には「野暮」の骨頂、大馬鹿者の極みである行動、心理といった叙述に当てられているのである。そういうことを確認しても、太宰がこの「粋人」において、意図的に「いき」でない主人公を描き、その主人公の「野暮」な描写を多く増やすことにより、自己の意図をこの物語に反映させた、その意味でも、西鶴の翻案に成功し、パロディ作品に仕上げることができた、と言えそうである。そのパロディの主題が今回の「粋人」では、「いき」とは正反対の生き方をしてしまう、つまり「いき」のアンチ・テーゼとしての主人公の人物造型に向けられた、ということになる。

さて、太宰のこの「粋人」が書かれた時期は、昭和一九年あたりと推定されるから、太宰の意識がどうであったかは置いておいても、時代的な意味合いがどうであったかを探ることは、やはりしておきたい。

先程、太宰が西鶴を翻案した意味合いは考察したが、それと絡んでこの時期、庶民的な眼を持つ西鶴を題材にし、さらには「いき」のかけらすらない「野暮」の骨頂たる主人公の話に「粋人」というタイトルを付けることは、時代的な背景を鑑みた時に軽く見て通り過ぎることはできない。この軍国主義全盛、戦争も末期に近付き、大勢翼賛の嵐の中、文学者もその蚊帳の外にはいられず、事実、この太宰ですら文学報国会の委嘱による『惜別』を執筆して、一見したら戦争の片棒担ぎか、と思われることまでもさせられていた時代である（『惜別』の叙述の時期は、この『新釈諸国噺』とほぼ近い昭和二〇年一月頃と推定されているが、これは軽視してはならない事実であろう）。すべての国民に「いき」をする余裕もなく、そうかと言って「野暮」な国民では戦争協力に役立たず、「大馬鹿者」には馬鹿なりに騙してでも国家への忠誠を誓わせたいような時期である。そういう時期において、こんな「粋人」である。こんな主人公を描くことが、この時代においては一方ならぬ勇気のいる行動になるはずである。そうすると、この「粋人」という作品、並びに主人公が時代背景の中では、アンチ・テーゼとして働いていると言ってよさそうである。その時代的意義も看過できないものであろう。

少し大胆なことを言わせてもらえば、太宰は常に時代と周囲の人々に対して、アンチ・テーゼとしての生き方を貫いたと言えないであろうか。前期は「死のうと思つてゐた。」という書き出しで始まる断片集「葉」（『鷭』昭和九年四月）を収録した、作家としての処女単行本に『晩年』（砂子屋書房、昭和一一年六月）というタイトルを冠し、中期は次第に全体主義・国家主義の動きを見せてゆく世相を尻目に、傍目には安定した生活と自己像を隠し込んだ翻案作品を多く物し（別章に詳しく論じている通りであるが、昭和一七年の「花火」が全文削除処分を受けてから以降、「太宰は自己を忠実に投影した人物を書けなくなっている」）、後期は人心の回復とは逆の道を辿り、破滅的な最後に向かってゆく。かなり大まかな概括ではあるが、太宰の生き方は明らかに、世相的なものとは一線を画するというか、世間とは逆の道を突き進む、アンチ・テーゼの生き方であったのである。

この太宰の生き方から、書かれるべくしてこの「粋人」は書かれた。自らのアンチ・テーゼとしての生き方としての自己表明としての作品、時代がどう流れようと自分の生き方は常に変わらないという意志表明としての作品、それがこの「粋人」であった。「わたくしのさいかく」としての実現である『新釈諸国噺』中に、「わたくし」の「生き方」を表明する「粋人」というタイトルの作品をうまく入れおおせた、太宰の作家としての見事さに舌を巻くほかはない。

出典文献目録

『「いき」の構造〈岩波文庫〉』九鬼周造、平成一三年一二月　264 265 266

『伊藤整全集第23巻』新潮社、昭和四九年五月一〇日　106 107

『井伏鱒二全集第10巻』松下裕解題、平成九年八月二〇日　129 131

『岩波講座　アジア・太平洋戦争1　なぜ、いまアジア・太平洋戦争か』平成一七年一一月八日　59

『岩波講座　アジア・太平洋戦争5　戦争の諸相』平成一八年三月二四日　66 83 84

『岩波講座　アジア・太平洋戦争6　日常生活の総力戦』平成一八年四月二七日　136

『岩波講座　日本通史19巻　近代4』平成七年三月二八日　59

『園芸大百科事典6　夏の花II』講談社、昭和五五年八月一日　215

『海軍〈中公文庫〉』獅子文六、平成一三年八月二五日　113

『解釈と鑑賞』昭和三二年六月　247 256、昭和四四年五月　70、昭和四七年一〇月　255、昭和四九年一二月　94 95、昭和六〇年七月　107、昭和六二年六月　143、平成五年六月　168、平成一六年九月　5

『〈増補改訂版〉回想の太宰治』対馬美知子、人文書院、昭和五三年五月二〇日初版発行、平成九年八月三〇日増補改訂版発行　14 78 124 167 194

『回想満鉄調査部』野々村一雄、勁草書房、昭和六一年四月二〇日　75

『家族国家観の人類学』伊藤幹治、ミネルヴァ書房、昭和五七年六月二〇日　32

『きけ　わだつみのこえ―日本戦没学生の手記―〈岩波文庫〉』日本戦没学生記念会編、昭和五七年七月一六

日　142
思想の科学研究会編『共同研究　転向』平凡社、初版発行は上巻が昭和三四年一月一〇日、中巻が昭和三五年二月二〇日、下巻が昭和三七年四月二〇日　30
思想の科学研究会編『共同研究　転向　上巻』平凡社、昭和四六年七月一日　42
『きりぎりす〈新潮文庫〉』奥野健男解説、昭和四九年　199
『近代文学試論』昭和四八年六月　247
『現代日本文學大系56　葉山嘉樹・黒島傳治・平林たい子集』筑摩書房、昭和四六年七月一五日　25
『現代日本文學大系61　林房雄・保田與重郎・亀井勝一郎・蓮田善明集』筑摩書房、昭和四五年一二月一〇日　35
『現代日本文學大系70　武田麟太郎・織田作之助・島木健作・壇一雄集』筑摩書房、昭和四五年六月二五日初版発行　41 42
『講座日本歴史10　近代4』東京大学出版会、昭和六〇年八月一〇日　60
『國文學』昭和四〇年六月　151、昭和四〇年一二月　229、昭和四一年一一月　209、昭和四二年一一月　23 240 247、昭和四八年七月　244、平成三年四月　269 271、平成一八年五月　110
『〈新訂〉小林秀雄全集第4巻』新潮社、昭和六二年一月三〇日　157 159
『小林秀雄全集第7巻』新潮社、平成一三年一〇月一〇日　110
『小林秀雄の論理　美と戦争』森本淳生、人文書院、平成一四年七月一〇日　110
『コロ－キアム太宰治論』相馬正一編、津軽書房、昭和五二年四月一五日　44
『坂口安吾全集3〈ちくま文庫〉』平成二年二月二七日　113 114
『作品論　太宰治』東郷克美・渡部芳紀編、双文社出版、昭和五一年九月三〇日　156 234 244

『志賀直哉全集第7巻』岩波書店、平成一一年六月七日 95
『私注・井伏鱒二』湧田佑、明治書院、昭和五六年一月二五日 132
『実録満鉄調査部（上・下）』草柳大蔵、朝日新聞社、昭和五四年九月、一〇月 75
『社史に見る太平洋戦争』井上ひさし編、新潮社、平成七年八月一〇日 164
『十五年戦争史3 太平洋戦争』藤原彰・今井清一編集、青木書店、平成元年一月一五日 136 164
『出版警察関係資料 解説・総目次』由井正臣・北河賢三・赤沢史朗・豊沢肇、不二出版、昭和五八年一月三〇日 202
『出版警察報四〇』内務省警保局編、不二出版復刻、昭和五七年 12 192
『昭和の歴史5 日中全面戦争』藤原彰小学館、昭和五七年一〇月二五日 60
『昭和の歴史7 太平洋戦争』木坂順一郎、小学館、昭和五七年一二月二五日 113 115 136 164
『昭和の歴史別巻 昭和の世相』原田勝正、小学館、昭和五八年九月二五日 58 164
『昭和文学盛衰史〈文春文庫〉』高見順、昭和六二年八月一〇日 35
『信州白樺』昭和五七年一〇月 30
『シンポジウム 太宰治 その終戦を挾む思想の転位』長野隆編、双文社出版、平成一一年七月二二日 165
『戦時下の庶民日記』青木正義、日本図書センター、昭和六二年四月二五日 87
『戦時下の太宰治』赤木孝之、武蔵野書房、平成六年八月一六日 96
『戦前「家」の思想』鹿野政直、創文社、昭和五八年四月二五日 32
『戦前日本の思想統制』リチャード・H・ミッチェル著、奥平・江橋訳、日本評論社、昭和五五年八月三〇日 35
『戦争と文学者』西田勝編、三一書房、昭和五八年四月三〇日 68
『戦争文学通信』高崎隆治、風媒社、昭和五〇年一二月八日 67

『戦中用語集』三國一朗、岩波新書、昭和六〇年八月二〇日　113
『大政翼賛会に抗した40人　自民党源流の代議士たち〈朝日選書〉』楠精一朗、平成一八年七月二五日　115
『大東亜戦争詩文集〈近代浪漫派文庫36〉』新学社、平成一八年八月一二日　148 149
『太平洋戦争史3　日中戦争II』青木書店、昭和四七年五月一日　60
『太平洋戦争日記（一）』伊藤整、新潮社、昭和五八年八月一〇日　105
『対訳西鶴全集』明治書院、初版発行は昭和四九年四月二五日〜昭和五四年八月二〇日　247
『対訳西鶴全集13　世間胸算用』明治書院、昭和五九年七月発行　260 267
『太宰治　第3号』洋々社、昭和六二年七月七日　238 240
『太宰治　第5号』洋々社、平成元年六月三〇日　195
『太宰治　第6号』洋々社、平成二年六月三〇日　209 231
『太宰治2　仮面の辻音楽師』無頼文学研究会編、教育出版センター、昭和五三年七月一〇日　230
『太宰治　心の王者』渡辺芳紀、洋々社、昭和五九年五月　57
『太宰治　制度・自由・悲劇』浦田義和、法政大学出版局、昭和六一年三月二五日　181
『太宰治　翻案作品論』木村小夜、和泉書院、平成一三年二月二五日　261 267
『太宰治　弱さを演じるということ〈ちくま新書〉』安藤宏、平成一四年一〇月二〇日　190
『太宰治研究I　その文学』奥野健男編、筑摩書房、昭和五八年七月三〇日　135
『太宰治研究II　その回想』桂英澄編、筑摩書房、昭和五七年四月一五日　101
『太宰治研究4』和泉書院、平成九年七月二五日　231
『太宰治研究8』和泉書院、平成一二年六月一九日　97 137
『太宰治研究10』和泉書院、平成一四年六月一九日　200

『太宰治研究12』和泉書院、平成一六年六月一九日　143
『太宰治全集付録第五号』小山書店、昭和二四年一月三〇日　174
『太宰治全集第11巻〈近代文庫版〉』津島美知子、「後記」昭和二八年一二月　174
「太宰治全集月報5」筑摩書房、昭和三三年　193 203
「太宰治全集月報6」筑摩書房、昭和三一年三月　179
『〈初出〉太宰治全集第1巻』筑摩書房、平成元年六月一九日　55
『〈初出〉太宰治全集第5巻』筑摩書房、平成二年二月二七日　194
『〈初出〉太宰治全集第6巻』筑摩書房、平成二年四月二七日　247
『〈初出〉太宰治全集第7巻』筑摩書房、平成二年六月二七日　176 207
『〈初出〉太宰治全集別巻』筑摩書房、平成四年四月二四日　38 124
『太宰治という物語』東郷克美、筑摩書房、平成一三年三月三〇日　38 96
『太宰治と外国文学　翻案小説の「原典」へのアプローチ』九頭見和夫、和泉書院、平成一六年三月二五日　201
『太宰治とその時代』松本健一、第三文明社、昭和五七年六月二八日　80 135 143 207
『太宰治との七年間』提重久、筑摩書房、昭和四四年三月八日　99 181
『太宰治と私　激浪の青春』石上玄一郎、集英社、昭和六一年六月一〇日　45
『太宰治に出会った日』ゆまに書房、平成一〇年六月九日　7 29
『太宰治の生と死―外はみぞれ何を笑ふやレニン像』ゆりはじめ、マルジュ社、平成一七年一二月八日　81 167 202
『太宰治の世界』関井光男編、冬樹社、昭和五二年五月二五日　152 153 161 162 163 251 254
『太宰治の人と芸術』太宰文学研究会、昭和五〇年四月　29

『太宰治必携〈別冊國文学〉』學燈社、昭和五六年三月　74 82 94

『太宰治論〈角川文庫〉』奥野健男昭和三五年六月一〇日初版発行　20

『太宰治論』饗庭孝男、講談社、昭和五一年一二月八日　234

『太宰治論　作品からのアプローチ』鳥居邦朗、雁書館、昭和五七年九月九日　21 244 251 256

『玉川上水』木山捷平、津軽書房、平成三年六月二〇日　124

『断腸亭日乗　五』永井荷風、岩波書店、昭和五六年一月二三日　114

『治安維持法小史』奥平康弘、筑摩書房、昭和五二年一〇月三〇日　34 35 202

『—血と涙で綴った証言—戦争（上巻）』朝日新聞テーマ談話室編、朝日ソノラマ、昭和六二年七月三一日　160

『転向再論』鶴見俊輔・鈴木正・いいだもも、平凡社、平成一三年一〇月一〇日　30

『転向文学論〈第三版〉』本多秋五、未来社、昭和六〇年四月二〇日　42

『津島家の人びと〈ちくま学芸文庫〉』秋山耿太郎・福島義雄、平成一二年一月六日　44

『中野重治論　作家と作品』木村幸雄、桜楓社、昭和五四年五月二五日　39

『中野重治全集第2巻』筑摩書房、昭和五二年四月一〇日　33

『中野重治全集第10巻』筑摩書房、昭和五四年一月二五日　33

『日本近代文学の展開—近代から現代へ—〈読売選書〉』小田切進、昭和四九年一二月一五日　102 169 103 169 171 172 173

『日本文学研究資料叢書　太宰治』有精堂、昭和五六年九月一日　10

『日本文学研究資料叢書　太宰治II』有精堂、昭和六〇年九月二五日　77 79 80 251 257

『日本文学研究論文集成41　太宰治』安藤宏編、若草書房、平成一〇年五月三〇日　189

『日本文學全集52　火野葦平集』新潮社、昭和三五年六月五日　66

『日本文学報国会　大東亜戦争下の文学者たち』櫻本富雄、青木書店、平成七年六月一日　116 121
『日本の歴史24　ファシズムへの道〈中公文庫版〉』大内力、平成一八年八月二五日　55
『日本の歴史30　十五年戦争』伊藤隆、小学館、昭和五一年八月一〇日　55 115 164

『白痴・二流の人〈角川文庫〉』坂口安吾、昭和四五年　113
『〈改訂版〉評伝太宰治　上巻』相馬正一、津軽書房、平成七年二月二〇日　28 57 243
『〈改訂版〉評伝太宰治　下巻』相馬正一、津軽書房、平成七年二月二〇日　92 124 156 196 198 199 215 237 239
『批評と研究　太宰治』文学批評の会編、芳賀書店、昭和四七年四月二〇日　203 215 216
『溥儀―清朝最後の皇帝』入江曜子、岩波新書、平成一八年七月二〇日　55
『文化人たちの大東亜戦争　PK部隊が行く』櫻本富雄、青木書店、平成五年七月二五日　125 126 128 133
『文学史を読みかえる3　〈転向〉の明暗―「昭和十年前後」の文学』長谷川啓編集、インパクト出版会、平成一一年五月二五日　30
『文学と教育』昭和四九年八月　87 92 93
『文芸年鑑二六〇三年版』日本文学報国会編、桃蹊書房、昭和一八年八月一〇日　116 121 124 125
55
『「満州国」見聞記〈講談社学術文庫〉』ハインリッヒ・シュネー／金森誠也訳、平成一四年一〇月一〇日
『満鉄調査部「元祖シンクタンク」の誕生と崩壊〈平凡社新書〉』小林英夫、平成一七年九月一二日　75
『満蒙開拓青少年義勇軍』櫻本富雄、青木書店、昭和六二年六月一五日　74
『夢声戦争日記（一）〈中公文庫〉』徳川夢声、昭和五二年八月一〇日　108
『村の家・おじさんの話・歌のわかれ〈講談社文芸文庫〉』中野重治（松下祐の作家案内の項を含む）平成六

年三月一〇日第一刷発行　39 40
『森本薫全集第2巻』世界文学社、昭和四〇年　161
『保田與重郎全集第19巻』講談社、昭和六二年五月　145 146 147 148
『吉本隆明全著作集13』勁草書房、昭和四四年七月一五日　31 32 33
『ユリイカ』昭和五〇年四月
『流言・投書の太平洋戦争〈講談社学術文庫〉』川島高峰、平成一六年一二月一〇日　136 150
『わが異端の昭和史　上〈平凡社ライブラリー〉』石堂清倫、平成一三年九月一〇日　75

なお、太宰作品の引用は、『〈初出〉太宰治全集第1巻〜第12巻』（平成元年六月一九日〜平成三年六月二〇日）に拠る。

初出一覧

1、太宰治の強さ…書き下ろし
2、太宰治の転向の特異性…修士論文をもとにした書き下ろし
3、太宰治の戦争期…修士論文をもとにした書き下ろし
4、「花火」論…『中央大学大学院研究年報　文学研究科第20号』一九九一年三月
5、「富嶽百景」論…『語文論叢』一九九一年十月
(原題、「『富嶽百景』論―母性・草花と家父長権」)
6、『津軽』論…『千葉大学大学院人文科学研究2』一九八九年三月
(原題、「太宰治の父性と母性の問題―『津軽』を中心に」)
7、『新釈諸国噺』論…『解釈と鑑賞』一九九二年十月号(原題、「太宰治『新釈諸国噺』」)
並びに和泉書院『太宰治研究11』二〇〇三年六月(原題、「『粋人』論―『いき』へのアンチ・テーゼ」)

なお、4以下の論文に関して若干の加筆・訂正をしている。

あとがき

私が太宰を本格的に読むきっかけになったのは、私が浪人していた時期だったと思われるが、姉が手紙に書いて送ってくれた『正義と微笑』（錦城出版社、昭和一七年六月）の次の一節を読んでからのことである。

（前略）日常の生活に直接役立たないやうな勉強こそ、将来、君たちの人格を完成させるのだ。何も自分の知識を誇る必要はない。勉強して、それから、けろりと忘れてもいいんだ。覚えるといふことが大事なのではなくて、大事なのは、カルチベートされるといふことなんだ。カルチユアといふのは、公式や単語をたくさん暗記してゐる事でなくて、心を広く持つといふ事なんだ。つまり、愛するといふ事を知る事だ。学生時代に不勉強だつた人は、社会に出てからも、かならずむごいエゴイストだ。学問なんて、覚えると同時に忘れてしまつていいものなんだ。けれども、全部忘れてしまつても、その勉強の訓練の底に一つかみの砂金が残つてゐるものだ。これだ。これが貴いのだ。勉強しなければいかん。さうして、その学問を、生活に無理に直接に役立てようとあせつてはいかん。ゆつたりと、真にカルチベートされた人間になれ！（後略）

これは、主人公の芹川進が印象深く思い出して日記に書き付けたという形式のもので、中学校の時の黒田先生が学校をやめる際に生徒に「噛んで吐き出すやうな」「ぶつきら棒な口調」で投げつけた科白の一部である。

私が太宰に惹かれ、太宰を卒論（表面上は、史学科でのものゆえ、「戦争期の知識人の動向」というようなタイトルであったが、中心は既に太宰の研究であった）から修論、博士課程での研究対象として選んできたのも、太宰のこういう面、つまり、今回の著作のタイトルともなった「太宰治の強さ」であったのか、と今更ながら思い起こされる。

太宰に惹かれて二十数年、まだまだ惹かれ続けるとは思われるが、私の今までの思索を一回整理して文章にまとめておこうと思い立ち、出来上がったのが今回の著作である。現在ある私の全精力を傾け尽くして、一心不乱に仕上げたという自負はある。それが、太宰研究者や、太宰ファン、文学ファン、さらには全く太宰や文学等には興味がなかったが、本書を手にとって偶々読んでみた、そういう人たちにまで、すべて満足感を与えられたかは甚だ心もとない。しかし、私が訴えかけようとした、本当の意味での「太宰治の魅力」、これを味わうのに僅かながらも力を貸すことができた、そういうことであるなら、この本の存在価値はあると言ってよかろう。

偉そうなことを書いたが、この本が世に出ることになったのは、山内祥史先生の御蔭以外の何ものでもない。無力で知名度も何もない私のような研究者の文章を、和泉書院に推薦・仲介してくださった御高恩を、私は忘れるわけにはいかない。また、先生の紹介によって出版の承諾をして下さった、和泉書院社長廣橋研三氏にも感謝の念が堪えない。また、ここまで私を導いて下さった先生方、渡部芳紀、大津山国夫、宇野俊一、竹内清巳、鳥居邦朗、国松昭、饗庭孝男、その他ここに名前を挙げきれないほどお世話になった各先生方にも、改めて紙面を借りてお礼を述べたい。そして、題字を書いてくれた妻麻奈美にも感謝したい。最後に、息子の晴れ姿を何一つ見せることもできずに天国に逝った母にこの本を捧げたい。

平成十九年一月　これを記す

著者略歴

佐藤隆之（さとう　たかゆき）

1960年、鹿児島県生まれ。1986年、千葉大学文学部史学科卒。1988年、千葉大学大学院文学研究科日本文学専攻修了（修士課程）。1993年、中央大学大学院文学研究科国文学専攻満期修了退学（博士後期課程）。現在、予備校講師。

太宰治の強さ
中期を中心に　太宰を誤解している全ての人に　　**和泉選書　158**

2007年８月30日　初版第一刷発行©

著　者　佐藤隆之

発行者　廣橋研三

発行所　和泉書院

〒543-0002　大阪市天王寺区上汐５－３－８

電話06-6771-1467／振替00970-8-15043

印刷・製本　シナノ／装訂　井上二三夫

ISBN978-4-7576-0413-1　C1395　定価はカバーに表示

═和泉選書═

管野須賀子の生涯　記者・クリスチャン・革命家　清水卯之助 著　131　二六二五円

北村透谷　「文学」・恋愛・キリスト教　永渕朋枝 著　132　二九四〇円

石橋秀野の世界　西田もとつぐ 著　133　二六二五円

プロレタリア詩人　鈴木泰治　作品と生涯　尾西康充・岡村洋子 編　134　二九四〇円

アカツキの研究　平安人の時間　小林賢章 著　135　二四一五円

西鶴　矢数俳諧の世界　大野鵠士 著　136　二六二五円

円地文子の軌跡　野口裕子 著　137　二九四〇円

柿本人麿異聞　片桐洋一 著　138　二六二五円

近代文学と熊本　水脈の広がり　首藤基澄 著　139　二六二五円

論攷　中島敦　木村瑞夫 著　140　一八九〇円

（価格は5％税込）

══ 和泉選書 ══

- 遠聞郭公 中世和歌私注　田中　裕 著　141　二六二五円
- 隠遁の憧憬 平安文学論考　笹川博司 著　142　三六七五円
- 太宰治と外国文学 翻案小説の「原典」へのアプローチ　九頭見和夫 著　143　二九四〇円
- 京都と文学　京都光華女子大学日本語日本文学科 編　144　二六二五円
- 在日コリアンの言語相　真田信治・生越直樹・任榮哲 編　145　二六二五円
- 二十世紀旗手・太宰治 その恍惚と不安と　山内祥史・木村一信・笠井秋生・浅野洋 編　146　三七八〇円
- 南島へ南島から 島尾敏雄研究　高阪薫・西尾宣明 編　147　二六二五円
- 白樺派の作家たち 志賀直哉・有島武郎・武者小路実篤　生井知子 著　148　三七八〇円
- 近代解放運動史研究 梅川文男とプロレタリア文学　尾西康充 著　149　二九四〇円
- 風の文化誌　梅花女子大学日本文化創造学科「風の文化誌」の会 編　150　二三一〇円

（価格は５％税込）

和泉選書

- 小林秀雄　美的モデルネの行方　野村幸一郎 著　151　三六七五円
- 松崎天民の半生涯と探訪記　友愛と正義の社会部記者　後藤正人 著　152　三六七五円
- 改稿 玉手箱と打出の小槌　浅見徹 著　153　三三六〇円
- 大学図書館の挑戦　田坂憲二 著　154　二六二五円
- 阪田寛夫の世界　谷悦子 著　155　二六二五円
- 犬養孝揮毫の万葉歌碑探訪　犬養孝・山内英正 著　156　二六二五円
- 三島由紀夫の詩と劇　高橋和幸 著　157　三九九〇円
- 太宰治の強さ　中期を中心に　太宰を誤解している全ての人に　佐藤隆之 著　158　二九四〇円
- 兼載独吟「聖廟千句」　第一百韻をよむ　大阪俳文学研究会 編　159　四二〇〇円
- 文学史の古今和歌集　森正人・鈴木元 編　160　三三六〇円

（価格は５％税込）